mainbook

ISBN 978-3-948987-45-9

Covergestaltung und -illustration: © Steve Stoned

Auf der Verlagshomepage finden Sie weitere spannende Bücher: www.mainbook.de

Martin Müncheberg Stefan Schweizer

SCHALL & RAUSCH

DER GRASKÖNIG VON BERLIN

„Einige meiner schönsten Stunden habe ich auf meiner Veranda verbracht, wo ich Cannabis geraucht und alles beobachtet habe, was meine Augen erblicken konnten."

Thomas Jefferson
Gründervater der USA
(und ihr 3. Präsident)

„Marihuana ist die am meisten Gewalt verursachende Droge in der Geschichte der Menschheit. Wie viele Morde, Selbstmorde, Raubüberfälle, kriminelle Übergriffe, Überfälle, Einbrüche und Taten von manischem Wahnsinn jedes Jahr – insbesondere unter jungen Menschen – verursacht werden, kann nur vermutet werden. Denn niemand weiß, wenn er eine Marihuana-Zigarette zwischen die Lippen legt, ob er danach zu einem fröhlichen Nachtschwärmer im Rausch der Musik, einem verrückten Wahnsinnigen, einem entspannten Philosophen oder zu einem eiskalten Mörder wird."

Harry J. Anslinger
DER Drogenbekämpfer der USA
(mit globalem Einfluss)

„Warum verbieten uns diese Leute, die scheinbar nur das Beste für uns alle wollen und die sich Regierung nennen, das Gras? Überlege mal! Gras regt zum Nachdenken an: Anstatt für irgendjemand zu arbeiten, will man lieber dieser Jemand werden. Nicht, um genauso zu sein wie er, sondern um sich nicht unterdrücken zu lassen. Es geht dabei um deine persönliche Freiheit."

Bob Marley
jamaikanischer Musiker
(und überzeugter Kiffer)

„Ich habe jetzt den absoluten Beweis, dass das Rauchen von nur einer Marihuana-Zigarette in etwa die gleichen Hirnschäden verursacht, wie der Aufenthalt auf einer der Bikini-Inseln während eines Wasserstoffbombentests."

Ronald Reagan
40. Präsident der USA
(und Westernheld)

„Ich denke, dass Gras legalisiert werden sollte. Ich selbst rauche es zwar nicht – aber ich mag den Geruch.“

Andy Warhol
Pop-Art-Künstler
(und Nichtkiffer)

„Mit der Verbreitung des Wissens, dass diese Droge gefährlich ist, darf nicht gespielt werden. Das ist nicht lustig und auch nichts, worüber man lachen sollte. Ich versuche, die klare Botschaft auszusenden, dass gute Menschen einfach kein Marihuana rauchen.“

Jeff Sessions
84. Justizminister der USA
(und konservativer Hardliner)

„Eine Gesellschaft, die nicht dem industriellen Wachstum, sondern dem Wachstum des Menschen dient, würde auch den Gebrauch der Drogen nicht unter dem Aspekt der Gefährdung ihres Funktionierens, sondern unter dem ihrer Vermenschlichung sehen, sie würde die Pforten der Wahrnehmung nicht mit Zollinspektionen und Kriminalämtern verbarrikadieren, sondern, indem sie diese Pforten öffnet, ihre Menschen individualisieren und damit sich selbst die beste Zukunftsgarantie verschreiben.“

Jörg Fauser
deutscher Schriftsteller
(und ehemaliger Junkie)

„Wir führen die kontrollierte Abgabe von Cannabis an Erwachsene zu Genusszwecken in lizenzierten Geschäften ein. Dadurch wird die Qualität kontrolliert, die Weitergabe verunreinigter Substanzen verhindert und der Jugendschutz gewährleistet.“

Zitat aus dem Koalitionsvertrag der Ampelkoalition
bestehend aus SPD, GRÜNEN und FDP
(im November 2021)

Kapitel 1

Quang war zufrieden. Langsam ging es aufwärts. Er war jetzt sein eigener Herr und niemandem mehr etwas schuldig. Ganz im Gegenteil – es gab inzwischen Menschen, die IHM etwas schuldeten.

Das war nicht immer so. 2015 hatte er sich mit etwa 20 anderen ausreisewilligen vietnamesischen Teenagern in einen alten chinesischen LKW gesetzt, der sie zunächst nach Russland kutschierte. Dort wurden sie in heruntergekommene Kleintransporter umgeladen, die sie nach Polen brachten. Quangs Reise hatte bis dahin schon neun Tage gedauert, danach ging es noch zwei Tage zu Fuß durch polnische Wälder in Richtung deutsche Grenze. Die Oder überquerten sie in einem grauen Schlauchboot, und Quang erinnerte sich noch an das herrliche Gefühl, das ihn erfüllte, als ihnen der Schleuser verkündete, dass sie es geschafft hätten und in Deutschland seien. Nun galt es, sein Versprechen zu halten und die in der Heimat zurückgelassene Familie nach Kräften zu unterstützen. Doch zuvor musste er den nicht unerheblichen Restbetrag für seine Einschleusung bei den Hanoi Hunters, einem breit aufgestellten kriminellen Clan mit Sitz in Königs Wusterhausen, abarbeiten. Auf einer illegalen Cannabis-Plantage. Ihm wurde erklärt, dass er jetzt für die Pflanzen verantwortlich sei und sie nach einem vorgegebenen Schema kultivieren müsse. Das nahm letztendlich gar nicht so viel Zeit in Anspruch, und gegen die Langeweile gab es ein paar Deutsch-Lehrbücher und einen alten Röhrenfernseher in der kleinen Kellerküche.

Monatelang schlief Quang direkt neben den Pflanzen und hatte seinen Biorhythmus ganz den vorprogrammierten Lichtzyklen der LED-Leuchten angepasst. Reis, Tee, Wasser und ab und zu mal etwas Obst –

mehr gab es nicht. Die meiste Zeit verbrachte er vor dem kleinen Fernseher und versuchte, sich einen Reim auf die deutsche Sprache zu machen.

Quang blieb in den drei Jahren in Königs Wusterhausen optimistisch und fühlte sich keineswegs wie der moderne Sklave, der er inzwischen geworden war. Ganz im Gegenteil: Er liebte die Arbeit mit den Pflanzen und freute sich, so seine Schulden bei den Hunters abarbeiten zu können.

Dieser kriminelle Familienclan vertrat auch in Deutschland stets die Ansicht, dass man im Leben praktisch nur zwei Optionen hat: Jäger oder Beute sein. Und die Hanoi Hunters waren hartnäckige Jäger, die seit ihrer Gründung in der vietnamesischen Hauptstadt nur ihre selbst aufgestellten Regeln befolgten.

Das Gang-Zeichen des Clans war „HH", was für „Hanoi Hunters" stand, von den Einheimischen aber ganz anders interpretiert wurde, als es an immer mehr Hauswänden in Königs Wusterhausen auftauchte. Die lokale Polizei wusste zwar von der Existenz der Gang, hatte aber keine Beamten mit asiatischen Wurzeln in ihren Reihen – oder auch nur mit vietnamesischen Sprachkenntnissen. Eine Infiltration der ethnisch geschlossenen Verbrechergruppe war somit nicht möglich, die örtliche Polizei kannte nicht einmal den auf die vietnamesische Heimat verweisenden Namen der Gang. Also gaben sie dem Clan kurzerhand einen selbst gewählten Namen, und so war in Polizeikreisen lange nur von der „KWV-Gang" (der „Königs Wusterhausener Vietnamesen-Gang") die Rede, wenn es um die Hanoi Hunters ging. Immerhin waren sich die Ermittlungsbeamten sicher, dass es an dieser Gang lag, als plötzlich überall in Königs Wusterhausen das Doppel-H an maroden Hauswänden auftauchte. Damit hatten sie auch völlig recht – allerdings anders, als vermutet. Mit ihrem Gangzeichen wollten die Hunters ihr Revier abstecken, doch Polizei und Öffentlichkeit verstanden diese Zeichen als Gegenangriff von Rechtsradikalen. Dass „HH“ auch etwas anderes als „Heil Hitler“ bedeuten konnte, war für die Randberliner Polizisten nahezu unvorstellbar. Zumal es ihnen absolut logisch erschien, dass eine kriminelle Ausländerbande die Aufmerksamkeit von Neonazis erregte. Auch vielen Bürgern der Brandenburger Kreisstadt ging das so, die sich jedoch lautstark darüber wunderten, wo all die hier vermuteten Nazis abgeblieben waren. Tatsächlich hatte noch keiner der Anwohner auch nur einen einzigen offensichtlich Rechtsradikalen entdecken können, was schließlich zu der sich verbreitenden Annahme führte, die Polizei selbst sei von Neonazis unterwandert und für die „HH“-Schmierereien verantwortlich. Das passte zu zahlreichen Medienberichten über rechtsextreme Netzwerke bei der deutschen Polizei, entsprach jedoch nicht der Wahrheit. Die Polizei von Königs Wusterhausen war nicht von Nazis unterwandert, sondern einfach nur ahnungslos. Das bewies eines Tages ein hauptstädtischer Reporter mit üppigem Spesenbudget, der nicht nur mit der örtlichen Polizei sprach, sondern auch mit dem Oberhaupt der Hunters ein Interview führte. Der befragte Clan-Chef verstand es meisterhaft, keine selbstbelastenden Aussagen zu machen und gleichzeitig auf die Macht und den großen Einfluss seiner „vietnamesischen Familie“ hinzuweisen. Auch der Name und die Philosophie der Hanoi Hunters kamen dabei zur Sprache, und so erfuhren Königs Wusterhausens Bürger und Polizisten schließlich aus einer großen Berliner Tageszeitung, wofür „HH“ tatsächlich stand. Das führte zu einer noch größeren Story, die auch von vielen überregionalen Zeitungen übernommen wurde: „Königs Wusterhausener Polizei doch nicht rechtsradikal“, „Vietnamesen-Gang für Neonazis gehalten“ und „Reporter erledigt Polizeiarbeit“ waren nur einige der Schlagzeilen, die kurz darauf bundesweit erschienen und auf die die lokalen Polizeibeamten gerne verzichtet hätten.

Einerseits waren sie erleichtert, da nun der Nazi-Verdacht von ihnen abfiel, andererseits bis auf die Knochen blamiert, weshalb sie öffentliche Stellungnahmen kategorisch ablehnten. Trotzdem machte die Story bald im ganzen Land die Runde und die Hanoi Hunters auch über die Grenzen von Berlin und Brandenburg hinweg bekannt. Das führte dazu, dass nun tatsächlich Neonazi-Gruppen nach Königs Wusterhausen kamen, um dort „Fidschis zu klatschen" und „für Ordnung zu sorgen". Doch das machten sie alle nur ein einziges Mal, denn es waren stets die Rechtsradikalen, die dabei radikal verprügelt wurden. Von asiatischen Kampfsportlern.

Zu ebenjener Zeit gelang Quang der ersehnte Ausstieg aus seiner Schuldknechtschaft bei den Hunters. Er hatte nie Ärger gemacht und alles brav abbezahlt, während sich der Clan mit Neonazis und der Konkurrenz herumprügeln musste. Die Sicherung der Reviergrenzen hatte dabei oberste Priorität, doch als Straßenkämpfer kam Quang nie in Frage. Das wussten auch die Hunters und ließen ihn ziehen. Er erhielt seinen Pass und sein Mobiltelefon zurück, und da er sich immer gut eingefügt und emsig Deutsch gelernt hatte, wurde ihm sogar ein gut bezahlter Anschlussjob vermittelt, der ihm deutlich mehr Raum für eigene Wege ließ. Allerdings hatte dieser „Job" sehr viel mit „aktivem Marketing" zu tun, was Quang gar nicht lag. Er wollte Cannabis viel lieber anbauen, als es auf der Straße an Wildfremde zu verticken. Aber sein Leben war kein Wunschkonzert, und eine große Jobauswahl gab es für „Illegale" wie ihn sowieso nicht. Also trieb er sich meist an den einschlägigen Berliner Drogenumschlagplätzen herum, wo er nach ambitionierten Wiederverkäufern suchte, die ihm ermöglichten, in kurzer Zeit größere Mengen umzusetzen.

Einen vielversprechenden neuen Kandidaten hatte er gerade zum Abendbrot in ein schickes Restaurant eingeladen und dabei entschieden, es mal mit Kevin zu versuchen. Zum Abschied hatte Quang einen 100-Gramm-Beutel in Kevins Rucksack verschwinden lassen.

Ganz unauffällig.

Auf Kommission.

Das stellte einen nicht unerheblichen Vertrauensvorschuss dar, aber Quang war bereit, diese 500 Euro zu investieren, denn wenn er eins gelernt hatte, dann das: Die Leute können einfach nie genug kriegen. Irgendwer will immer was, daher werden gute Quellen stets respektvoll behandelt. Und Quang war eine sehr gute Quelle geworden, die sich inzwischen sogar aussuchen konnte, von welchem Grower sie ihr Gras bezog. Ihm konnte nun keiner mehr etwas befehlen oder vormachen – seine Lehrjahre lagen hinter ihm.

Quang machte sich lächelnd auf den Weg nach Hause, die nächste U-Bahnstation war nur einen Katzensprung entfernt. Es war spät geworden und er hoffte, nicht allzu lang auf die Bahn warten zu müssen. Immerhin ging es für ihn jetzt nicht mehr zurück in die heruntergekommene Schleuser-Bude am Hauptstadtrand, da er in der bezaubernden Alina Sommer eine fantastische Freundin und selbstlose Obdachgeberin gefunden hatte, die ihn aufrichtig zu lieben schien. Er freute sich schon darauf, sie gleich wieder in die Arme zu schließen.

Kapitel 2

Um diese Zeit war der Seitenausgang der U-Bahn-Station Hermannstraße fast immer vollständig verwaist. Zu viele tote Winkel, keine Kameraüberwachung – und dann auch noch dieser beißende Uringeruch.

BVG-Wachpersonal?

Fehlanzeige.

Quang kam gedankenverloren die Treppe hinunter und fand sich kurz darauf in einer überraschend brenzligen Situation mit zwei kräftigen Berlinern wieder. Körpersprache und Mimik der drei Beteiligten verrieten unverkennbar, dass Quang gerade ordentlich in die Mangel genommen wurde. Die Faust des einen Einheimischen umfasste den oberen Teil von Quangs Hemd so fest, dass einige der kleinen Knöpfe abrissen und zu Boden fielen. Der gerade an die Wand Gedrückte spürte die unbändige Kraft, die von dieser Faust ausging. Es fiel ihm schwer zu atmen, obwohl sein Hals nur leicht vom Stoff des Hemdes eingeengt wurde. Die weiße Faust zog ruckartig an seinem Kragen, sodass noch mehr Knöpfe abplatzten und sein Kopf beinahe gegen den Schädel seines Peinigers krachte. Quang blickte in stahlblaue Augen, die ihn düster anstarrten. Plötzlich schnellte auch die bisher untätige Linke hervor und schloss sich wie ein Schraubstock um seinen Hals.

„Was meinst du damit, dass du nichts mehr für uns verticken willst?“, schnauzte ihn eine respekteinflößend tiefe Stimme an. „Ich hab dich nicht nach deinen Träumen gefragt!“

Die kurze dramaturgische Pause nutzten die stahlblauen Augen für einen ebenso abgründigen wie einschüchternden Blick.

„Raff es endlich: Das ist sowas wie ein Befehl! Außerdem wärst du ja echt blöd, gerade jetzt auszusteigen – wo es nun endlich so richtig läuft.“

Quang riss sich mit aller Macht zusammen, vielleicht gab es ja doch noch irgendeine Chance, heil aus der Situation rauszukommen.

„Ich will hier Geld verdienen und eine Familie gründen – aber nicht in ein Gefängnis gehen.“

Die beiden Männer mit den durchtrainierten Figuren grinsten ihn hämisch an. Diesen realitätsfernen Idealismus hatten sie schon oft erlebt.

„Ach ja?“, mischte sich nun auch die Nummer Zwei aus dem Hintergrund mit ein. „Und deshalb betrügst du Alina, die dich sogar heiraten würde, damit du nicht abgeschoben werden kannst? Ist DAS deine Vorstellung von einer Familie?“

Quang spürte förmlich, wie die Farbe aus seinem Gesicht wich.

Woher wussten die von Alina?

Langsam wurde es eng.

„Was bist du eigentlich für ein Familienmensch, der sich von Wilmersdorfer Witwen missbrauchen und dann wie ein Weihnachtsbaum behängen lässt?“

Da war was dran. Quang befand sich nun auch noch in einem mentalen Würgegriff.

„Naja, solange die kleinen blauen Dinger noch zuverlässig wirken, scheinst du damit ja klarzukommen.“

Der Stahlblauäugige grinste blöd und setzte nach: „Das ist natürlich kein Verbrechen. Aber stell dir mal vor, was passiert, wenn wir Alina ein paar eindeutige Beweisfotos vorlegen.“

Quang schluckte mehrmals leer. Sein Mund war trocken und durch den Hals bekam er kaum noch Luft. Das und sein unregelmäßiger Herzschlag versetzten ihn zunehmend in Panik.

Woher hatten die ihre Informationen? Überwachten sie ihn etwa? Eigentlich war das kaum vorstellbar – aber leider auch nicht ganz auszuschließen.

„Das könnt ihr doch nicht machen“, brachte Quang schließlich mühsam hervor und bereute seine Antwort sofort, denn die Linke ließ seinen Hemdkragen überraschend los – allerdings nur, um ihm mit voller Wucht eine zu knallen. Sein Kopf wurde dabei nach links geschleudert, und als er sein Haupt wieder erhoben hatte: Zack! Schon kam die nächste Schelle mit der Wucht eines Rammbocks. Zum Glück benutzte der Schläger nicht seine Faust.

„Ich verrate dir mal was“, fuhr der Typ fort, „ich kenne da ein paar echt krasse Jungs, die haben kahl geschorene Köpfe, tragen Springerstiefel und lieben ihre Baseballschläger über alles. Wenn ich denen stecke, dass du Abschaum reihenweise deutsches Blut besudelst, dann ticken die richtig aus. Das betrachten die als Angriff auf ihre deutsche Ehre. Die drehen dich dermaßen durch den Fleischwolf, dass du froh sein kannst, wenn du den Rest deines Lebens gechillt im Rollstuhl verbringen darfst."

Diese Drohung machte Quang beinahe mehr Angst als seine gegenwärtige Situation. Er hatte schon öfter schreckliche Geschichten über brutale Angriffe der Kahlgeschorenen gehört. Nicht auszudenken, was die mit ihm anstellen würden.

Quang spürte, wie er vor Angst unwillkürlich zu zittern begann. Ihm wurde bewusst, dass er kurz davorstand, sich zu entleeren. Doch diesen moralischen Triumph wollte er seinen Peinigern nicht gönnen. Dabei fraß seine Angst gerade seine Seele auf.

„Okay, dann brechen wir dem Fidschi mal sein Genick", schlug der Braunäugige vor, der seinen rechten Arm ganz locker auf Quangs Schulter gelegt hatte: „Interessiert doch sowieso keinen, wenn dir was passiert."

„Genau", stimmte der Stahlblaue zu und setzte dabei ein besonders finsteres Lächeln auf.

Als Quang spürte, dass sich seine riesigen Pranken wie eine Eisenklammer um seinen Hals legten, war alles zu spät. Er sah sein letztes Stündlein gekommen und konnte es nicht länger halten. Dammbruch. Vorne wie hinten.

Fast schlagartig verbreitete er unangenehme Nuancen, die auch den Angreifern direkt in die Nase stiegen: „Schau mal, der hat sich vor Angst in die Hose geschissen", ertönte die schadenfrohe Stimme des Braunäugigen.

Quang schloss die Augen und wünschte sich zurück in seine sonnige Heimat. Dabei war das nicht mal eine echte Option, denn alle Hoffnungen des Dorfes, das für seine Überfahrt zusammengelegt hatte, lasteten schwer auf ihm.

„Also, zum letzten Mal, bevor ich dir das Genick breche: Willst du dein Gras nicht doch lieber weiter von uns beziehen? Und zwar nur von uns?“

Innerhalb von Sekundenbruchteilen hatte Quangs Gehirn alle Möglichkeiten durchgespielt und erkannt: Er musste jetzt einfach nachgeben, auch wenn die Folgen noch gar nicht absehbar waren. Diese Typen hatten ihn gerade buchstäblich in der Hand. Außerdem konnten sie jederzeit zu Alina gehen und ihn wegen seiner dämlichen horizontalen Nebeneinkünfte verpetzen. Quang war klar, dass Alina ihm das nie verzeihen würde. Diese Erkenntnis traf ihn wie der kräftige Fausthieb in seinen Magen. Er rang verzweifelt nach Luft – und hatte keine andere Wahl, als sich diesen zwei Wichsern, die sich ganz offensichtlich für die Allergrößten hielten, mit Haut und Haar zu verschreiben. Das war immer noch besser, als hier und jetzt abzutreten. Oder Alina zu verlieren.

Quang zuckte mehrmals mit dem Kopf, er wollte offensichtlich ein Nicken andeuten: „Ja ... okay ... ja ...“

Mehr brachte er nicht heraus.

„Ich verstehe dich so schlecht“, hakte der hinter ihm Stehende nach. „Für mich hört sich das eher wie ein Orgasmus an. Drück dich mal klarer aus!“

Quang atmete tief durch, seine Zunge lag ihm schwer im Mund. Doch noch war er ihr Herr: „Okay, ich kaufe das Gras nur von euch.“

Sein Gegenüber strahlte ihn an und das grobschlächtige Gesicht zeigte nun beinahe freundliche Züge.

„Siehst du, es löst sich doch alles in Wohlgefallen auf. Du vertickst weiter unser Gras und verdienst dabei eine Menge Asche mit minimalem Risiko. Oder bist du schon mal von der Staatsmacht belästigt worden?“

Quang schüttelte den Kopf, tatsächlich hatte er noch nie Ärger mit den deutschen Behörden gehabt. Für die existierte er gar nicht – und so sollte es auch bleiben. Trotzdem wurde ihm bei dem Gedanken etwas schwummrig, nun monatlich ein ganzes Kilo verkaufen zu müssen. Er wollte gar nicht wissen, wie lange man ihn dafür einsperren konnte.

„Vom Umsatz kriegst du wie immer ein Viertel", erklärte der Braunäugige wie nebenbei. Auch er lächelte plötzlich, als wären Ostern und Weihnachten auf denselben Tag gefallen.

„Schau mal, was ich hier habe!"

Der Stahlblaue wedelte mit einem Schließfach-Schlüssel vor Quangs Gesicht herum. „Also ab mit dir zum Hauptbahnhof – aber mach dich vorher noch sauber, sonst verhaften sie dich wegen Erregung öffentlichen Ärgernisses! Kapiert?"

Quang nickte verhalten.

„Ich höre nichts, Digga!"

„Okay, verstanden. Alles wie immer."

Das Triumphgrinsen des Stahlblauen gab ihm den Rest. Diese Wichser hatten ihn richtig fertiggemacht. Aber er hatte es überstanden und war nun wieder für ein Weilchen sicher. Die Zwei nickten ihm sogar noch überraschend versöhnlich zu, bevor sie zum U-Bahnsteig hinuntergingen.

Quang atmete ein paarmal tief durch, bevor auch er die Treppe hinunter zum Bahnsteig nahm. Dort ließ er sich, noch immer leicht zittrig, auf eine Bank fallen und schaute auf die Uhr. Die letzte U-Bahn müsste bald kommen.

Unwillkürlich tasteten seine Hände nochmal in der Hosentasche nach dem soeben erhaltenen Schließfach-Schlüssel, der für ihn nun eine Art Lebensversicherung darstellte. Dabei merkte er, was er fast schon wieder völlig verdrängt hatte: Die Auswürfe in seiner Hose, die da nicht hingehörten und die sich nun erneut olfaktorisch bemerkbar machten. Hoffentlich gab es in der Bahn ein leeres oder vollgeschissenes Abteil, damit sein Gestank nicht weiter auffiel.

Eine Horde Jugendlicher rammelte an Quang vorbei, alle schon ziemlich gut drauf und besoffen. Ein wohlproportioniertes blondes Mädchen stach ihm ins Auge, vermutlich weil sie besonders aufreizend mit ihrem Arsch wackelte. Wehmütig blickte er der Teenie-Gruppe nach und entdeckte dabei die beiden Gangster, die ihm gerade so heftig zugesetzt hatten. Sie kamen den Teenagern entgegen und Quang spürte, wie sich seine Herzfrequenz schon wieder erhöhte. Er erhob sich und schlich hinter den Kiosk in der Bahnsteigmitte. Auf eine weitere Begegnung mit den beiden konnte er gut und gerne verzichten. Gleichzeitig durchfuhr ihn ein weiterer Gedanke: Ein Foto seiner Erpresser könnte sich vielleicht irgendwann als hilfreich erweisen.

Mit zitternden Händen zog er sein Handy aus der Tasche, das Geschenk einer Dreiundsechzigjährigen aus Charlottenburg, die fand, dass auch einem vietnamesischen Flüchtling das neueste Smartphone gut zu Gesicht stand, und lugte vorsichtig um die Kioskecke. Schon teilte sich die Gruppe der lautstarken Jugendlichen und der Stahlblaue trat hindurch. Hektisch drückte Quang den Auslöser und sah, wie nun auch der Braunäugige mit wachsamen Blicken folgte. Ein weiteres Digitalfoto zu schießen, empfand er als zu gefährlich, nun galt es, schleunigst von der Bildfläche zu verschwinden. Quang schickte einige Stoßgebete an seine Lieblingsgötter (als Daoist war er nicht so monotheistisch unterwegs wie die Christenheit) und diese schienen ihn prompt zu erhören: Der letzte Zug donnerte herein, die Teenies an der Bahnsteigkante johlten und zogen dadurch die Blicke der beiden auf sich. Quang entfernte sich unauffällig zum anderen Ende des Bahnsteigs und sprang erst im letzten Augenblick in die U-Bahn.

Die Türen waren noch gar nicht so lange geschlossen, da blickten ihn einige Passagiere bereits missbilligend an, andere rümpften demonstrativ ihre Nasen und ein ganz Empfindlicher stand auf und setzte sich ans andere Ende des Wagons. Nur eine knallbunte Berliner Göre mit Punk-Frisur, Nasenring und knallroten Augen schenkte ihm ein knappes Nicken samt einem freundlichen, verständnisvollen Blick, der Quang zu sagen schien: „Kein Problem – sowas ist uns doch allen schon mal passiert."

Kapitel 3

Als Quang vor der heruntergekommenen Mietskaserne in Charlottenburg stand, fiel ihm ein Riesenstein vom Herzen. Endlich war er daheim. In seinem deutschen Zuhause. Auch die Anspannung der letzten Stunden fiel langsam von ihm ab. Einmal bei „Sommer" klingeln, dann durch den Hinterhof, nochmal klingeln – und er war in Sicherheit. Er hatte zwar seine Schlüssel dabei, wollte aber sichergehen, dass ihn seine Prinzessin höchstpersönlich in Empfang nahm. Und am besten auch gleich bereit war, sich seine dramatische Leidensgeschichte anzuhören. Er würde sich natürlich als das unschuldige Opfer darstellen, das er an diesem Abend tatsächlich gewesen war. Außerdem würde er auch wieder darauf herumreiten, wie hart ihn das Leben in Deutschland immer wieder fickte. Dass er hier nie wirklich eine reelle Aufstiegschance hatte. Dass ihn böse Jungs immer wieder zwangen, irgendetwas Illegales zu tun. Seine selbstverschuldeten Verfehlungen würde er dabei mit keiner Silbe erwähnen.

„Ja?", fragte eine müde Stimme, die dennoch interessiert, warm und freundlich klang.

„Ich bin es, meine Prinzessin", flötete Quang in die Gegensprechanlage.

„Na endlich!"

Es hörte sich wie maßlose Erleichterung an.

Ihre Umarmung warf ihn fast um. Sie drückte ihm einen feuchten Kuss auf den Mund und wuschelte mit ihren zierlichen Händen durch seine dichten, schwarzen Haare.

„Ich bin ja so froh, dass du endlich da bist", verkündete sie und gab der Haustür mit dem Fuß einen kräftigen Stoß, sodass sie lautstark ins Schloss fiel.

„Wo warst du denn?"

Quang suchte den Blickkontakt und sah in Alinas leuchtende, blaugrüne Augen. Ihre kurzen Haare mit der undefinierbaren Farbe („Straßenköter-blond", wie sie immer so gerne sagte) standen wirr nach allen Seiten ab. An ihrem schlanken Körper war kein Gramm Fett zu viel. Ein herrliches Kontrastprogramm zu den alten Schachteln vom Ku'damm.

„Bist du in Hundescheiße getreten?"

Alina rümpfte ihr süßes Näschen.

Quang setzte postwendend sein Charmeur-Lächeln auf, das bei Frauen immer so gut ankam: „Sowas Ähnliches – geh ruhig schon mal ins Wohnzimmer, ich komme gleich nach."

Was Quang so sehr an Alina schätzte, war, dass sie ihn tatsächlich genauso liebte, wie er war. Sie fragte nicht, sie hinterfragte nicht und sie akzeptierte ihn und seine manchmal recht einsilbigen Antworten ohne Misstrauen oder Eifersucht. Sie hatte ein fast unerschütterliches Vertrauen. Und ein riesengroßes Herz.

Nachdem sich Quang im Bad gründlich gesäubert und legere Hauskleidung übergezogen hatte, schnappte er sich den schwarzen Rucksack, der am Hauptbahnhof auf ihn gewartet hatte. Im Wohnzimmer saß Alina auf ihrem schwarzen Kunstleder-Sofa und knabberte hin und wieder ein paar Erdnüsse, während sie fernsah. Er setzte sich ganz nah zu ihr und stellte den Rucksack demonstrativ auf seine Oberschenkel. Alina registrierte das mit hochgezogenen Brauen, blickte ihn aber nur fragend an. Er schnappte sich die Fernbedienung und fragte „Du erlaubst?“, da er wusste, dass Alina seine etwas übertriebene Höflichkeit sehr schätzte.

„Klaro, erzähl!“

Das TV-Bild verschwand.

Auf dem Heimweg hatte sich Quang seine Geschichte ganz genau zusammengesponnen, aber nun wusste er plötzlich nicht mehr, wie er anfangen sollte. In seinem Kopf herrschte gähnende Leere, durch die er sich schließlich sagen hörte: „Öffne bitte den Rucksack!“

Eines hatte Quang auf seiner abenteuerlichen Reise nach und durch Europa gelernt: Die Kunst des Lebens bestand zum Großteil aus Improvisation. Improvisation konnte einem das Leben retten. Und so improvisierte Quang manchmal ganz unbewusst, fast schon automatisch.

So wie jetzt.

Alina machte ein überraschtes Gesicht, ihre Lippen formten sich zu einem kleinen „Oh!“ und ihre Augen ruhten fragend auf seinem Gesicht: „Du sollst mir doch keine Geschenke mitbringen!“

Quangs Mimik verriet sogleich, dass sie damit auf dem Holzweg war.

„Ach Alina, wie gerne würde ich dir Geschenke mitbringen. Aber das hier ist etwas anderes. Böse Menschen haben es auf mich abgesehen.“

Geblendet von ihrer überbordenden Liebe spürte Alina nicht, dass Quang seine Komplimente wie Floskeln herunterspulte. Bei ihr war nur der letzte Satz hängengeblieben. Und der besorgte sie massiv: „Was ist denn los? Wer will dir etwas tun? Und warum? Sag schon!“

Quang deutete mit dem rechten Zeigefinger auf den Rucksack, der nun wie eine Mauer zwischen ihnen stand. Alina öffnete ihn mit vor Erregung zitternden Händen und warf einen vorsichtigen Blick hinein. Bei der spärlichen Wohnzimmerbeleuchtung konnte sie erst nicht viel erkennen, also griff sie kurzentschlossen in den Sack und zog mit einem kräftigen Ruck einen Schuhkarton-großen, in Plastik eingeschweißten Quader mit unregelmäßigen Ausbuchtungen hervor. Durch die matte Vakuumverpackung hindurch waren deutlich zahlreiche Cannabis-Blüten zu erkennen. Dunkelgrün, mit einem kräftigen Schimmer Orange.

Alina musste erst mal tief Luft holen.

Immerhin war es kein Sprengstoff.

Aber so ein Riesenhaufen Gras hatte es natürlich auch in sich.

„Woher hast du das?“, fragte sie verunsichert. „Du weißt hoffentlich, dass dich das in den Knast bringen kann. Erst in den Knast und dann zurück nach Vietnam.“

Sie schüttelte verärgert den Kopf.

„Wie kannst du nur?“

Ja, wie konnte er nur?

Jetzt hieß es Wahrheit und Fiktion wieder so miteinander zu verbinden, dass dabei eine Geschichte herauskam, die ihm Alina auch abnahm.

„Bevor wir zusammenkamen, habe ich mit Gras gedealt“, bekannte er und senkte den Kopf wie ein geprügelter Hund. „Nicht viel. Und nicht an Kinder oder Jugendliche. Immer nur kleine Mengen. Mal im Görli, mal am Kotti, dann wieder in der Hasenheide. Eines Tages kamen da ein paar Typen vorbei, die mich ansprachen. Die wussten ganz genau, dass meine Eltern in Vietnam bedroht wurden – wegen der Schulden, die sie für mich aufgenommen haben. Und weil das Leben meiner Familie gefährdet war, fing ich an, Cannabis zu verkaufen. Dadurch machte ich etwas Geld, auch wenn das Meiste immer an die Lieferanten ging. Als ich dich dann kennenlernte, habe ich natürlich sofort damit aufgehört.“

Den Blick, den er ihr daraufhin schenkte, hatte Quang schon Hunderte Male vor dem Spiegel geübt, er war überzeugt, dass ihm damit keine Frau widerstehen konnte. Seit er mit Alina zusammen war, unterstützte ihn die Gute auch mit großzügigen Spenden, von denen ein Teil in seine alte Heimat ging. Deshalb durfte sie unter keinen Umständen von seinen nicht unerheblichen Nebenverdiensten erfahren, die ihm sein sexueller Alte-Damen-Service einbrachte.

„Und was ist dann das hier?“

Alina zeigte anklagend auf den prall gefüllten Gras-Beutel.

Quang seufzte und hoffte, dass es ihm zeitnah gelingen würde, die eine oder andere Träne herauszuquetschen. Er bemerkte verwundert, dass es ihm diesmal nicht auf Anhieb gelang, also spann er seine halbgare Geschichte noch etwas weiter: „Weißt du, die Dealer haben mir nie verziehen, dass ich dir zuliebe ausgestiegen bin. Also haben sie versucht, meine Familie in Vietnam zu erpressen – doch dank deiner Hilfe funktionierte das nicht.“

Quang sah in Alinas Augen, dass sie an seinen Lippen hing. Jetzt durfte er sich nicht verzetteln.

„Heute war ich doch mit Kevin in der Sonnenallee, und auf dem Rückweg haben sie mich in der U-Bahn geschnappt. Die hielten mir ein Messer an den Hals und fragten, ob ich schon wüsste, dass meine Mutter Krebs hat. Das wollte ich erst gar nicht glauben, aber dann haben sie mir ein Handy ans Ohr gehalten und mein Onkel war am Telefon. Keine Ahnung, woher die seine Nummer hatten. Jedenfalls bestätigte er, dass bei meiner Mutter letzte Woche Brustkrebs festgestellt wurde. Weißt du, was solche Untersuchungen und Operationen in Vietnam kosten? Mindestens 5.000 Euro.“

Quang hatte sich so in seine Rolle hineingesteigert, dass es ihm nun auch gelang, ziemlich authentisch zu weinen. Alina nahm ihn fürsorglich in den Arm und streichelte ihn beruhigend. Sein vermeintliches Schicksal ging ihr so zu Herzen, dass auch bei ihr die Tränen kullerten. Einige Minuten lang lagen sich die beiden in den Armen und hielten sich fest umklammert.

„Das tut mir alles so leid“, flüsterte Alina.

Quang nickte schwach.

„Mir bleibt daher nichts weiter übrig, als Gras zu verticken. Nur so kann ich schnell genug Geld verdienen, um meine Mutter zu retten.“

Er ließ die letzten Worte wirken und schaute Alina verständnisheischend an. Diese überlegte, bevor sie überraschend bestimmt antwortete: „Nein, das musst du nicht. Entweder gibst du das Gras den Dealern zurück oder ich liefere es bei der Polizei ab.“

Quang spürte eine heißkalte Welle in sich emporsteigen. So hatte er das nicht geplant. Würde sie das echt bringen?

„Wenn du der Polizei alles erzählst, werden sie dir sicherlich helfen“, orakelte Alina weiter.

Quang schüttelte seinen Kopf nun in gänzlich ungespielter Panik.

„Keine Polizei ... keine Polizei ... keine Polizei“, wiederholte er gebetsmühlenartig, während ihn eine wohlbekannte Angst befiel. Diese Angst trug er schon lange in seinem Herzen: Die Angst vor der allmächtigen Staatsmacht, die ihm noch nie etwas gebracht, aber schon oft etwas genommen hatte. Er fürchtete sich davor, auch in Deutschland von ihrem Zorn getroffen zu werden. Alina verstand diese Angst, hielt den Gang zur Polizei aber trotzdem für die beste Option.

Quang sah das ganz anders: „Die werden mir alles Mögliche anhängen, nicht nur das Kilo Gras. Wer weiß, was die mit mir machen, damit ich irgendwas gestehe. Und abschieben werden die mich sicher auch – also werden wir uns wohl nie wiedersehen.“

Dieser Argumentation ihres Lieblings konnte Alina wenig entgegensetzen. Dennoch musste es einen anderen Ausweg geben. Sie stand auf und verließ das Zimmer.

Kurz darauf kam sie mit einem Stapel Unterlagen zurück. Augenblicklich erkannte Quang, dass es sich um ihre Bankunterlagen handelte. Er musste sich mächtig zusammenreißen, um ein unwillkürlich aufkommendes Grinsen zu unterdrücken. Alina legte die Unterlagen auf ihren alten Holztisch und begann sie auszufüllen.

„Das ist alles, was ich habe“, sagte sie schließlich und drückte Quang einen zärtlichen Schmatzer auf die schmalen Lippen. „Und was mein ist, ist auch dein. Morgen gehen wir zur Bank und ich erteile dir einfach eine Vollmacht für mein Konto, da sind knapp 10.000 Euro drauf. Für die Operation deiner Mutter sollte das locker reichen.“

Diesmal war der glückselige Ausdruck auf Quangs Gesicht echt. Sein Gehirn addierte bereits die zu erwartenden Einnahmen des Gras-Verkaufs mit denen seiner Ku'damm-Tätigkeiten und den gerade erhaltenen Ersparnissen seiner wirklich fantastischen Prinzessin auf Zeit. Die Summe war inzwischen groß genug, um irgendwo ein kleines Geschäft eröffnen zu können. Am besten einen gut gelegenen Asia-Imbiss. Damit hätte er alle Erwartungen seiner Familie erfüllt und sich zudem ein legales Standbein in Europa geschaffen, das regelmäßige Überweisungen in die Heimat ermöglichen würde.

„Nein, das kann ich nicht annehmen.“

Quang war bemüht, sich seine überbordende Freude nicht anmerken zu lassen.

„Doch, das kannst du“, widersprach ihm Alina. „Du würdest ja für mich dasselbe tun.“

Quang nickte gerade noch rechtzeitig und versicherte ihr das Gewünschte. Alina umarmte ihn liebevoll, stellte dabei aber noch eine weitere Bedingung: „Du musst mir aber versprechen, dass du gleich morgen das Kilo zurückbringst und denen sagst, dass du eine bessere Möglichkeit gefunden hast, um deine Mutter zu retten. Hast du mich verstanden?“

Quang nickte artig und schaute Alina unterwürfig an. Wie ein Hund, der auf sein in Aussicht gestelltes Leckerli wartet.

„Versprichst du es mir?“, hakte Alina nach.

„Ich gebe dir mein Ehrenwort“, erklärte Quang im bestmöglichen Brustton seiner gespielten Überzeugung. „Meine Familie und ich werden immer in deiner Schuld stehen.“

Wieder flossen ein paar hilfreiche Tränen, die ihm Alina sogleich aus dem Gesicht küsste: „Was redest du denn da für einen Quatsch? Du musst einfach nur ehrlich bleiben. Und bei mir. Gemeinsam kriegen wir das schon hin!“

Quang nickte zustimmend. Jetzt musste er Alina nur noch für eine Weile bei Laune halten. Also kramte er sein Handy raus: „Willst du mal eins der Arschlöcher sehen, die mich vorhin so fertiggemacht haben? Ich hab ihn heimlich geknipst.“

Alina wollte.

Kapitel 4

Den schlauchartigen Korridor durchzog ein derart intensiver Cannabis-Geruch, dass er auch auf anderen Etagen in verwundert rümpfende Nasen stieg. Die beiden Männer, die Quang vor einer Stunde so gekonnt von den Vorzügen einer kontinuierlichen Kooperation überzeugt hatten, marschierten wie zwei abgebrühte GIs im Gleichschritt auf die Tür der Präsidentensuite zu. Davor standen zwei Security-Leute, die es in Sachen Breitschultrigkeit durchaus mit ihnen aufnehmen konnten. Auch ihre Gesichter strahlten Härte und professionelle Gleichgültigkeit aus.

„Steht ihr auf der Liste?“, fragte der Türsteher mit dem Retro-Schnurrbart und der Goldkette aus extra massiven Gliedern, die ihm beinahe bis zum Bauchnabel reichte.

„Paul ist ein alter Kumpel“, behauptete der Braunäugige trocken. Der Security-Typ grinste emotionslos.

„Das sagen alle. Ich brauch eure Namen – wenn ihr nicht auf der Liste steht, geht leider nichts.“

Der Stahlblaue trat noch einen Schritt näher und beugte sich dem wortführenden Einlassbeauftragten auf eine Art und Weise entgegen, die nicht klar machte, ob er nun vertraulich oder bedrohlich erscheinen wollte.

„Didi und Stulle.“

Der Blick des Türstehers wanderte routiniert über die Gästeliste, auch wenn sein Gehirn längst davon überzeugt war, dass sich die Suche nicht lohnte. Diese zwei Muskelaffen wollten sie wohl verarschen – aber das sollten sie ruhig mal versuchen. Die würden dann schon sehen, wer zuletzt lacht.

„Seid ihr sicher, dass ihr auf der Liste steht?“

Der Stahlblaue blinzelte kein bisschen: „Ganz sicher.“

Überrascht musste der Einlassverwalter kurz darauf feststellen, dass da tatsächlich jemand die Namen von zwei Urberliner Comic-Schweinen auf die Gästeliste gesetzt hatte. Doch da standen sie schwarz auf weiß: „Didi & Stulle“.

Der dermaßen Verdutzte konnte nicht ahnen, dass er mit einem falschen Spruch eine gebrochene Nase oder Schlimmeres riskierte, denn auf respektlose Anspielungen konnten die beiden mittlerweile sehr empfindlich reagieren. Sie hatten schon vor vielen Jahren und ganz unabhängig voneinander ihre Spitznamen erhalten und erst bei ihrer Zusammenarbeit bemerkt, dass die Leute oftmals grinsten oder dumme Sprüche rissen, die sie nicht verstanden. Nachdem sie dann auf die Comics gestoßen waren und alles verstanden, reagierten sie auf respektlose Bemerkungen oft übertrieben radikal. Doch der Türsteher hatte Respekt und eh keinen dummen Spruch parat. So einer war er nicht. Emotionslos nickend setzte er mit einem lackschwarzen Kuli zwei schwungvolle Haken auf die Liste, während sein Kompagnon bereits (erstaunlich zuvorkommend) die Tür für die beiden Neuankömmlinge öffnete.

Aus dem Inneren des Hotelzimmers entwich eine verhangene Rauchwolke. Eine Geruchsmischung aus frisch konsumiertem Gras und Hasch der Spitzenklasse strömte in die kundigen Nasen der zwei Eintretenden. Das war genau das richtige Umfeld für sie. Vielleicht würden sie hier und heute einen Neuen finden.

Spätestens seit den 90er Jahren brummte das Weed-Business in der deutschen Hauptstadt dermaßen, dass es den Anschein hatte, diese lebenshungrige Metropole würde niemals genug davon bekommen. Deshalb hatten Didi und Stulle ihr Geschäftsmodell komplett auf Expansion ausgerichtet. Sie setzten einfach auf unbegrenztes Wachstum - genau wie die Steuersparfüchse von Amazon. Mehr Gras brachte mehr Geld, was die Zwei direkt in neues „Personal" und den Aufbau neuer Grow-Anlagen steckten. Sie waren praktisch immer auf der Suche nach zuverlässigen Leuten, die selbständig gutes Weed für sie produzierten. Denn sie kannten genug kleine Dealer, die jede Menge Gras verticken konnten. Und wollten.

Didi und Stulle verstanden sich stets als Strippenzieher im Hintergrund, die von allem prozentual profitierten. Gleichzeitig verdienten ihre Mitarbeiter deutlich mehr als den üblichen Mindestlohn, und das Renommee von schwarz verdienter Kohle war auch nicht zu unterschätzen. Schließlich ermöglichte sie den Begünstigten, auch Hartz IV oder sonstige Sozialleistungen mitzunehmen. Und wo standen die Chancen besser, geeignete neue Kandidaten zu finden, als auf der After-Party eines angesagten Rappers und bekennenden Weed-Heads? Hip-Hop und Gras – das passte doch zusammen wie Donald Trump und Narzissmus. Oder wie Reggae und Ganja.

Die Party brummte. Gegen Mitternacht glich sie einem Vulkan, der kurz vor dem Ausbruch stand. Die Präsidentensuite war rappelvoll, ein paar Möchtegern-Models in aufreizender Kleidung ließen ihre Hüften lasziv zu der bassbetonten Musik des gar nicht so unbekannten DJs kreisen. Verständlich, dass sich da ein paar notgeile Typen zum Affen machten und um die hübschen jungen Frauen herumtanzten. Sie begriffen vermutlich nicht, dass sich die Mädels gerade als sexy Tänzerinnen für das nächste Video von Sido anboten, und nicht ernsthaft einen x-beliebigen Typen suchten, der sie endlich mal so richtig durchknatterte.

Einige Gäste musterten die Neuankömmlinge flüchtig, wandten sich aber direkt wieder ab, da Didi und Stulle gut ins Bild passten. Ihre exklusiven Polohemden fielen zwar schon ein wenig aus der Reihe, doch das glichen sie durch amtliche Goldketten, stylische Jeans und szenetypische Marken-Sneaker wieder aus.

Überall standen Sofas, Sitzecken, bequeme Sessel und kleine Tische herum. Auf den Tischchen lagen Beutel mit Gras und Haschisch, dazu Longpapers aller Art, Filtermaterial und hier und da auch ein Grinder. Drum herum Horden junger Männer, die so wirkten, als wären sie gerade mitten in einem Joint-Roll-Wettbewerb. Hier und da blubberte eine Bong, und immer wieder schallte lautes, extrovertiertes Gelächter durch den Raum. Nur die Tür zum Geschäftszimmer der Präsidentensuite war verschlossen. Davor ein breitschultriger Sicherheitsfuzzi, der alle Gäste, die sich der Tür näherten, mit der immer gleichen Floskel abwehrte: „Sorry, Herr Würdig will gerade nicht gestört werden."

Bei Didi und Stulle machte er eine Ausnahme. Denn er schwieg und schüttelte nur bedauernd den Kopf. Da er zu wissen glaubte, wer die beiden waren, wies er einladend auf eine nahe Sitzecke mit ein paar freien

Plätzen. Die zwei so freundlich Eingewiesenen machten es sich auf den vorgeschlagenen Sesseln bequem. Und saßen damit mitten im Getümmel. Dabei kamen sie nicht umhin, einen sich besonders laut aufspielenden Dreadlockigen zu bemerken, der einen fetten Joint in der Hand hielt und pausenlos Geschichten erzählte, wie dumm die Berliner Bullen doch seien und welche tollkühnen Streiche er ihnen schon gespielt hatte. Dann verkündete er ganz ungeniert, dass er massenhaft feinstes Gras bei sich zu Hause anbaue, und fragte unverblümt in die Runde, ob vielleicht jemand etwas von seinem spitzenmäßigen „Homegrown“ antesten und kaufen wolle.

Didi und Stulle kannten das. Hier ging es zwar vordergründig um Hip-Hop und Rap, aber eben auch um das eine oder andere Nebengeschäft.

„Der Typ kommt schon mal nicht in Frage.“

Stulle schüttelte den Kopf, er durchschaute substanzlose Kiffer-Fantasien immer recht schnell.

Didi war noch anderer Meinung: „Wieso? Der schreit doch förmlich danach. Okay, das ist vielleicht ein Angeber, aber den können wir uns irgendwie zurechtbiegen.“

Stulle blieb stur: „Nee, das ist ein Möchtegern, der nichts für sich behalten kann. Und das wiederum könnte UNS mächtige Schwierigkeiten bringen.“

Didi schüttelte entnervt den Kopf. Über manche Sachen konnte er mit seinem Geschäftspartner einfach nicht vernünftig sprechen. Das hatte er längst erkannt. Also gab er um des lieben Friedens willen mal wieder klein bei. Letztendlich waren sie ja auch nicht hier, um sich zu streiten.

Noch eine Jointlänge lang verfolgten sie das Geschehen an ihrem Tisch. Andere Gäste klinkten sich immer mal wieder in den nicht enden wollenden Monolog des stolzen Heimgärtners ein und priesen ebenso die Vorzüge seines Grases. Didi und Stulle kam das Ganze verdächtig einstudiert vor. Schließlich behauptete der Schwätzer sogar, Sido höchstselbst würde nur noch von ihm sein persönliches Rauchkraut beziehen. Man könne ihn ja später selber fragen, wenn man das nicht glaube.

Didi und Stulle hatten genug gehört. Sie erhoben sich und bahnten sich ihren Weg durch die Menge in Richtung Balkon. Mehrere Male schrammten sie dabei nur haarscharf an glühenden Jointspitzen vorbei, die ihre hochpreisige Kleidung fast ruiniert hätten.

Auf der weitläufigen Terrasse der Suite bot sich Didi und Stulle beinahe dasselbe Bild wie drinnen, nur dass der ausgeatmete Rauch hier viel besser abziehen konnte. Sie schnappten sich aus einem der vielen herumstehenden Kästen zwei Bier und öffneten die Flaschen gekonnt mit einem Feuerzeug, bevor sie dazu übergingen, die Umherstehenden unauffällig abzuchecken. Wieder stießen sie auf einige sendungsbewusste Erzähler unglaublicher Geschichten. Da war mal wieder alles dabei - nur nicht das, wonach sie suchten.

Es sei denn ...

In der abgelegensten Balkon-Ecke stand ein Typ, der ganz allein den beeindruckenden Panorama-Blick auf das Rote Rathaus und den daneben gelegenen Fernsehturm zu genießen schien. Er hielt einen schlanken Joint in der Hand, an dem er ab und zu genüsslich zog. Ein vielversprechender Geruch zog zu Didi und Stulle herüber, die darin direkt eine Chance witterten. Das Duo nickte sich kurz zu und näherte sich dem alleinstehenden Genießer im unverbindlichen Schlenderschritt.

„Schöner Abend heute“, brach Didi als Erster das Schweigen. „Was für eine Hammer-Party, die uns Sido hier schmeißt!“, fügte Stulle euphorisch hinzu. Der so indirekt Angesprochene drehte sich leicht irritiert um. Er trug ein einfaches schwarzes T-Shirt, unauffällige graue Jeans und robuste Arbeitsschuhe. Sein Outfit stand im krassen Gegensatz zu dem in der Suite verbreiteten Kleidungsstil der gut situierten Geltungssucht und Prahlerei. Er zog noch einmal an dem Jointstummel, drückte ihn dann aus und musterte die Zwei mit mäßig interessierten Blicken.

„Schon“, stimmte er schließlich wenig überzeugt zu. „Aber ich für meinen Teil mag diese übertriebene Art von Trubel nicht so sehr. Sido ist natürlich fett im Geschäft, und da muss man auch mal entsprechend repräsentieren, aber was hier und heute für übertriebene Angeber rumspringen – das kann einem schon auf den Sack gehen.“

Didi und Stulle blickten sich überrascht an. Das klang doch ganz vernünftig, weshalb Didi direkt zur Sache kam: „Naja, vielleicht entschädigt dich das ja ein bisschen.“

Er grinste vielversprechend und legte ein kleines Plastiktütchen mit etwa fünf Gramm Gras auf das breite Geländer der Hotelterrasse. Der derart Eingeladene warf einen prüfenden Blick auf das Gras-Beutelchen und wehrte freundlich, aber bestimmt ab: „Danke, aber ich hab gerade erst einen geraucht. Außerdem bleibe ich lieber bei meiner eigenen Ernte. Da weiß ich immer ganz genau, was drin ist. Beziehungsweise was nicht drin ist. Aber euer Gras sieht wirklich gut aus, das ist bestimmt echte Spitzenqualität.“

Didi und Stulle sahen dem etwa Mitte 30-jährigen regelrecht an, wie der sich erfolglos das Hirn zermarterte, was sie hier eigentlich von ihm wollten. Alle Antworten, die er sich zusammenfantasieren konnte, waren wenig erquicklich, weshalb ihm sein Instinkt zur Flucht riet. Er überlegte schon, mit welcher unverbindlichen Bemerkung er sich dieser zunehmend unangenehmen Situation entziehen konnte, da versuchte ihn Stulle bereits zu beruhigen: „Alles gut, mach dir mal keinen Kopf! Du musst ja unser Weed nicht rauchen, wenn du nicht willst. War nur ein Angebot. Ich bin übrigens Steffen – aber alle nennen mich nur Stulle.“

Er grinste freundlich und streckte die Hand aus. Die bestehenden gesellschaftlichen Konventionen verlangten nun den Vollzug eines Handschlags.

„Ich bin Andreas, aber alle nennen mich Andy“, erwiderte dieser, ergriff die ausgestreckte Hand und lächelte verlegen.

„Und ich bin Didi“, stellte sich der Braunäugige vor und hielt Andreas zur Begrüßung die Ghetto-Faust unter die Nase, auf die nach kurzem Stutzen adäquat reagiert wurde. Das mehrdeutige Grinsen, was Didi dabei aufsetzte, befeuerte Andreas' Drang, sich schnellstmöglich zu verdrücken: „Sorry, aber ich muss jetzt wirklich los.“ Mehr wollte er gar nicht sagen, aber plötzlich hörte er sich dennoch weitersprechen: „Also echt, zwei kräftige Typen wie ihr auf einer Party wie dieser, die Didi und Stulle heißen – sorry, aber da schrillen bei mir alle Alarmglocken. Also macht's gut Jungs, das ist mir einfach zu schräg.“

Kaum ausgesprochen, bereute Andreas schon sein vorlautes Mundwerk. Da war er wohl etwas übers Ziel hinausgeschossen. Hatte er vielleicht das falsche Gras geraucht? Oder lag es an dem Long Island Iced Tea, den er vorhin unbedingt austrinken musste? Er wusste doch ganz genau, dass auch harter Alkohol die Sprachfilter zwischen seinem Gehirn und Mund deaktivieren konnte und er dann gelegentlich Sachen sagte, die er sonst vernünftigerweise zurückhielt. Er hatte auch noch kurz überlegt, ob er das große Glas wirklich leeren sollte, aber irgendwie erschien ihm das obligatorisch – schließlich war der hochprozentige Longdrink kostenlos. Das war für Andreas wie eine Verpflichtung zum Austrinken, denn er verachtete Egomanen am Gratisbuffet, die sich ihre Teller vollluden, um sie kurz darauf (und noch mindestens halbvoll) wieder irgendwo stehenzulassen.

„Hä? Wer ist hier schräg? Du machst wohl einen auf ganz dicke Hose, wa?“

Andreas hielt Didis bohrendem Blick mit erstaunlicher Gelassenheit stand. Vielleicht war es der heroisierende Alkohol, vielleicht die Gewissheit, dass ihn die beiden auf einer exklusiven Privatparty von Paul Würdig a.k.a. Sido nicht gleich auseinandernehmen würden. Andererseits hatte er gerade eine ziemlich dicke Lippe riskiert.

Da half nur cool bleiben.

Ruhig, und mit leicht deeskalierendem Unterton sagte er: „Weißt du, seit ich im Knast war, beeindrucken mich finstere Blicke kaum noch. Sagt doch einfach, was ihr von mir wollt. Oder lasst mich in Ruhe!“

Stulle musste unwillkürlich auflachen, dieser Andreas amüsierte ihn köstlich: „Unsere finsteren Blicke beeindrucken dich also nicht? Hm, da müssen wir uns wohl mal was Neues einfallen lassen.“

Er lachte Andreas entwaffnend an und sagte dann zu dem immer noch finster starrenden Didi: „Komm schon Brudi, Andy ist in Ordnung, das spüre ich.“

Didis Miene entspannte sich langsam: „Aber achte beim nächsten Mal besser auf deine Worte! Hast du das begriffen?“

Andreas nickte schuldbewusst.

Ihm war klar, wie glimpflich er gerade davongekommen war. Das hätte auch anders ausgehen können. Stulle klopfte Andreas anerkennend auf die Schulter: „Du bist ja echt ein tougher kleiner Motherfucker! Normalerweise pissen sich die Leute ein, wenn wir sie so schräg ansehen. Aber du warst die Ruhe selbst. Respekt, Digga!“

Und auch Didi lächelte Andreas plötzlich verschmitzt an: „Na ja, wenn du unser Gras schon nicht rauchen willst, dürfen wir dann vielleicht mal was von deinem probieren?“

Andreas war von Natur aus großzügig und überhaupt nicht nachtragend, also legte er ein Metalldöschen auf den Balkonsims: „Warum nicht – bedient euch!"

Das ließ sich Didi nicht zweimal sagen. Er begann in erstaunlich hoher Geschwindigkeit aus knapp einem halben Gramm einen hübschen langen Joint zu basteln.

„Schön vorsichtig! Nicht, dass er euch umhaut", witzelte Andreas.

Stulle lachte kurz auf, bevor er glaubhaft versicherte: „Uns haut so schnell nichts um."

Didi, dessen Machismo solche Ansagen nur schwer vertrug, riss sich zusammen: „Außerdem kann man Homegrown-Weed gar nicht mit Berliner Handelsware vergleichen."

„Das sehe ich anders", lautete die knappe, aber unverkennbar selbstbewusste Antwort. Didi und Stulle sahen sich vielsagend an. Dieser Typ gefiel ihnen immer besser.

Didi zündete die lange, schlanke Tüte neugierig an und inhalierte. Es schien, als versuchte er, den Rauch möglichst komplett in der Lunge zu behalten. Nach drei tiefen Zügen gab er die Tüte mit einem anerkennenden Blick an Stulle weiter: „Schmeckt gar nicht mal schlecht – welche Sorte ist das?"

Ein stolzes Lächeln umspielte Andreas' Gesicht: „Meine eigene Züchtung, ich habe sie *N.D.B.* genannt."

Wäre es nicht so dunkel gewesen, hätte er womöglich mitgekriegt, wie es in Didis Augen kurz aufblitzte. Dieser Typ war ein Volltreffer. Und der Volltreffer ergriff erneut das Wort: „Die Wirkung tritt etwas verzögert ein, aber dann erfasst sie dich wie ein ICE auf Top-Speed."

Stulle schwieg und betrachtete interessiert den Joint, den er gerade von Didi erhalten hatte. Nach ein paar Zügen gab er ihn mit der Bemerkung zurück, dass er schon besseres Weed geraucht habe. Dabei hatte Andreas wirklich nicht zu viel versprochen. Kaum war der Joint ausgedrückt, setzte bei Didi und

Stulle eine überraschend intensive Wirkung ein. Urplötzlich waren sie breit wie Flundern und bestaunten sekundenlang die blutrot unterlaufenen Augen des jeweils Anderen.

„Wow – echt feines Stöffchen“, gab Didi schließlich reumütig zu und trank gierig seine Flasche leer.

„Auch ich korrigiere meine Meinung nur ungern“, stimmte Stulle mit ein, „aber du hast völlig recht. So ein Hammergras habe ich in Berlin noch nicht in die Finger bekommen. Und das hast du selbst angebaut? Oder ist das mit irgendwelchen Chemikalien besprüht?“

Beinahe belustigt schüttelte Andreas den Kopf.

„Leute, sowas würde ich nie machen – das ginge gegen meine Grower-Ehre. In meinem Gras sind nicht mal irgendwelche Düngerreste drin, das ist beste Bio-Qualität.“

Obwohl die beiden frisch Berauschten fast ununterbrochen nickten, hatte Andreas seine Zweifel, ob sie überhaupt noch in der Lage waren, ihm inhaltlich zu folgen. Aber er musste die Zwei jetzt auch nicht weiter zutexten, die sollten einfach sein Gras genießen. Also hielt er die Klappe und die folgende Gesprächspause aus.

„Oh Mann, hätten wir Quang vorhin dieses Zeug mitgegeben, könnte er dafür fast das Doppelte verlangen“, bekannte Didi nach einer Weile mit schwerer Zunge.

Andreas zuckte bei der Namensnennung unmerklich zusammen: „Quang? Ist das nicht so ein junger Vietnamese, der auf der Straße Gras vertickt?“

„Klingt nach unserem Quang“, bestätigte Stulle.

„Krass, das gibt’s doch nicht“, eröffnete Andreas den beiden. „Den hab ich früher ab und zu am Kotti getroffen. Schien mir ein ziemlich korrekter Typ zu sein – zumindest für einen Straßendealer.“

„Ich glaube, wir sollten uns mal in Ruhe unterhalten“, erklärte Didi mit sanfter Stimme und nahm sich vor, auf dem Weg nach draußen noch ein Bier für den Weg einzustecken.

„Aber nicht hier", ergänzte Stulle. „Zu viele Poser. Und ein paar Zivile werden vermutlich auch darunter sein."

Andreas nickte: „Zivis sind echt das Allerletzte – mit denen hab ich auch schon richtig schlechte Erfahrungen gemacht."

„Wer nicht?", entgegnete Didi und stupste Andreas leicht in die Seite: „Da hilft nur eins – beim nächsten Mal besser aufpassen!"

Stulle zwinkerte Andreas zu: „Oder du minimierst das Risiko einfach, indem du dich ganz aufs Growen konzentrierst und den Verkauf lieber anderen überlässt."

Andreas gefiel die Idee. Sie war ihm auch schon gekommen, aber in seinem Umfeld war er der Einzige, der sich fürs Home-Growing interessierte. Daher nutzte er in letzter Zeit jede Möglichkeit, um mal mit irgendjemand über sein geliebtes Hobby fachsimpeln zu können. Und dieser Stulle wurde ihm zunehmend sympathischer. Das galt zwar nicht für seinen äußerlich grobschlächtig wirkenden Kumpan Didi – aber wer kann schon etwas für sein Aussehen? Andreas beurteilte Menschen sonst nie nach ihrem Äußeren, das war einer seiner ehernen Grundsätze. Ein anderer war, jedem erst mal eine Chance zu geben. Und daran hielt er sich.

Während sich der Star des Abends zu vorgerückter Stunde seinen berauschten Gästen präsentierte und mit seiner lang erwarteten Live-Performance begann, torkelte das Trio durch die hüpfende Menge dem Ausgang entgegen, um sich draußen wichtigen geschäftlichen Fragen zu widmen.

Kapitel 5

Einige Tage später traf sich Andreas erneut mit Didi und Stulle. Diesmal besprachen sie völlig nüchtern und in knapp einer Stunde alles, was noch zu besprechen war. Die letztendlich getroffene Regelung erschien beiden Seiten vorteilhaft: Andreas konnte frei schalten und walten, wie er wollte. Um den Verkauf seiner bald ausufernden Ernten würden sich Didi und Stulle kümmern. Nach der per Handschlag getroffenen Vereinbarung erhielt Andreas die Schlüssel zu einer Vierraumwohnung in Lichtenberg und für die erste Grow-Anlage 9.000 Euro in abgenutzten Fünfzigern.

Didi und Stulle waren zufrieden. Sie hatten wieder einen geeigneten Heim(lich)gärtner gefunden, der einiges an Erfahrung mitbrachte und deshalb völlig autark agieren konnte. Wenn Andreas wie ihre anderen „Grow-Esel“ funktionierte, würde er ihnen bald viel Geld einbringen. Die Zwei hatten Andreas beim Abschluss ihrer Vereinbarung ganz unverblümt erklärt, dass man sich, sobald alles richtig angelaufen sei, nur noch einmal im Monat sehen werde: Wenn die jeweils neue Ernte abholbereit sei.

Andreas hatte bei allen der Vereinbarung vorausgehenden Gesprächen gut zugehört und mitgedacht. Wenn er etwas nicht verstand, fragte er nach und als ihm schließlich die entscheidende Frage gestellt wurde, hatte er längst alles durchkalkuliert: Er ging hier ein überschaubares Risiko ein. Die Typen wussten nicht einmal, wo er wohnte und überließen ihm einfach 9.000 Euro in bar. Das war schon ein erstaunlicher Vertrauensvorschuss. Nicht, dass Andreas beabsichtigte, sein Wort zu brechen – er betrachtete sich als absoluten Ehrenmann. Natürlich würde er zu seinem Wort stehen. Trotzdem empfand er es als etwas zu leichtsinnig von den zwei Kraftprotzen, ihm gleich dermaßen zu vertrauten. Dachten die vielleicht, er hätte Schiss vor diesem Überangebot hart antrainierter Muskeln? Klar, mit denen wollte er lieber nicht in einen Ring steigen, aber was könnten die schon machen, wenn er jetzt einfach mit dem ganzen Geld verschwinden würde? Auf der anderen Seite konnte er sich gut vorstellten, dass er noch viel mehr Kohle machen würde, wenn er die Chance nutzte, die ihm hier gerade geboten wurde. Außerdem hatte es ihn schon lange gereizt, mal wieder im größeren Stil growen zu können – mit einer High-End-Anlage wie der, die ihn vor Jahren in den Knast gebracht hatte. Aber natürlich OHNE diesmal erwischt und eingebuchtet zu werden.

Tatsächlich hatte Andreas nur deshalb so schnell zugesagt, weil er das Risiko für gering und gut kalkulierbar hielt. So wie er das sah, blieb er anonym und unabhängig, und ihm wurde praktischerweise alles zur Verfügung gestellt, was er für den Aufbau einer professionellen Anlage brauchte. On top zahlte man ihm einen anständigen Preis für jedes von ihm produzierte Kilo. Das war wirklich ein verdammt guter Deal. Und abhauen konnte er ja immer noch, wenn irgendetwas schieflief. Oder er genug Asche gemacht hatte.

Die Vierzimmerwohnung im Ostteil der Hauptstadt konnte Andreas bequem mit den Öffis erreichen, er musste nicht mal umsteigen. Keiner kannte ihn in Lichtenberg und so konnte auch diese Wohnung nicht mit ihm in Verbindung gebracht werden. So sollte es bleiben.

Schon auf der Straße zog sich Andreas stets eine schwarze Atemschutzmaske über, lange bevor er über den Hof den Seitenflügel des heruntergekommenen Altbaus betrat.

Durch die Corona-Krise waren viele Menschen in Erwartung der nächsten viralen Mutation dazu übergegangen, auch weiterhin in Geschäften oder öffentlichen Verkehrsmitteln ihre mittlerweile legalen Vermummungen zu tragen. Das ermöglichte Andreas, den Lichtenberger Altbau stets anonym zu betreten.

Als Allererstes klebte er unauffällige Muster hinter sämtliche Fensterscheiben der leerstehenden Vierraumwohnung. Wenn er von der Straße nach oben zur Wohnung schaute, konnte er sehen, wie gut seine Tarnung nach außen funktionierte. Nur mit einem Fernglas konnte man erahnen, dass die vermeintlichen Gardinen nicht echt, sondern aufgeklebt waren.

Überhaupt nahm Andreas' Angst vor unliebsamen Begegnungen zunehmend ab, nachdem er festgestellt hatte, dass niemand in diesem heruntergekommenen Seitenflügel wohnte. Die meisten Wohnungstüren ließen zwar keinerlei Rückschlüsse zu, ob da noch Menschen lebten oder nicht, aber Andreas ging bald davon aus, dass da keiner mehr war, denn er traf nie Leute im Flur, obwohl er die Treppen inzwischen recht häufig hoch und runter gelaufen war.

Das konnte ihm nur recht sein. Je weniger neugierige Nachbarn, desto besser. Schließlich schleppte er nach und nach all die Einzelteile an, die er in der Wohnung zu einer modernen Grow-Anlage zusammensetzte. Eine solche Anlage kann man sich hierzulande ja nicht einfach liefern und betriebsfertig aufbauen lassen – man kauft sie mit Bargeld im Growshop seines Vertrauens. Für Andreas war das die „Kaya Grow Foundation" in seinem Kiez. Hier gab es alles, was sein Grower-Herz begehrte, und was nicht vorrätig war, konnte bestellt werden. Außer natürlich die passenden Seeds. Soweit war die deutsche Rechtsprechung noch nicht. Die Cannabis-Samen musste man nach wie vor in Holland oder Spanien bestellen, was aber dank Internet und EU-Zollunion in den allermeisten Fällen problemlos klappte.

Trotzdem: Durch private IP-Adressen und nachvollziehbarem Zahlungsverkehr konnte man unvorsichtigen Growern etwas nachweisen, weshalb Andreas längst dazu übergegangen war, seine Onlinekäufe immer in Internet-Cafés zu tätigen und dabei mit dem Bruchteil eines BitCoins zu bezahlen. Zum Glück waren Internet-Cafés noch nicht ganz ausgestorben, zudem verstanden immer mehr Seed-Banks und -Händler das Bedürfnis ihrer zumeist ausländischen Kundschaft nach Privatsphäre und akzeptierten auch Zahlungen in verschiedenen Kryptowährungen.

Andreas schätzte diese kleine Extraportion Sicherheit. Bisher hatten ihm seine zwei Growboxen (die typischen Kunststoffzelte für urbane Gärtner) mit jeweils einem Quadratmeter Anbaufläche für die Selbstversorgung völlig ausgereicht. Er hatte die Grow-Zyklen seiner beiden Boxen so getaktet, dass er alle zwei Monate aufs Neue ernten konnte. Obwohl in den Growboxen meist nur ein oder zwei Pflanzen gediehen, warfen diese regelmäßig um die 100 Gramm ab. Damit kam Andreas prima hin, manchmal verschenkte oder verkaufte er auch ein paar Gramm, weil er selbst gar nicht so viel brauchte.

Ganz anders sah es dagegen in der Lichtenberger Vierzimmerwohnung aus – da war Ertragsmaximierung die Devise. Nicht umsonst hatte man Andreas die Schlüssel für eine so geräumige Bude überlassen. In jedem der vier Zimmer sollten bald alle vier Monate neue Pflanzen heranwachsen. Das Ganze zeitlich so verschachtelt, dass Monat für Monat die Erträge eines Raumes komplett abgeerntet werden konnten. Die passende Genetik für den aeroponischen Anbau hatte er auch schon bestellt. Die Zukunft konnte beginnen.

Kapitel 6

Andreas hatte sich dafür entschieden, in jedem Zimmer der geräumigen Lichtenberger Altbauwohnung eine fast schon vollautomatische aeroponische Grow-Anlage zu installieren, die im Idealfall nur noch kontrolliert und gelegentlich nachgefüllt werden musste. Am aufwendigsten war letztendlich die Installation eines Abluftsystems für die Wohnung, aber dank des Mangels an Nachbarn waren lautstarke Wanddurchbrüche und das Verlegen von dicken Schläuchen kein Problem. Mit den 9.000 Euro von Didi sollte Andreas innerhalb eines Monats den ersten Raum fertig einrichten und direkt einen Anbauzyklus starten. Er war schon nach drei Wochen soweit.

Didi und Stulle staunten nicht schlecht, als sie ihn kurz darauf in Lichtenberg besuchten. Für sie sah es in dem Zimmer, das Andreas für die Installation der ersten Anlage ausgewählt hatte, eher nach einem komplizierten Laboraufbau aus, als nach der üblichen Indoor-Anlage, die sie von ihren anderen „Grow-Eseln" kannten. Da wurde stets in großflächigen Kunststoffzelten angebaut, die von außen schwarz und innen weiß oder silbrig waren. Die großvolumigen Töpfe standen direkt auf dem Zeltboden, darüber Lampen und an Filter gekoppelte Lüfter. Mehr oder weniger immer das Gleiche.

Hier standen nun viele relativ kleine Töpfe auf zwei großen Leichtmetalltischen, die zudem allesamt mit verschiedenen Schläuchen verbunden waren. Von der Decke herunter hingen über jedem Tisch drei massive LED-Module des österreichischen Marktführers – die leistungsstärksten Modelle der neuesten Generation. Didi und Stulle hatten diese Pflanzenleuchten noch nie zuvor gesehen, und auch der Rest dieser Anlage zauberte ihnen etliche Fragezeichen ins Gesicht.

Andreas erkannte das und erläuterte mit leuchtenden Augen die Vorzüge des aeroponischen Anbaus: Diese lägen zum einen darin, dass man fast komplett auf ein Anbaumedium verzichten könne. Ständig Säcke voller Erde vier Stockwerke hoch schleppen sei so gar nicht mehr nötig. Nur zum Keimen der Seeds wären kleine Steinwolle-Würfel vonnöten. Gleichzeitig sei Aeroponik die vielversprechendste Anbaumethode, die zudem weitgehend automatisiert werden könne. Man müsse nur regelmäßig den EC- und den pH-Wert kontrollieren.

Didi und Stulle verstanden zwar nur Bahnhof, als dann Andreas auch noch etwas von Wurzeln erzählte, die sich irgendwie aus der Luft ernähren, von Mikrosprühern und zirkulierenden Nährstofflösungen. Allerdings spitzten sie direkt wieder die Ohren, als er zum Ende seiner Ausführungen darauf zu sprechen kam, dass diese Anbaumethode auch den höchsten Ertrag versprach.

„Wie viel können wir denn ungefähr pro Raum und Ernte erwarten?“, fragte Didi. Das interessierte ihn wirklich. Irgendwie hatte der Vortrag in ihm die begründete Hoffnung geweckt, dass hier mehr als sonst drin war. Und zwar jeden Monat.

„Das hab ich schon mal grob überschlagen“, antwortete Andreas postwendend. Er zog einen Zettel aus der Jackentasche, den er angestrengt fixierte, während er fortfuhr: „Im ersten Zimmer stehen bereits die ersten vier XL-Tische mit je 32 Aero-Pots. Sobald die Sämlinge aus den Steinwolle-Würfeln ragen, werden sie in die Aero-Pots eingesetzt und darin wachsen dann die ersten 128 Pflanzen, die in ziemlich genau drei Monaten erntereif sein sollten. Bei einem Ertrag von vorsichtig geschätzten 50 Gramm pro Pflanze sind das nach der Trocknung nicht weniger als 6,4 Kilo pro Ernte – aber rechnen wir lieber nur mit sechs Kilo, denn die sind so gut wie sicher. Bei dem von uns vereinbarten Abnahmepreis von 4.000 Euro pro Kilo wären dann pro Ernte mindestens 24.000 Euro fällig."

Didi grinste ihn breit an: „Na, das klingt doch super!"

Stulle klopfte Andreas derweil anerkennend auf die Schulter und erklärte schelmisch: „Ich hoffe natürlich, dass du mit 24.000 plus im Monat irgendwie auskommst."

Andreas nickte betont cool: „Safe, das sollte locker reichen. Und wir stehen ja auch noch ganz am Anfang, in einem Monat soll ja bereits der nächste Raum anlaufen – das heißt, ich brauche dann nochmal 9.000 für die neue Hardware."

Didi nickte Stulle wissend zu, zog ein dickes Bündel gebrauchter Fuffis aus der Tasche und hielt es Andreas unter die Nase: „Aber nicht, dass du auf dumme Ideen kommst!"

Andreas grinste frech.

„Logo, nachdem ich schon die erste Anlage an den Start gebracht habe, werde ich jetzt mit der Kohle für die zweite verschwinden."

Er schnappte sich betont lässig die Scheine und steckte sie in seinen Rucksack: „Na, dann geh ich mal shoppen – oder war noch was?"

„Nö, solange es so weitergeht", erwiderte Didi, „ist alles bestens."

Aus heiterem Himmel traf Andreas auf dem Rückweg vom Einkauf die siedend heiße Erkenntnis, dass er eine Sache womöglich falsch eingeschätzt hatte: Sechs bis sieben Kilo waren schon ein Riesenhaufen Gras. Zumal er davon ausging, dass es sogar noch etwas mehr würde. Er hatte nur deshalb so knapp kalkuliert, um in keinem Fall weniger als die vereinbarte Menge liefern zu können. Wenn für ihn privat noch etwas übrig blieb, dann konnte ihm das nur recht sein. Über zu viel Weed hatte sich noch nie jemand beschwert – aber all das Gras musste nach der Ernte auch noch getrimmt werden. Was Andreas bei seinen

Einzelgängerpflanzen immer mit viel Geduld, Akribie und einer japanischen Spezialschere innerhalb einer knappen Stunde erledigte, musste hier viel schneller und daher maschinell geschehen: das Entfernen der abstehenden Blütenblätter. Dafür hatte er sich extra eine professionell anmutende elektrische „Bud Trimming Machine“ besorgt, die er aber noch nicht getestet hatte. Was, wenn er die Zeit und den Aufwand völlig falsch einschätzte? Konnte er mit dieser Maschine tatsächlich die zu erwartenden sechs Kilo Hanfblüten allein und innerhalb eines Tages komplett maniküren und für die anschließende Trocknung vorbereiten?

Andreas brachte die Einkäufe in die Vierraumwohnung und polterte danach direkt wieder die Stufen hinunter. Nach einer guten Stunde Recherche in einem nahegelegenen Späti, der auch noch zwei Internet-Rechner in einer Ecke anbot, hatte Andreas begriffen, dass er ein echtes Problem hatte.

Ein Zeitproblem.

Wenn er wie geplant jeden Monat mehrere Kilo beste Qualität abliefern sollte, dann mussten alle Prozesse exakt in dem dafür vorgesehenen Zeitfenster ablaufen. Für das Trimmen hatte er, im blinden Vertrauen auf die Möglichkeiten moderner Technik, nur einen Tag eingeplant. Es kratzte zwar mächtig an seiner Ehre, aber er musste jetzt einfach mit offenen Karten spielen. Didi und Stulle hatten hoffentlich Verständnis dafür. Vielleicht kamen sie ja sogar mit einer Idee zur Lösung des Problems um die Ecke.

Andreas suchte die Nummer heraus, die ihm Didi für Notfälle zugesteckt hatte und schickte eine SMS: „Need 2 talk asap!“

Dann verließ er den Späti und lief zielstrebig zu seiner illegalen Arbeitsstätte zurück. Es gab schließlich mehr als genug zu tun, jetzt war das zweite Zimmer dran.

Keine zwei Stunden später stand Didi vor der Tür und wummerte lautstark dagegen. Andreas hatte ihn zunächst nicht klingeln gehört, da er gerade Kopfhörer trug, während er die neuen Grow-Tische zusammenbaute. Den für ihn bestens zu körperlicher Arbeit passenden Dubstep-Soundtrack hatte er voll aufgedreht, dennoch spürte er schließlich die von Didi verursachten Vibrationen, riss den Kopfhörer herunter und eilte alarmiert zur Wohnungstür. Nach einem kurzen Blick durch den Spion öffnete er ihm: „Ach du bist's ... das ging ja schnell ... ich hab mich übelst erschrocken ... dachte schon, die Bullen kommen."

Didi blickte ihn prüfend an: „Wieso die Bullen? Wie kommst du denn darauf?"

Andreas war klar, dass er das kurz erläutern musste: „Na solchen Krach veranstalten normalerweise nur die Bullen – kurz bevor sie dir die Tür eintreten und dich in den Knast stecken. Das habe ich alles schon erlebt."

Didi verstand und grinste versöhnlich: „Mach dir mal nicht gleich ins Hemd!"

Doch schon wurde sein Blick wieder schärfer: „Oder wie es so schön heißt: Sorgen machen ist nichts anderes, als dafür zu beten, dass schlimme Sachen passieren. Und du willst doch nicht, dass schlimme Sachen passieren, oder?"

Andreas schüttelte halbautomatisch den Kopf.

„Na also", fuhr Didi fort, „dann mach dir auch keine unnötigen Sorgen, das lenkt nur ab!"

Die letzten Worte hatte Didi laut und bestimmt rausgehauen, aber nun säuselte er plötzlich in vornehmer Zimmerlautstärke: „Und wenn's wirklich mal brennt, schick mir einfach eine SMS – wie du siehst, bin ich ratz-fatz da. Allerdings scheint mir hier doch alles soweit in Ordnung zu sein, was gibt's denn so Dringendes?"

Andreas rieb sich verlegen die Nase: „Ich fürchte, ich hab einen kleinen Planungsfehler gemacht. Irgendwie bin ich davon ausgegangen, dass ich es mit maschineller Hilfe schaffe, die Ernte an einem Tag zu trimmen. Doch selbst mit der Maschine dauert es wohl deutlich länger, denn man muss die Buds immer einen nach dem anderen in die rotierende Schneidetrommel einwerfen. Außerdem müssen die Blüten auch noch etwas vorbereitet werden. Ganze Äste kann man da leider nicht reinwerfen – also müssen die Buds nach der Ernte erst mal grob von Hand geschnitten werden. Das werde ich nicht alleine schaffen können."

Didi blickte Andreas kritisch an: „Und nun?"

„Nun bin ich auf eure Hilfe angewiesen, zumindest an einem Tag im Monat. Den Rest kriege ich aber alleine hin. Garantiert! Wie vereinbart."

Didi wackelte nachdenklich mit dem Kopf: „Hm, Stulle und ich sind da raus. Wir haben auch noch andere Sachen zu erledigen, die sich nicht nach deinem Erntedatum richten. Aber ich hab schon eine Idee. Wenn dir zu den Ernten ein erfahrener Trimmer helfen würde, wäre der Zeitplan also wieder im Lot?"

Andreas nickte: „Ja, das sollte reichen. Aber willst du wirklich eine weitere Person einweihen? Jeder Mitwisser erhöht doch das Risiko."

Didi lächelte wissend: „Stimmt, aber der weiß längst Bescheid. Über ihn haben wir diese Wohnung gekriegt. Außerdem kennen wir ihn schon ewig und wissen, dass auf ihn Verlass ist."

Andreas gefiel die Vorstellung gar nicht, sich plötzlich mit einem Wildfremden arrangieren zu müssen: „Und was ist das für ein Typ?"

„Das wirst du gleich sehen. Komm mal mit!"

Didi machte eine dominante „Bei Fuß!"-Geste und verließ mit dem verblüfften Andreas im Schlepptau die Wohnung. Zwei Etagen tiefer klingelte er einmal lang und zweimal kurz. Und tatsächlich hörten sie bald schlurfende Schritte im Flur, die sich der Tür näherten. Offensichtlich gab es doch noch einen weiteren Bewohner in diesem Aufgang.

Wow!, dachte Andreas, nachdem sich die Wohnungstür geöffnet hatte, das ist ja mal ein gigantischer Fettklops! Und dieser schwer atmende Phlegmatiker soll mir beim olympischen Akkord-Trimmen helfen?

Didi schien seine Gedanken bereits zu erahnen: „Das ist Mike, einer unserer besten Leute. Mit den Fingern ist er erstaunlich flink – und Erfahrung mit der Schere hat er auch reichlich, was Mike?"

Der Dicke brummelte irgendetwas Unverständliches. Offensichtlich war er von dem Besuch genauso überrascht und wenig begeistert wie Andreas. Zudem wusste er auch noch gar nicht, was man eigentlich von ihm wollte: „Was ist denn los? Wo brennt's?"

Didi klopfte Michael „Fat Mike" Kowalski kumpelhaft auf die Schulter: „Das hier ist Andy, unser Grow-Genie aus dem Vierten. Er hat sich ein bisschen verkalkuliert und braucht demnächst Hilfe beim Trimmen. Das wär doch was für dich, oder? Nur ein Tag pro Monat, natürlich zu den üblichen Spitzenkonditionen – was meinst du?"

Mike hob träge die Schultern: „Klar, warum nicht?"

„Super, dann ist jetzt wieder alles im grünen Bereich, oder?" Didi schaute Andreas erwartungsvoll an.

Dieser schluckte.

Was hatte er sich da bloß eingebrockt?

Er konnte ja kaum sagen, dass ihm diese riesige Schwabbelbacke extrem unsympathisch war. Schließlich hatte er selbst einen Planungsfehler gemacht – und wenn die Lösung nun Fat Mike hieß, dann würde er wohl oder übel damit leben müssen. Andreas räusperte sich kurz, bevor er schließlich ein brüchiges „Sieht so aus" hervorbrachte.

„Super", freute sich Didi und zog den Reißverschluss seiner grauen Sportjacke hoch, „dann mach ich mich mal wieder vom Acker. Den Rest kriegt ihr ja sicher auch ohne mich hin, oder?“

Andreas sah, wie Fat Mike nickte und tat es ihm gleich. Didi grinste zufrieden und polterte die Treppe hinunter.

Fat Mike blickte Andreas noch einmal kurz von oben herab an: „Bimmel einfach, wenn was ist - einmal lang, zweimal kurz, begriffen?“

Andreas nickte stumm.

Dieser unförmige Menschenberg schüchterte ihn seltsamerweise mehr ein, als die athletischen Sportlerfiguren von Didi und Stulle.

„Sag mir dann einfach ein paar Tage vor der Ernte Bescheid, wann es genau losgeht, okay?“

„Mach ich“, bestätigte Andreas und schob noch ein joviales „Danke für deine Hilfe“ hinterher, bevor er mit „Wir sehen uns dann“ der Situation zu entfliehen versuchte.

Es klappte.

Fat Mike nickte, grunzte kurz und verschwand wieder in seiner Bude, während Andreas schon auf dem Weg nach oben war. Dabei beschloss er, auch in diesem Fall erst mal nicht allzu viel auf die äußere Erscheinung zu geben. Er würde ja bald merken, was Fat Mike für einer war. Die erste Ernte in acht Wochen würde es zeigen.

Kapitel 7

Fat Mikes Fingerfertigkeit war tatsächlich beeindruckend. Er brauchte nur knapp zwei Minuten, um eine frisch geerntete Pflanze in ihre gröberen Einzelteile zu zerlegen. Fast doppelt so lange dauerte die anschließende Vor-Maniküre: die grobe Vorbereitung der klebrigen Blüten für die Trimm-Maschine, die unablässig von Andreas gefüttert wurde. Da das Trommelvolumen nicht für größere Mengen ausgelegt war, musste die Maschine auf der einen Seite per Hand möglichst kontinuierlich mit frischen Blüten versorgt werden. Andreas flitzte zwischendurch immer wieder ins Erntezimmer, wo Fat Mike mit seiner flinken Schere beschäftigt war, und holte Nachschub für die Küche, in der die Trimm-Maschine stand. Dabei stieg ihm durch all den herrlichen Cannabisduft immer wieder auch eine Duftnote in die Nase, die ihm schon vor Fat Mikes Tür aufgefallen war. Und die roch ganz deutlich nach Deo-Abstinenz: männlich, unverkennbar und irgendwie stechend. Das passte zu Fat Mike, mit dem er glücklicherweise kaum reden musste. Beide hatten gut zu tun, und sicherheitshalber hatte Andreas auch die obligatorische Reggae-Erntemusik aufgedreht, die im Gegensatz zu Fat Mike zumindest ansatzweise gute Vibes vermittelte.

Als Andreas zwei Tage zuvor bei Fat Mike geklingelt und sich mit ihm für die erste Ernte verabredet hatte, waren kaum mehr als die notwendigsten Worte gefallen. Andreas hatte irgendwie das Gefühl, Fat Mike beim Wichsen gestört zu haben. Er war jedenfalls extrem kurz angebunden und wirkte wie ein erwischtes Kleinkind. Andreas war es recht gewesen, dass er nicht hereingebeten wurde. Der mit Fast-Food-Verpackungen zugemüllte Flur ließ bereits vermuten, wie der Rest seiner Wohnung aussah. Trotzdem musste sich Andreas auch eingestehen, dass er lieber einen stinkenden Fat Mike mit flinken Fingern im Team hatte, als einen wohlriechenden Dilettanten. Insofern passte das schon. Sollte der Große ruhig etwas müffeln. Was seine Fähigkeiten mit der Schere betraf, so hatte Didi wirklich nicht übertrieben. Außerdem war Fat Mike überaus maulfaul, was Andreas entgegenkam, der eh nicht mehr als das Allernötigste mit ihm besprechen wollte.

„Ich muss jetzt erst mal was essen“, verkündete Fat Mike nach gut vier Stunden, „wir sind ja ungefähr zur Hälfte durch.“

Andreas hatte schon sowas vermutet: „Dafür habe ich extra Brötchen und Käse mitgebracht, liegt alles da drüben.“

Fat Mike schüttelte angewidert den Kopf: „Nee, lass mal, ich brauch was Anständiges. Ich hol mir mal eben 'n halbes Huhn oder 'n Döner oder so.“

Andreas konnte es kaum fassen: Der meinte das wirklich ernst und war bereits dabei, den Abflug zu machen. Hoffentlich war er empfänglich für seine Argumente: „Ich glaube, das wäre keine so gute Idee. Schließlich riechst du gerade wie die Vorratskammer eines grenznahen Coffeeshops. Oder wolltest du vorher noch gründlich duschen? Dann will ich nichts gesagt haben.“

Die feine Ironie in seinen Worten entging Fat Mike. Zum Glück für Andreas – denn wenn Fat Mike eine persönliche Beleidigung mitbekam, konnte er verdammt ungemütlich werden. Hier und heute schien er aber ein Einsehen zu haben: „Hm, dann geh ich nur schnell runter und schieb mir eine Pizza in den Ofen. Unterwegs wird mir ja nichts passieren.“

Oha, Fat Mike kann auch kontern!, dachte Andreas und zuckte zusammen, weil es an der Tür klingelte.

Andreas wurde jedes Mal nervös, wenn es hier klingelte, denn das kam normalerweise gar nicht vor. Aber auch diesmal stand nicht etwa die befürchtete Polizei vor der Tür, sondern Stulle, der ihn freundlich begrüßte: „Hey Andy, hab gehört, heute wird die erste Ernte eingefahren – da musste ich einfach mal gucken kommen, was uns der Grow-Meister gezaubert hat.“

Andreas lächelte erleichtert: „Easy, komm rein.“

Und auf den irritiert schauenden Fat Mike deutend: „Ich vermute, ihr kennt euch?“

Stulle nickte: „Hey Mikey, alles gut bei dir?“

Der Dicke grunzte irgendetwas und drängte sich dann an Stulle vorbei: „Wollte mir eh gerade was zu essen machen – bin in etwa einer Dreiviertelstunde wieder da."

Stulle hob jovial die Hände: „Ganz wie du willst, dann unterbreche ich hier wenigstens keinen Work-Flow."

Während sich Fat Mike im Zweiten zwei Tiefkühlpizzen mit extra Käse reinzog, beeindruckte Andreas seinen Überraschungsgast im Vierten mit dem Ergebnis der ersten Ernte: „Das werden wohl mehr als die berechneten 6,4 Kilo, in drei Wochen wissen wir es dann ganz genau."

Stulle zeigte sich beeindruckt: „Dann sollten wir zum Ende des Monats wohl noch ein paar Tausis extra für die Überproduktion mitbringen, oder?"

Andreas zuckte unentschlossen mit den Schultern: „Schon, aber ich hatte irgendwie gehofft, dass ich mir meinen Eigenbedarf nicht mehr daheim in meinen zwei kleinen Growboxen aufziehen muss, seit ich hier im großen Stil growe."

Stulle wusste sofort, worum es Andreas ging: „Pass mal auf, es ist einzig und allein deine Sache, ob du die überschüssigen Blüten an uns verkaufst, an deine Kumpels verschenkst oder für dich selbst behältst. Soweit ich weiß, erwarten wir von dir nicht weniger als sechs Kilo pro Monat. Natürlich nehmen wir auch gerne mehr mit, wenn du keine andere Verwendung dafür hast. Das ist dann aber einzig und allein deine Entscheidung. Ist das cool für dich?"

Andreas war so angenehm überrascht, dass „Megacool!" alles war, was ihm auf die Schnelle einfiel.

Stulle schien noch etwas auf dem Herzen zu haben und ließ es auch gleich raus: „Ich konnte übrigens schon vor der Tür riechen, was hier drinnen abgeht. Trotz all dieser Monsterwürmer hier."

Stulle deutete auf die voluminösen Luftschläuche über ihm. Andreas spürte deutlich, wie ihm das Blut in den Kopf schoss. Sowas ging natürlich gar nicht, im Treppenhaus sollte man absolut nichts riechen können. Auch wenn hier außer Fat Mike keiner mehr wohnte. Denn das bedeutete ja nicht, dass nicht doch mal irgendein Vertreter, Bauarbeiter oder die Zeugen Jehovas vor der Wohnungstür stehen konnten.

Oder die Polizei.

Andreas verspürte das dringende Verlangen sich zu erklären: „Shit! Da muss ich mir echt was einfallen lassen. Bisher war mir das noch gar nicht aufgefallen."

Stulle zeigte Verständnis: „Wie auch, wenn du immer hier drinnen am Werkeln bist? Da riechst du einfach nichts mehr. Außerdem ist jetzt auch Erntezeit, und da stinkt es immer am meisten."

Andreas nickte. Da war was dran. Stulle grinste und ahmte erstaunlich gekonnt Didis furchteinflößende Stimme nach: „Das ist ein Hochrisikofaktor, den musst du abstellen – und zwar sofort. Sonst müssen wir DICH abstellen!"

Das war zwar nur eine gespielte Drohung, aber Andreas wurde trotzdem leichenblass. Erst als er das entwaffnende Lausbuben-Lächeln in Stulles Gesicht dechiffrierte, atmete er entspannt auf. Dabei war verräterischer Geruch natürlich ein durchaus ernstzunehmendes Problem – aber auch keins, was er nicht zu lösen imstande war.

Stulle schien seine Gedanken zu lesen: „Mach dir mal keinen Kopf, Didi ist ja nicht hier. Aber beim nächsten Mal ist er wieder mit dabei, daher solltest du lieber etwas gegen den Geruch im Treppenhaus unternehmen."

Er zwinkerte Andreas verschwörerisch zu und tätschelte ihm freundschaftlich die Schulter. Diesem war völlig klar, welche Erwartungen nun auf ihm lasteten. Er durfte keine weiteren Fehler machen. Sonst würde er vermutlich wieder da landen, wo er niemals mehr hinwollte: im Knast.

Stulle war fast eine Stunde geblieben. Erst, als Fat Mike frisch gesättigt zurück an die Arbeit ging, nahm auch er dies als Startsignal für seinen Abgang. „Hau rein!“, verabschiedete er sich knapp und öffnete die Wohnungstür. Andreas begleitete ihn noch bis in den Hausflur. Auf dem Treppenabsatz drehte sich Stulle nochmal um: „Vielleicht zocken wir ja demnächst mal ’ne Runde zusammen?“

Andreas nickte erfreut.

Er hatte Stulle gerade erst von seinem liebsten Laster erzählt. Der Konsolen-Zockerei. Alleine spielte er vor allem Action-geladene Open-World-Games, zu zweit, dritt oder viert fast ausschließlich Digitalfußball, am liebsten mit Originalmannschaften in ihren aktuellen Trikots. In letzter Zeit waren ihm allerdings die Mitspieler ausgegangen.

Andreas stand noch einen Moment auf dem Treppenabsatz und lauschte den sich immer weiter entfernenden Schritten Stulles, der ihm mittlerweile richtig sympathisch war. Er wollte alles dafür tun, gegenüber seinen beiden Großabnehmern nicht noch einmal eigene Fehler oder unbemerkte Sicherheitslücken einräumen zu müssen. Erst das Ding mit dem Trimmen und jetzt auch noch eindeutig verräterischer Geruch im Treppenhaus! Das war echt nicht professionell.

Einen dritten „Strike“ wollte Andreas nicht riskieren, letztendlich diente das alles auch seiner eigenen Sicherheit. Und eine gewisse Strenge in sensiblen Bereichen zeigte ja nur, wie professionell Didi und Stulle waren. Andreas rief es sich immer wieder ins Bewusstsein: Wer keine Fehler macht, der fährt auch nicht ein. So einfach war das.

Kapitel 8

Rausch spitzte die Ohren. Dieses Geräusch war ihm neu. Obwohl sein absolutes Gehör meist direkt den Ansatz einer Erklärung lieferte, war es diesmal nicht dazu in der Lage. Seine gerade erst installierte neue Multiroom-Soundanlage produzierte ein kaum hörbares metallisches Summen, wie er es aus der analogen Audiowelt nicht kannte.

Rausch war gerade dabei, acht der modernsten Lautsprecher in den Räumen seiner Kreuzberger Altbauwohnung zu positionieren und akribisch auszurichten. Zuvor hatte er die nicht gerade leichten High-End-Boxen mit Gummischnüren und der Hilfe seines Geschäftspartners und Freundes Schall an den Decken befestigt. Rausch wollte nicht weniger als den perfekten Sound. Und zwar immer und überall auf seinen 82 Quadratmetern – also auch auf allen Wegen durch die Wohnung.

Rausch rümpfte verärgert die Nase. Ein neues, unbekanntes Gefühl begann sich seiner zu bemächtigen: absolute Ahnungslosigkeit. Er hatte nicht mal den Ansatz einer Erklärung, was dieses zwar leise, dafür aber umso fremdartigere Geräusch verursachte. Normalerweise hörte und ahnte er sowas sofort.

Rausch war kein Menschenhasser, aber zu viele Menschen machten ihn nervös. Am zufriedensten war er, wenn er in seiner Bastelkammer hockte und Elektrogeräte zusammenlötete. Auf mehr als einen Menschen ließ er sich nur ungern ein, er war gern alleine. Das merkte auch die Welt, die zunehmend draußen blieb.

Manchmal fragte sich Rausch, woran es lag, dass er bei Schalls Besuchen nie dieses Unbehagen spürte, das ihn befallen konnte, wenn andere Menschen zu Besuch kamen und er dann oft nur noch dem Augenblick entgegenfieberte, an dem sie die Wohnung wieder verließen. Erst danach fühlte er sich wieder rundum glücklich und entspannt.

Allein in seiner Wohnung.

Auch jetzt war Rausch allein, doch von der üblichen Entspannung oder gar Glückszuständen war er weit entfernt. Denn da war immer noch dieses unheimliche Geräusch. Und in Rauschs Welt war man damit nicht länger allein, ungewollte Klänge verdarben die gewollte Stille, die immer dann zu herrschen hatte, wenn ihm nicht nach lauter Musik zumute war. Auch vor und nach lauter Musik musste es möglichst totenstill sein.

Doch das war es nicht.

Als immer quälender empfand er dieses unerhörte Störgeräusch, er vernahm es ganz deutlich in der sonst so totalen Stille seiner schallisolierten Wohnung. Das regte ihn zunehmend auf. Exponentiell zunehmend.

Die WLAN-Signalstärke hatte Rausch bereits in allen Räumen gecheckt, alle Boxen waren angeschaltet und völlig korrekt eingestellt. Am meisten frustrierte ihn, dass das nervige Geräusch ausgerechnet im Wohnzimmer am deutlichsten zu hören war, in der Küche dagegen fast gar nicht. Wie konnte das sein, wenn alle Lautsprecher von seinem Handy exakt dasselbe Soundfile übermittelt bekamen?

Rausch drückte auf PLAY und ein Klassiker von The Prodigy erfüllte die Räume mit seinem geloopten Intro, bevor die brachiale Gewalt der einsetzenden Beats den Fußboden vibrieren ließ. Dann STOP – und augenblicklich herrschte Stille, in die sich erneut dieses undefinierbare Summen mischte.

Was hatte er denn erwartet? Dass The Prodigy alles wegätzen und danach nur reine Stille zurückbleiben würden?

Nein, so einfach war das nicht.

Rausch erhob sich und schlurfte im Bademantel in die Bastelkammer, in der sich einige Kubikmeter

Elektroschrott befanden. Natürlich hätte er energisch widersprochen, wenn jemand sein Sammelsurium aus unzähligen elektronischen Bauteilen, Leiterplatten und halb ausgeschlachteten Geräten als „Elektroschrott“ bezeichnet hätte. Schließlich fand er hier immer genau das, was er gerade benötigte – oder er konnte es sich hier zusammenbauen. So war einst auch sein hochsensibler Detektor für elektromagnetische Strahlung entstanden, der noch irgendwo herumliegen musste.

Inzwischen war sich Rausch sicher, dass das unbekannte Störgeräusch von einer lokalen Quelle im Wohnzimmer ausgehen musste. Da standen schließlich die meisten seiner hochwertigen Stromfresser – doch die hatten bisher noch nie irgendwelche Probleme verursacht. Vielleicht kam er der Sache ja mit dem Detektor näher.

Nachdem Rausch die Batterien des Detektors erneuert hatte, begann er damit, das Wohnzimmer systematisch abzusuchen, doch weder sein Flat-Screen noch die neue Spielkonsole zeigte irgendeinen ungewöhnlichen Austritt elektromagnetischer Strahlung. Der Plattenspieler konnte es ebenso wenig sein, denn den benutzte Rausch schon seit Jahren nicht mehr und hatte ihn längst vom Stromnetz getrennt. Auch sein kleines, aber feines Tonstudio war komplett ausgeschaltet, der Hauptschalter an der Steckdosenleiste stand eindeutig auf OFF. Seinen Laptop hatte er direkt als erstes gecheckt, und viel mehr war da eigentlich nicht. Es sei denn ... der WLAN-Router selbst war das Problem!

Rausch griff nach dem Router, schaltete ihn aus und siehe da: Das Geräusch verstummte. Als er das Gerät gerade wieder zurück an seinen gewohnten Platz stellen wollte, sah er ihn: den kleinen, schwarzen USB-Stick. Mit Diktiergerät-Funktion. Den er erst vor einer Woche erworben hatte.

Schlagartig wurde ihm alles klar: Logisch, Schall hatte mal wieder gekippelt. Das war typisch für ihn. Dabei war er wohl an das kleine Holzregal gestoßen, auf dem der WLAN-Router stand. So hatte sich der hinter Schall platzierte USB-Stick sogar noch effektiver unter dem WLAN-Router versteckt, der nun seinerseits auf die elektromagnetische Abstrahlung des aufnehmenden USB-Sticks mit einem nervigen Störgeräusch reagiert hatte.

Rausch hatte am Abend zuvor zwei Flaschen eines vorzüglichen französischen Rotweins getrunken und darüber vergessen, dass er mit dem neuen USB-Stick eine Tonaufnahme gestartet und ihn direkt hinter ebenjenem Stuhl platziert hatte, auf dem Schall immer mit Vorliebe Platz nahm. Und nach dem Kiffen oft kippelte.

Plötzlich war alles wieder da: Am Vorabend hatte ihn sein Freund und Geschäftspartner Schall besucht, der wie immer erst mal auf dem Balkon verschwunden war, um einen „Kleinen" zu rauchen. Rausch hatte diese Gelegenheit genutzt, um seinen neuen USB-Stick mit Aufnahmefunktion auszuprobieren und hoffte, so die letzte Bürowette zu gewinnen, die er unlängst mit Schall abgeschlossen hatte. Denn Schall fiel nach ein paar Joints oft in seine heimatliche, schwäbische Mundart, was es Rausch manchmal sehr schwer machte, seinen Ausführungen zu folgen. Daraufhin hatte er die nicht unbegründete These aufgestellt, dass man Schall in maximal bekifftem Zustand gar nicht verstehen KONNTE, wenn man nicht ebenfalls aus dem Schwabenländle stammte. Um das zu beweisen, wollte Rausch verschiedene Gespräche mit seinem Freund aufnehmen und danach die drei unverständlichsten Sätze herausschneiden, als Sound-File online stellen und dazu eine Challenge unter seinen zahlreichen Followern ausrufen, um so „herauszufinden", was da eigentlich gesagt wurde. Die Vielzahl der zu erwartenden Fehlinterpretationen würde

Schall sicherlich davon überzeugen, dass er mit seiner These recht und die Wette gewonnen hatte. Es ging schließlich darum, wer einen Abend lang ausschließlich das bevorzugte Genussmittel des jeweils Anderen konsumieren musste. Und aufs Kiffen hatte Rausch noch nie Bock gehabt, viel lieber wollte er Schall von den Vorzügen eines feurigen Châteauneuf-du-Pape überzeugen. Das hatte für ihn auch gar nichts mit „saufen“ zu tun, das war eher kultivierter Genuss auf oberstem Niveau – vielleicht würde das Schall ja doch irgendwann einsehen.

In Nullkommanix hatte Rausch das WAV-File von dem USB-Stick importiert und in sein Audio-Bearbeitungsprogramm geladen. Es zeigte, wie immer bei langen Aufnahmen, zunächst die gesamte Datei in ihrer zeitlichen Ausdehnung an und berechnete danach die optische Wellenform der importierten Tonaufzeichnung. Rausch war klar, dass er viele Stunden Stille aufgezeichnet hatte, die erst mal weggeschnitten werden mussten. Anhand der inzwischen dargestellten Audiowellenform war ziemlich klar ersichtlich, wann Schall gegangen und Ruhe eingekehrt war – denn ab da zeigte sich nur noch ein gleichmäßiger Strich knapp über null Dezibel. Rausch hatte den Audio-Schnitt bereits vollzogen und wollte das unnütze Sound-File voll stundenlanger Stille gerade in den Papierkorb verschieben, als ihn irgendetwas in seinem peripheren Sichtfeld zwang, einen genaueren Blick auf den Mittelteil der stundenlangen Audiodatei zu werfen, wo ihn ein deutlicher Ausschlag überraschte. Nach ein paar Klicks hatte Rausch in die betreffende Stelle der Audio-Aufnahme hinein gezoomt und festgestellt, dass da für etwa zehn Minuten deutliche Geräusche zu vernehmen waren. Geräusche, die er selbst nicht verursacht haben konnte. Er hatte fest geschlafen und schon wieder keine einleuchtende Erklärung. Er konnte nur die ungefähre Zeit ermitteln: Irgendwann zwischen vier und fünf in der Nacht wurden in irgendeiner benachbarten Wohnung Möbel verrückt. Oder Kartoffelsäcke gestapelt. Am meisten nervte Rausch dabei sein innerer Quälgeist, denn der streute ihm immer wieder diese bescheuerte Frage ins Hirn: Was waren das für seltsame Geräusche? Und wo waren sie hergekommen?

Kapitel 9

Zwei Wochen später standen Didi und Stulle erneut vor der Lichtenberger Wohnungstür und konzentrierten sich auf ihre olfaktorische Wahrnehmung.

Aber da war nichts.

Nicht mal ansatzweise.

Die beiden nickten sich anerkennend zu und klingelten. Es dauerte etwas, dann öffnete Andreas die Wohnungstür und grinste fast schon angeberisch: „Na, was sagen die Nasen?"

„Die schnuppern höchstens eine Art Raumduft", erwiderte Didi und betrat – ja, was war das eigentlich? Direkt hinter der Tür tat sich eine kleine weiße Kammer auf, offensichtlich das Innere einer von Leichtmetallgestängen getragenen Zeltkonstruktion. Es dauerte einen Augenblick, bis die beiden erkannten, dass sie sich im Inneren einer erstaunlich hohen Growbox mit einer quadratischen Grundfläche von etwa vier Quadratmetern befanden.

„Na, wie findet ihr meine selbstgebastelte Luftschleuse?", fragte Andreas stolz. „Es war gar nicht so einfach, eine Box in der passenden Größe zu finden."

Inzwischen standen alle drei in der geräumigen Growbox und Andreas schloss vorsichtig die Wohnungstür. Dann zog er an einem Reißverschluss, und schon war da eine Öffnung, groß genug, dass man ganz entspannt hindurchgehen konnte.

Die Geruchsumgebung änderte sich schlagartig. Wie Stulle sogleich bemerkte, war die Intensität zwar nicht mehr so überwältigend wie bei der Ernte ein paar Wochen zuvor, dennoch hing nach wie vor ein deutlicher Cannabisgeruch in der Luft, der im Gehirn aller Anwesenden positive Erwartungen auslöste. Didi und Stulle rümpften kurz ihre gar nicht so feinen Nasen und schnupperten interessiert, bevor sie Andreas schließlich anerkennend zunickten.

„Wenn das Weed so ballert, wie es riecht, dann spielen wir damit in der Champions-League", frohlockte der viel zu oft Fußballmetaphern benutzende Didi. „Damit haben wir sogar Chancen auf den Titel."

„Yo, das könnte die Jakobs Krönung des Cannabis werden", ulkte Stulle in Anspielung auf die Kifferkomödie „Lammbock", bevor er hinzufügte: „Wobei das dann ja eher Andys Krönung wäre."

Der so rhetorisch Geehrte wirkte fast ein wenig verlegen, als er nun seinerseits loslegte: „Es knallt echt gut, wir haben es gestern Abend schon mal angetestet. Sieben Kilo sind für den ersten Versuch doch gar nicht so schlecht, oder?"

Didi grunzte undefinierbar und kontrollierte das Gewicht der prallen Blütenbeutel, die danach direkt in einer großen blauen Sporttasche verschwanden.

„Und wo ist meine Kohle?", hakte Andreas irritiert nach. „Ich bekomme noch 28.000 Euro von euch." Ihm war durchaus bewusst, dass dies der Moment war, an dem sich zeigen würde, ob ihn die beiden ausnehmen wollten oder nicht. Aktuell schätzte er die Chancen auf fifty-fifty – so, wie ihn Didi gerade anglotzte. Dieser legte auch direkt los: „Die Kohle kommt gleich, aber davon zahlst du dann auch die Anlage für den letzten Raum! Wir haben ja schon 27.000 Steine investiert, da kannst du jetzt auch mal ein paar Riesen beisteuern!"

„Nicht euer Ernst, oder?"

Andreas suchte Stulles Blick, den er inzwischen richtig gut leiden konnte.

„Leider doch, Bro“, antwortete dieser verlegen und senkte den Blick. Er bedeutete Andreas mit einer Geste, ihm in die Küche zu folgen, wo er ihm verschwörerisch zuraunte: „Sorry, aber das war Didis Idee, der ließ sich einfach nicht davon abbringen. Und irgendwo hat er ja auch recht – wir schießen hier alles vor, was dir letztendlich ermöglicht, einen Riesenhaufen Kohle zu machen. Da ist es doch nur fair, wenn du dich auch ein wenig an den Kosten beteiligst. Es ist ja nur noch EIN Zimmer auszustatten, und du hast dann immer noch satte 19.000 Euro Reingewinn gemacht. Von dem ganzen Gratis-Gras, das nebenbei für dich abfällt, mal ganz abgesehen.“

Andreas schaute Stulle aufmerksam an.

„Stimmt“, antwortete er, „das verstehe ich durchaus. Und ich hätte damit auch gar kein Problem – wenn wir das so abgemacht hätten.“

Er warf Stulle einen gewichtigen Blick zu und legte nach: „Wer weiß, was euch dann beim nächsten Mal einfällt, um meinen Anteil zu drücken. Wir hatten eine ganz klare Vereinbarung – und die scheint nun plötzlich nicht mehr zu gelten.“

Didi polterte in die Küche, er hatte nur den letzten Satz mitbekommen, mischte sich aber direkt ein: „Stell dich mal nicht so an, wir sind schließlich nicht die Heilsarmee.“

Stulle dagegen wollte das nicht so stehen lassen und bemühte sich zu vermitteln: „Ab nächsten Monat gibt es dann immer die volle Summe. Ohne Abzüge. Versprochen!“

Er drückte Andreas ein dickes Bündel Scheine in die Hand und nickte ihm aufmunternd zu. Dieser hatte schon an Didis Tonfall erkannt, dass hier weitere Diskussionen eh nichts bringen würden. Trotzdem wollte er auf keinen Fall den Eindruck erwecken, dass man mit ihm sowas machen konnte. Also atmete er tief durch, bevor er, so ruhig und bestimmt, wie es ihm in dieser Situation möglich war, erwiderte: „Okay, aber dann gehört mir die Anlage auch. Falls wir hier mal kurzfristig raus müssen, dann nehme ich sie mit. Wenn die nächste Bundestagswahl gut ausgeht, gibt's vielleicht auch in Deutschland die Legalisierung, dann kann ich endlich ganz legal growen."

Didi winkte verächtlich ab: „Träum weiter! Und mach, was du nicht lassen kannst – das wird hier ohnehin alles abgeschrieben, wenn es mal soweit ist."

Stulle nickte zustimmend und zeigte Andreas den Like-Daumen: „Geht klar, sollen sie's ruhig legalisieren! Aber bis dahin lass uns erst mal die Graskönige von Berlin werden."

Der Satz zauberte ein Lächeln auf Andreas' Gesicht, denn das hatte schon einen gewissen Klang: „Die Graskönige von Berlin". Und das dicke Geldbündel in seiner Tasche lieferte ihm zudem die spürbare Rückversicherung, dass das alles real war. Das war kein Traum wie der, dem er schon 1998 verfallen war, als alle seine Hanffreunde bei einem Wahlsieg von SPD und Grünen die zeitnahe Cannabis-Legalisierung prophezeit hatten. Doch mit Kanzler Schröder kam dann nicht etwa die erhoffte Legalisierung, sondern der erste Kriegseinsatz deutscher Soldaten nach dem Zweiten Weltkrieg. So konnte man sich täuschen. Aber dieses Kohlebündel in seiner Tasche war kein Traum, es bot ihm zahlreiche konkrete Möglichkeiten. Was er allein damit schon alles anfangen konnte ...

Als Andreas bemerkte, dass er wie ein Teenie grinste, der sich gerade seine allererste Tüte reingezogen hatte, riss er sich wieder zusammen und reduzierte seine Antwort auf ein knappes „Klingt gut".

„Das wird schon alles", versicherte Stulle und klopfte ihm zum Abschied freundschaftlich auf die Schulter. Tatsächlich war Andreas geneigt, ihm zu glauben. Spätestens in einem Monat würde er endgültig wissen, ob dieser überraschende Beteiligungsansatz wirklich nur eine einmalige Sache oder knallhartes Abzocker-Kalkül war.

Kapitel 10

Schall hatte mal wieder dieses unangenehme Gefühl, als stünde sein Körper unter Dauerstrom, eine innere Unruhe breitete sich unaufhaltsam aus. Immerhin wusste er inzwischen, was er dagegen tun konnte: THC inhalieren.

Bereits in der Grundschule im ländlichen Schwaben hatten ihn die Lehrer in Anlehnung an ein umstrittenes Kindererziehungsbuch aus dem 19. Jahrhundert oft und gerne „Zappelphilipp“ oder „Kribbelarsch“ genannt. Diese und andere unschöne Spitznamen waren stets an ihm abgeperlt, da er sein hohes Maß an Energie eher als Vorteil empfand, auch wenn er auf andere mitunter befremdlich wirken konnte. Doch das interessierte ihn herzlich wenig. Wichtig war ihm nur, dass er irgendein funktionales Ablassventil für seine Energie fand. Schall praktizierte daher Meditation und verschiedene andere Methoden der bewussten Entschleunigung. Außerdem nutzte er Cannabis – beruflich wie privat. Obwohl er glaubte, in Cannabis nur seine Lieblingsfreizeitdroge gefunden zu haben, stieß er damit auch auf die für ihn perfekte Zappelphilipp-Medizin. Einer Medizin, der er sich als Hedonist längst verschrieben hatte.

Schall drehte seine Mische immer so, dass ein schlanker, konisch geformter Joint entstand. Für ihn DER Klassiker, obwohl er sich schon lange vorgenommen hatte, aufs Vaporisieren umzusteigen, um die Vorteile der Hanfpflanze ganz ohne Gesundheitsrisiko genießen zu können. Doch Schall hatte den Joint in hektischer Vorfreude etwas zu fest zusammengedreht. Nun würde er vermutlich wieder einen „Knutschfleck auf der Zunge“ kriegen, wie es seine Freundin Susanne immer so treffend formulierte. Unzufrieden betrachtete er das Werk seiner Baumaßnahmen und schüttelte unmerklich den Kopf. Nein, so konnte das nicht bleiben.

Aufreißen, neu bauen.

So viel Zeit musste sein.

Mit routinierten Bewegungen wiederholte Schall den Tütenbau und achtete dieses Mal penibel darauf, dass sich seine Motorik nicht wieder zu stark verselbstständigte. Und siehe da: Diesmal war das Ergebnis ein rundum perfekter Joint.

Nun hieß es: anzünden, inhalieren, zurücklehnen, ausatmen und entspannen. Schalls Gedanken galoppierten unkontrolliert in verschiedene Richtungen, dazu kam eine unbestimmte Sehnsucht nach dem anderen Geschlecht. Dabei hatte seine Susanne, die er bald zu heiraten gedachte, heute mal wieder einen ihrer „Mädelsabende“.

So ganz begriff Schall den Sinn dieser Zusammenkünfte nicht. Er hegte zwar keinen bösen Verdacht, doch es kam ihm schon ziemlich übertrieben vor, dass sich Susanne wirklich JEDE Woche mit ihren Freundinnen treffen musste. Die Ladys gingen ins Theater, Kino oder ein Restaurant, manchmal ging’s auch auf Konzerte oder in Clubs, wobei sie sich gelegentlich einen antranken. Alles nicht schlimm und noch klar im grünen Bereich.

Was Schall daran störte, war die nicht ganz irrige Annahme, dass ihn die Damen allein aufgrund seines Geschlechts von ihren vergnüglichen Ausflügen ausschlossen. Schließlich war Schall ein sehr geselliger Mensch, der gerne um die Häuser zog.

„Das kann ich nicht machen“, hatte ihm Susanne gleich zu Beginn ihrer Beziehung erklärt. „Das ist wirklich ein reiner Mädelsabend, da sind Männer unerwünscht. Außerdem tut es unserer Beziehung nur gut, wenn wir ab und zu auch mal etwas ohne den anderen unternehmen."

Dem konnte und wollte Schall nicht widersprechen, trotzdem wäre er verdammt gerne mitgegangen. Aber Susannes „Vergiss es! Entweder du akzeptierst das oder wir haben ein echtes Problem" hatte ihm den Wind aus den Segeln genommen.

So viel zum Thema Geschlechterdiskriminierung. Hatte Schall gedacht und sich wie ein übersehenes Opfer der weiblichen Emanzipation gefühlt. Nicht übermäßig leidend, aber durchaus diskriminiert. Schließlich können auch weiße Männer Opfer sein. Die können eh so ziemlich alles. Auch grundlos eifersüchtig werden. Das war kein Privileg von Frauen. Und langsam sollte Susanne jetzt wirklich mal nach Hause kommen.

Schall überlegte kurz, ob er noch in die Kneipe runtergehen sollte, die sich praktischerweise direkt im Nebenhaus befand. Dort war immer etwas los.

Berliner, Zugezogene und Touristen bildeten allabendlich das bunte Publikum dieser Altberliner Schänke, in der er Susanne ganz subtil die Botschaft vermitteln könnte, dass er in Sachen Bespaßung mitnichten auf sie und ihre Freundinnen angewiesen war. Diese temporäre Überlegung wurde aber schnell wieder verworfen, sein bequemes Sofa und der Flatscreen davor zogen Schall nahezu magisch an. Hinzu kam, dass er am nächsten Morgen schon früh in der Detektei aufschlagen musste, da es die jährliche Steuererklärung vorzubereiten galt. Nicht unbedingt seine Lieblingsaufgabe. Anschließend wollten sie sich noch der Auflösung ihrer letzten Bürowette widmen.

Ach ja, die Wette.

Schall schickte ein Stoßgebet gen Himmel und betete fast ein bisschen zu Gott – dabei glaubte er gar nicht an die Existenz eines überirdischen Oberschöpfers.

Moment mal!

Schall verharrte kurz in selbstanalytischen Gedanken.

War er bereits Agnostiker?

So ein „Wer weiß schon, ob da nicht doch was ist“-Atheist?

Letztendlich beschäftigte ihn aber vor allem die Frage, wie es ihm im Falle eines Wettverlusts gelingen könnte, zwei Flaschen säuerlichen Rotweins an einem einzigen Abend zu schlucken. Und zwar, ohne sich danach übergeben zu müssen.

Das und Rauschs zu erwartende hämische Siegerfreude waren keine guten Aussichten. Das erhoffte Alternativszenario hingegen zauberte ein Lächeln auf Schalls Lippen. Denn dann müsste Rausch im Laufe eines Abends ein paar Mördertüten mit hochpotentem Gras rauchen, die er ihm höchstpersönlich zusammendrehen würde.

Schall grinste dreckig.

Er würde, nein, er musste diese verdammte Wette gewinnen.

Komme, was da wolle!

Kapitel 11

Einige Wochen nachdem Didi und Stulle die erste Ernte abgeholt hatten, klopfte es erneut ganz unerwartet an der Lichtenberger Vierraumwohnungstür, sodass Andreas heftig zusammenschrak und beinahe das pH-Messgerät fallen ließ. Wie immer in solchen Momenten überkam ihn eine unheilvolle Vorahnung von nach ihm fahndenden Ermittlungsbehörden. Aber würden die überhaupt so freundlich anklopfen? Die hatten doch diese massiven Rammböcke, denen kaum eine Tür widerstehen konnte.

Bam Bam Bam.

Inzwischen klopfte es eher ungeduldig und zunehmend kraftvoll. War das vielleicht Fat Mike, der irgendetwas vergessen hatte?

Bam Bam Bam.

Die Intensität der Schläge steigerte sich erneut und radikal. Das war jetzt ganz sicher kein freundliches Anklopfen mehr. Andreas atmete tief durch und schlich auf Zehenspitzen durch die Luftschleusenkonstruktion zur Wohnungstür. Nachdem er zögerlich durch den Spion geblickt hatte, kam er fast schlagartig wieder runter.

Fat Mike, Didi und Stulle standen vor der Türe und schauten sich feixend an – wie eine Clique Pubertierender, die einem Schulfreund den Streich seines Lebens spielte.

„Nicht schon wieder die gleiche alte Tour", bemühte sich Andreas beim Türöffnen möglichst gelangweilt zu erscheinen. Die zwei Kraftprotze und der Fettklops schoben ihn grinsend ins Innere seines Reichs, ohne dabei ein weiteres Wort zu verlieren. Auch nach dem Verlassen der Luftschleuse schauten ihn die drei nur stumm und verschmitzt an, sodass Andreas schon mal ausschließen konnte, dass sie irgendwie sauer auf ihn waren. Er bemühte sich nach wie vor, etwas unterkühlt zu wirken, obwohl ihm längst klar war, dass seine Überraschungsgäste bereits in anderen Sphären schwebten. Hatten die sich vielleicht schon bei Fat Mike im Zweiten so krass abgeschossen? Erklärte das diese überraschend fröhlichen, rotäugigen Gesichter?

„Cool, dass ihr vorbeischaut, aber die neue Ernte ist noch nicht fertig, die muss noch zwei Wochen trocknen. Oder gibt's irgendwas zu feiern?"

„In gewisser Weise schon", antwortete Didi, der ihn zum ersten Mal ganz liebevoll anstarrte. „Wir wollten dir nur kurz einen Besuch abstatten, um dir ein erstes Feedback zu geben."

Andreas wurde fast schlagartig von Adrenalin geflutet. All seine Sinne erschienen ihm geschärft, denn er wusste aus seiner Knastzeit, dass die Stimmungen gewisser Individuen innerhalb von Sekundenbruchteilen von extrem freundlich zu sadistisch-mies wechseln konnten. Und für Andreas gehörte Didi ganz klar in diese undurchschaubare Kategorie. Wenn der ihn plötzlich so freundlich angrinste, dann musste er auf das Schlimmste gefasst sein.

„Das", sagte Stulle und zog ein Plastiktütchen mit ein paar Gramm aus seinem Tabakbeutel, „ist das beste Gras seit ... Ja, seit wann eigentlich? Ich hatte sowas noch nie – und wie ich gerade erst feststellen durfte, trifft das auch auf Mike und Didi zu. Wir finden, dein Gras ist das mit Abstand beste Weed auf dem ganzen verdammten Berliner Markt. Ich wollte es ja erst nicht glauben, aber inzwischen sind wir uns da alle einig."

Didi und Fat Mike senkten nickend und beinahe ehrfürchtig ihre Häupter. Wie gläubige Katholiken, die ihrem Pontifex begegneten.

„Ja, wir haben es ohne Ende getestet und sind immer zu dem gleichen Ergebnis gekommen", platzte es aus Fat Mike heraus, der sich anschließend wie ein übermütiges Kleinkind vor Lachen schüttelte. Schlagartig fielen mit der Anspannung auch Andys Schultern herab und er lächelte sichtlich erleichtert.

„Digga, dein Gras geht weg wie warme Semmeln", kam Didi direkt zum Geschäftlichen. „Du hast da einen grünen Daumen, der sich gewaschen hat. Unsere Verteiler kommen kaum noch hinterher. Die Leute rennen uns glatt die Bude ein. Wir haben bereits die komplette erste Ernte vertickt!"

Andreas versuchte nicht allzu breit zu grinsen. Endlich bekam er die Anerkennung und Wertschätzung, nach der er sich schon lange gesehnt hatte.

„Cool", erwiderte er betont bescheiden, „freut mich, dass ihr damit zufrieden seid."

Die drei gewaltigen Männer grinsten ihn immer noch voller Vorfreude an – offensichtlich war's das noch nicht gewesen. Ein fragender Blick in Richtung Stulle ließ diesen lossprudeln: „Jetzt halt dich fest, Mann! Wir benötigen ab sofort noch mehr von deinem extrem geilen Weed. Noch viel mehr! Mindestens doppelt so viel!"

Diese unvermittelte Ankündigung löste zwei gegensätzliche Reaktionen bei Andreas aus: Einerseits freute es ihn, dass das von ihm angebaute Gras dermaßen einschlug, andererseits konnte er sich beim besten Willen nicht vorstellen, wie er in dieser Wohnung noch mehr davon growen sollte. Dieser doppelte Gedankengang war Andreas dermaßen deutlich anzusehen, dass Didi direkt darauf einging: „Das ist alles kein Ding, Digga. Wir haben das bereits durchgeplant. Easy!"

Stulle zog eine dicke Rolle 50-Euro-Scheine aus der Tasche und hielt sie Andreas hin. Dieser schätzte, dass es sich um einen fünfstelligen Betrag handeln musste.

„Alles deins", flachste Stulle, „aber nicht zum Verjubeln. Damit rüstest du eine weitere Grow-Wohnung aus, hier im zweiten Stock, direkt gegenüber von Mike."

Fat Mike nickte stumm. Ihm war klar, dass er die Klappe zu halten hatte, wenn Didi oder Stulle sprachen.

„Also, alles wie gehabt", redete nun wieder Didi auf Andreas ein. „Fat Mike wird dich immer unterstützen, wenn du ihn brauchst. Sag ihm einfach ein paar Tage vorher Bescheid, wann es losgeht. Das gilt für den Aufbau der Anlagen ebenso wie für die Ernten, die dann bald alle zwei Wochen erfolgen sollten."

Andreas behagte der Gedanke gar nicht, dass ihn der Fettklops nun NOCH häufiger überwachen würde – auch wenn es immer nur hieß, dass er ihm helfen solle. Er hatte schon ein paarmal das Gefühl, dass Fat

Mike durch den Türspion lugte, wenn er die Treppen emporstieg oder herunterkam. Doch im Augenblick grinste ihn Fat Mike nur dümmlich an, er schien mit dem neuen Arrangement sehr zufrieden zu sein.

Andreas war inzwischen der Meinung, Fat Mike ganz gut lesen und verstehen zu können – schließlich hatte er schon viele Stunden mit diesem seltsamen Kerl verbracht. Es war vermutlich das Gefühl einer unbestrittenen körperlichen Überlegenheit, das Fat Mike oft mit so großer Zufriedenheit erfüllte. Auf seine erstaunliche Kraft, die es ihm ermöglichte, fast alle Hindernisse (bis hin zu randvoll gefühlten Kühlschränken!) scheinbar mühelos aus dem Weg zu räumen, bildete er sich gar nicht so viel ein. Wirklich stolz war er vor allem auf seine empfindsame Seele und seinen Verstand, der anderen jedoch rätselhaft und schwierig erschien. Sein jäh aufflammender Zorn und seine schwankenden Stimmungslagen schienen keiner Logik zu folgen, sie waren völlig unberechenbar. Trotzdem hatte Andreas gelernt, sich mit ihm zu arrangieren. Auch Fat Mike hatte erwiesenermaßen gewisse Vorteile, vor allem bei der Handhabung seiner Trimmschere. Und diese besondere Fähigkeit war nun alle zwei Wochen gefragt.

Ein Handy piepte. Didi blickte auf die Nachricht und das eingefrorene Lächeln verschwand. Urplötzlich war er wieder der Alte, der ewig Geschäftstüchtige.

„Komm“, sagte er zu Stulle, „wir haben noch was zu erledigen.“

Und schon waren die beiden wieder auf dem Weg hinaus. Nur Fat Mike stand weiterhin wie angegossen da, und Andreas fiel nichts Besseres ein, als ihm die Hand entgegenzustrecken und „Na dann, auf weiterhin gute Zusammenarbeit!“ zu verkünden.

Mikes Hand war feucht und klebrig.

„Das wird schon“, brummelte der Dicke. „Wann geht’s denn morgen los?“

„So gegen zehn. Und die Wohnungsschlüssel brauche ich auch noch, ich schaue mir die neue Bude gleich mal an."

Mike holte einen alten Dreikantschlüssel aus seiner Hosentasche und übergab ihn Andy: „Gut drauf aufpassen, ist der einzige. Offiziell wohnt da schon lange keiner mehr, aber Strom gibt's noch."

Andreas nickte beiläufig, während ihm eine ganz andere Frage durch den Kopf schoss, die er sogleich an seinen verordneten Kameraden weiterreichte: „Wem gehört das Haus eigentlich?"

Mike wiegte wissend den Kopf: „Der Kasten gehört der RSBH Bayern mit Sitz in München, bisher war aber nur einmal so ein Anzug-Typ da und wollte mich überreden, dass ich zum Jahreswechsel ausziehe. Der hat mir neben einer großzügigen Abfindung auch gleich eine neu sanierte Wohnung in der Nähe angeboten, aber die sollte mehr als das Doppelte kosten. Also bin ich lieber hier geblieben. Inzwischen nerven auch keine spießigen Nachbarn mehr, und da hier alles immer mehr verkommt, kann ich meine Miete inzwischen deutlich mindern."

Das war zwar schön für Fat Mike, aber nicht das, was Andreas eigentlich interessierte: „Und was meinst du, wie lange die Growerei in diesem Gebäude noch möglich sein wird?"

Fat Mike zuckte mit den Schultern: „Keine Ahnung, der Typ sagte damals, dass sie mit dem Hinterhaus anfangen, und wenn das fertig saniert ist, dann würden sie auch hier im Seitenflügel mit den Arbeiten beginnen. Aber bisher ist ja nichts passiert, und solange die nicht mal im Hinterhaus loslegen, sind wir hier im Seitenflügel noch für eine ganze Weile sicher."

„Aber theoretisch könnten die tagtäglich mit der Sanierung des Hinterhauses beginnen, oder? Das lässt ja nicht viel Raum für die Zukunft – und da sollen wir hier jetzt noch eine weitere Wohnung einrichten? Das …"

Andreas stockte.

Er wollte eigentlich „Das macht doch keinen Sinn" sagen, entschied sich dann aber für ein diplomatisches „Das verstehe ich nicht."

Er wollte sachlich bleiben.

Sachlich und professionell.

So wie auch er behandelt werden wollte.

Fat Mike Kowalski schien den so gesponnenen Gesprächsfaden gerne zu übernehmen: „Das kann ich dir sagen: Ich hab gehört, dass sich die RSBH bei einem anderen Grundstück verzockt hat und daher nicht gerade flüssig ist. Die waren wohl mitten in der Sanierung des Nachbarhauses, als ihnen plötzlich die Kohle ausging. Solange also im Nachbarhaus noch alles auf Pause steht, müssen wir uns hier gar keine Sorgen machen. Trotzdem wird das natürlich nicht für immer so weitergehen können."

Fat Mike klang traurig und senkte betrübt den Kopf. Offensichtlich gefiel ihm das Alleinstellungsmerkmal des letzten verbliebenen Mieters. Andreas hingegen war beeindruckt und schaute den vor sich hin müffelnden Trauerkloß überrascht an. Kowalski schien ja doch mehr im Kopf zu haben, als die Frage nach dem nächsten Essen.

Kapitel 12

„Toooor!", schrie Stulle einige Monate später euphorisch und gab Andreas ein schallendes High-Five, nachdem sie gerade durch ein traumhaftes Zusammenspiel die digitale Fußballweltmeisterschaft auf der nagelneuen Spielkonsole gewonnen hatten. Allerdings nur im Halbprofi-Modus. Es gab noch ordentlich Luft nach oben, aber sie wurden mit der Zeit immer besser.

„Beim nächsten Mal können wir uns ja an den Profi-Modus herantrauen“, schlug Andreas vor, dem der gerade errungene Sieg fast schon etwas zu leicht vorgekommen war.

Es war nicht der erste Besuch Stulles in der kleinen Einzimmerwohnung. Er hatte immer sehr aufmerksam registriert, wie sich die knapp 50 Quadratmeter von Andreas im Laufe der Monate verändert hatten. Erst lag ein nagelneuer High-End-Laptop herum, dann stand plötzlich ein intelligenter Kühlschrank in der Küche und jetzt saßen sie vor einem nagelneuen 70-Zoll-Smart-TV, der sich beim Zocken bereits bestens bewährt hatte.

Etwa einmal im Monat kam Stulle inzwischen ganz privat bei Andreas vorbei, dann wurde immer was gekifft und früher oder später die Spielekonsole angeworfen. Von Zeit zu Zeit unterhielten sich die beiden aber auch lange über ganz verschiedene Dinge. Manchmal sogar richtig ernsthaft und „deep“. Wie sich dabei herausstellte, wollten sie mehr oder weniger dasselbe: ein schönes Leben ohne Geldnot.

Diesmal hatte Andreas eine ganz besondere Überraschung für seinen neuen Buddy: „So, zur Feier unseres redlich verdienten WM-Titels habe ich heute etwas ganz Besonders für dich.“

Stulle blickte ihn fragend an, woraufhin Andreas erst recht geheimnisvoll tat: „Ich hab da mal was vorbereitet.“

Feierlich überreichte er Stulle einen schmalen, aber recht langen Joint, den er effektvoll hinter seinem Rücken hervorgezaubert hatte. Letzterer roch kurz daran und zog dann überrascht seine Augenbrauen hoch: „Wie jetzt? Noch besonderer als das Weed, das du in Lichtenberg growst?“

Andreas lächelte amüsiert: „Wart's ab – das hier ist auch nur Gras, das ich selbst angebaut habe.“

Stulle verstand gar nichts mehr: „Hä? Ich dachte, du baust in beiden Wohnungen die gleiche Sorte an.“

Andreas nickte zustimmend: „Stimmt, für die Meisten ist *OG Kush* immer noch das Nonplusultra. Also kriegt der Markt, was der Markt verlangt, auch wenn die Seeds sauteuer sind und immer wieder neu bestellt werden müssen. Trotzdem können wir ja mal versuchen, noch einen Schritt weiterzugehen.“

Es klickte und eine Flamme schoss empor. Andreas hielt Stulle sein rauschendes Sturmfeuerzeug unter die Nase, und der soeben erhaltene Joint wurde entzündet.

Ein paar Züge später war Stulle klar, was Andreas damit gemeint hatte, noch einen Schritt weiterzugehen. Dieses Gras war tatsächlich anders.

Es roch nach Pfefferminztee an einer Diesel-Tankstelle und machte Stulle unglaublich breit, ohne ihn dabei auch nur ansatzweise mental zu verwirren, wie das bei anderen THC-Giganten oft der Fall war. Dieses Weed entspannte ihn auf angenehmste Art, ohne ihn gleichzeitig lethargisch werden zu lassen. Er hätte hier und jetzt geistige und körperliche Höchstleistungen erbringen können und dabei auch noch riesigen Spaß gehabt. Dieses Feeling kannte er so bisher nur von anderen Drogen – hatte Andreas hier vielleicht irgendetwas zusammengepanscht? Gras mit flüssigem Amphetamin besprüht oder ähnliche Scherze?

„Was is’n das für’n Zeug?“

Stulle fokussierte höchst interessiert den halb aufgerauchten Joint, bevor er ihn an Andreas zurückreichte. Dieser inhalierte, behielt den Rauch für ein paar Sekunden in der Lunge und erklärte ausatmend: „Ich habe es *D.G.B.* genannt.“

Stulle kam nicht mit: „Dehgehbeh? Wie die Abkürzung für den Deutschen Gewerkschaftsbund? Willst du jetzt’n Betriebsrat gründen?“

Massive blau-graue Rauchschwaden hingen in der Luft.

„Nee, eigentlich steht *D.G.B.* für *Die Graskönige Berlins* – das wäre dann sowas wie unser eigenes Signature-Weed, ein ganz exklusiver Strain. Aus Berlin, für Berlin!“

Andreas hatte sich ein wenig in Rage geredet, und diese Aufregung übertrug sich zunehmend auf Stulle, schließlich war dieses Weed wirklich absolute Spitzenklasse. Das wurde ihm mit jeder weiteren Minute bewusster. Und jetzt verstand Stulle auch, worauf Andreas hinauswollte: „Ach so, du meinst das als Abkürzung.“

Nachdem Andreas bestätigend genickt hatte und davon ausging, dass Stulle die Genialität dieses Sortennamens nun langsam mal vollumfänglich begreifen würde, verfiel dieser in ein rätselhaftes Grübeln: „Hm, der Name lässt sich aber auf der Straße nur schwer vermitteln. Und letztlich wäre das ja auch nur eine Anspielung auf uns, die sowieso keiner versteht. Ein einprägsamerer Name wäre sicher besser für den Verkauf. Wie wäre es zum Beispiel mit *German Wonder*? Das Zeug knallt nämlich echt wunderbar rein.“

Andreas schüttelte den Kopf: „Nee, das ist mir 'ne Spur zu großkotzig, wir wollen damit ja nicht auf den Weltmarkt, sondern die Graskönige Berlins werden. Das war doch der Plan, oder?“

„Na ja, aber das eine schließt das andere nicht unbedingt aus“, erwiderte Stulle diplomatisch, der sich mittlerweile ganz sicher war, dass ihm Andreas mit dieser Sorte auch gerade ganz neue Absatzmöglichkeiten präsentierte. Nach kurzem Überlegen machte er den nächsten Vorschlag: „Wie wäre es mit *Berlin High*? Das ist schließlich echter High-End-Stuff. Und wie du schon sagtest: Von Berlinern, für Berliner.“

Andreas stutzte.

Eigentlich hatte er sich bereits mit seiner wohl überlegten Sortennamen-Schöpfung angefreundet, aber Stulle hatte ihn gerade mit seinen eigenen Argumenten geschlagen. Und *Berlin High* – das hatte schon was, das klang rund, knackig und lokalpatriotisch.

Stulle riss Andreas unvermittelt aus seinen Gedanken: „Egal, über den Namen können wir uns auch später noch den Kopf zerbrechen. Sag uns lieber, wie du dieses Wunderwerk hinbekommen hast!"

Darauf hatte Andreas nur gewartet. Wenn man bei ihm die richtigen Knöpfe drückte, konnte er sprudeln wie ein Wasserfall: „Na ja, irgendwie war das Schicksal: Ich hab schon seit Jahren ein kleines Döschen mit einigen Seeds im Kühlschrank, die ich im Laufe der Jahre in verschiedenen Rauchgräsern gefunden habe und die mir vielversprechend genug erschienen, um sie aufzubewahren und eines Tages vielleicht einmal in die Erde zu stecken. Falls sie überhaupt noch keimen sollten. Da waren Seeds aus aller Herren Länder dabei, von Australien bis Zypern, doch bisher bin ich einfach nie dazu gekommen, sie wirklich mal in die Erde zu stecken. Als wir dann im letzten Jahr miteinander ins Geschäft kamen und meine zwei Growboxen", Andreas deutete auf die beiden mannshohen Zeltkonstruktionen in der Zimmerecke, „plötzlich nicht mehr für die Selbstversorgung nötig waren, brauchte ich einfach ein gewisses Kontrastprogramm zu der halbautomatischen Massenproduktion in Lichtenberg. Aber die spannendste Frage war eigentlich: Würde von all den Seeds überhaupt noch einer keimen?"

Andreas machte eine kurze Kunstpause – so sollte es zumindest wirken. Aber eigentlich wollte er nur mal schnell am Joint ziehen. Obwohl der botanische Werdegang der neuen Sorte schon etwas vorgezeichnet war, musste sich Stulle nicht weiter bemühen, maximal interessiert zu wirken.

Denn das war er.

„Die meisten Seeds waren nach all den Jahren tatsächlich schon tot, aber zwei Samen gingen noch auf und entwickelten sich in meinen Zelten ganz prächtig.

Die eine Pflanze wuchs wie eine Hecke in die Breite und bildete mit der Zeit unzählige kompakte Blüten aus, während die andere wie verrückt in die Höhe schoss und schon nach acht Wochen herunter gebunden werden musste. Kurz darauf musste ich feststellen, dass ich hier ein Männchen aufgepäppelt hatte – da lag es für mich dann einfach auf der Hand, den Riesen mit der Kurzwüchsigen zu paaren. Wofür sonst war eine männliche Hanfpflanze zu gebrauchen? Nach der Handbestäubung ließ ich die Lady erst mal weiter blühen und erntete vier, fünf Wochen später die frisch ausgebildeten Samen meiner neuen Kreuzung. Zwei Samen kamen direkt in die Erde, und was die dann hervorbrachten, hat mich echt umgehauen. Denn dass dieses Zeug gleich dermaßen ballert UND fokussiert – das konnte ja keiner ahnen."

Andreas grinste ein wenig selbstverliebt, während Stulle längst Feuer und Flamme war: „Also hast du letztendlich dank einer völlig zufälligen Kreuzung diese neue Hammer-Sorte erschaffen?"

Andreas nickte stolz: „Klar, da war auch Glück im Spiel, aber nun habe ich gut 100 Seeds davon. Und da das reguläre Samen sind, lässt sich der Strain auch gut weiter selektieren und vermehren, wenn man die Zeit und das nötige Know-how dafür hat. Eine andere Möglichkeit wäre die Kultivierung besonderer Mutterpflanzen, von denen man dann einfach, und ganz nach Belieben, Stecklinge schneiden könnte."

Wäre Stulle eine Comicfigur, wären ihr mittlerweile dicke Eurozeichen in die Augen gesprungen: „Na dann wird es aber höchste Zeit, dass wir *Berlin High* auf den Berliner Markt werfen – dafür kann man schließlich Spitzenpreise verlangen. Ich muss zwar erst noch mit Didi darüber reden, aber dafür", er hielt den nahezu aufgerauchten Joint wie einen kostbaren Prototyp in die Höhe, „zahlen wir dir sogar 6.000 pro Kilo. Da bin ich mir jetzt schon sicher."

Andreas freute das, er sah es als angebrachtes Zeichen des Respekts gegenüber seiner Arbeit. Über das Mehr an Kohle konnte er sich dagegen nur noch bedingt freuen. Er wusste ja jetzt kaum noch, wohin mit dem ganzen Bargeld. Er hatte ein paar Tausend ausgegeben und ein paar Zigtausend gebunkert, auch wenn ihm bewusst war, dass das auf lange Sicht keine gute Lösung war. Irgendetwas Besseres musste man mit dem ganzen Schwarzgeld doch anstellen können – vielleicht hatte Stulle ja eine Idee dazu.

„Sag mal, wie legst du eigentlich deine ganze Kohle an? Einfach die vielen Scheine zur Bank bringen und einzahlen fällt ja leider aus."

Stulle nickte bestätigend: „Richtig, aber da gibt es schon ein paar Möglichkeiten. Zum Beispiel kannst du in Kunst investieren. Die kann man bar bezahlen und wenn du sie dann irgendwann wieder verkaufst, sagst du einfach, du hättest sie geerbt oder so. Das Gleiche gilt für hochpreisigen Whiskey oder seltene Gebrauchtwagen, am besten begehrte Oldtimer. Natürlich sind das keine klassischen Geldanlagen, aber die machen bei den aktuellen Zinsen von Nullkomma-Irgendwas sowieso kaum Sinn. Und für Datenschutz-Freunde wie uns wäre das auch nichts – viel zu viel Papierkram, der einem übel auf die Füße fallen kann. Ich selbst habe einen Teil meiner Kohle in Gold angelegt und die Barren an verschiedenen Orten deponiert. Falls ich mal abhauen muss, kann ich mich damit einfach absetzen, denn das Gute an Gold ist, dass man es überall auf der Welt problemlos in Bargeld umtauschen kann."

„Und was ist mit Aktien?"

Eine Doku hatte Andreas am Vorabend darüber informiert, dass in der aktuellen Niedrigzinsphase kaum ein Weg an Aktien vorbeiführe und immer mehr Deutsche ihre ablehnende Haltung gegenüber derartigen Finanzinvestitionen überdachten. Aber Stulle winkte nur verächtlich ab: „Vergiss es, Aktien sind wie Bankkonten – also von staatlichen Akteuren ohne Weiteres einsehbar. Die können dich daher in echte Erklärungsnot bringen. Außerdem musst du bei der Eröffnung eines Aktiendepots auch immer diverse Angaben zu deiner Person machen, und wenn die nicht stimmen, können dich die verwaltenden Banken im schlimmsten Fall ganz legal enteignen."

Andreas schluckte.

Er machte sich nicht allzu viel aus seinem ständig wachsenden Reichtum, aber einen Totalverlust wollte er natürlich nicht riskieren. Diesen Nebeneffekt der Illegalität hatte er stets ausgeblendet, und erneut ertappte er sich bei dem Wunschgedanken nach staatlicher Legalisierung. Der Bundeswahltag rückte immer näher, und so ganz wollte er die Hoffnung noch nicht aufgeben. Natürlich schätzte er die mentale Sicherheit, die ihm das sich immer weiter anhäufende Bargeld vermittelte. So mutierte er in letzter Zeit auch immer öfter zum Gönner und steckte verdutzten Obdachlosen gerne mal ein paar große Scheine zu. Erst langsam begann Andreas zu begreifen, dass auch zu viel Bargeld ein echtes Problem darstellen konnte: „Also sollte ich vor allem Kunst und Gold kaufen?"

Stulle machte eine vage Handbewegung: „Du kannst natürlich machen, was du willst, aber Kunst und Gold lassen sich relativ einfach wieder in Bargeld verwandeln und haben in der Zwischenzeit vielleicht sogar an Wert gewonnen. Ganz im Gegensatz zu protzigen Luxuskarren oder hochkarätigem Schmuck, den sich gehirnschwache Angeber vermutlich zulegen würden."

Andreas wusste genau, was Stulle meinte. In Sidos Präsidentensuite hatte er gleich mehrere von diesen Reißbrett-Möchtegerns gesehen, die immer noch glaubten, dass dicke Goldketten und Brillantenbesetzte Ringe ultimative Eintrittskarten in die Höschen junger Frauen waren. Auf manche „material bitches" mochte das durchaus zutreffen, aber dieser Typ Frauen erregte bei Andreas nicht das geringste Interesse. Geschweige denn seinen Captain im Untergeschoss.

„Für sowas würde ich mein Geld nie rausschmeißen“, Andreas unterstrich seine Aussage mit einer entschiedenen Kopfbewegung, „aber langsam fällt mir kaum noch etwas ein, was ich gebrauchen könnte. Gestern habe ich sogar kurz darüber nachgedacht, mir einen Hightech-Staubsaugerroboter für knapp 5.000 Euro zu bestellen.“

Stulle fiel fast die Kinnlade herunter: „Was? Du bestellst dir Zeug? Und lässt es dir nach Hause liefern?“

„Klar, warum nicht?“

Andreas verstand Stulles Verwunderung nicht.

„Schließlich wohne ich hier ganz legal und die Kohle könnte ich ja auch in einem Casino gewonnen oder geerbt haben. Das hast du doch vorhin selbst gesagt.“

Stulle nickte: „Klar, aber da sprach ich von dem Tag, an dem du alles zu Geld machst und abhaust, um irgendwo ein neues Leben zu beginnen. Oder willst du das hier ewig so durchziehen? Ich sag's dir ganz offen: Ich will mich spätestens in zehn Jahren vom Acker machen und mit meiner sauer verdienten Kohle in Südamerika neu anfangen. Es gibt viele Länder ohne Auslieferungsabkommen mit der EU, die reiche Europäer nicht erst groß darüber ausfragen, wie sie eigentlich reich geworden sind, sondern ihnen direkt den roten Teppich ausrollen, wenn sie auch nur darüber nachdenken, mit ihrer ganzen Kohle in ihr korruptes kleines Land überzusiedeln. Für mich ist ein gutes Leben ohne nervige Arbeit das Endziel, denn was nutzt einem die ganze Kohle, wenn man sie nicht gepflegt auf den Kopf hauen kann? Bis dahin solltest du den Ball lieber flach halten und auf weitere unerklärliche Anschaffungen verzichten.“

Andreas nickte stumm.

Offensichtlich hatte er noch viel zu lernen.

Kapitel 13

Berlin Detektei diskret günstig

Alina Sommer saß vor dem Laptop und bestätigte ihrer bevorzugten Suchmaschine die Internet-Recherche gemäß der zuvor gewählten Schlagworte. Der Computer rödelte kurz und schon fragte sie sich, wie sie bei diesem Überangebot die passenden Ermittler für ihre vertrackte Lebenslage finden sollte. Ihr Fall musste schließlich mit absoluter Diskretion behandelt werden. Viel Geld hatte sie auch nicht, und die Zeit drängte. Also hieß es handeln.

„Die Suchmaschine, die dich nicht verfolgt" hatte ihr innerhalb von Sekundenbruchteilen Hunderte von Privatdetektiven, Recherche-Hilfsdiensten und mehr oder weniger dubiosen „Informationsmanagement"-Agenturen im Großraum Berlin präsentiert. Und alle machten ihrer potenziellen Kundschaft grandiose Versprechen. Einige warben mit zahlreichen Bestbewertungen, aber schon nach wenigen Sekunden hatte Alina erkannt, dass mindestens die Hälfte dieser Bewertungen offensichtliche Fakes waren: klare Gefälligkeitsbewertungen, oder gekaufte.

Alina massierte ihre Schläfen.

Wer sich als Privatdetektiv solch billiger und vor allem leicht durchschaubarer Tricks bediente, der konnte in seinem Beruf nicht viel taugen.

Sie war bereits auf Seite zwei der Suchergebnisse, als ihr ein Angebot ins Auge fiel. „Komischer Name für eine Detektei" ging ihr durch den Kopf, während sie las:

Detektei Schall & Rausch
www.schall-und-rausch.com
Seit 1997 Ihre erfahrenen Ermittler für alle Lebenslagen
(Wirtschafts- und Privatermittlungen) in Berlin.
Diskret, preisgünstig und zuverlässig.
Rufen Sie uns an, wir finden eine Lösung!

Das klang doch ganz passend. Außerdem hatte Alina keine Lust mehr, sich noch weiter durch die nicht enden wollende Detekteien-Welt zu klicken. Immer wieder griff sie nach einem neuen Taschentuch aus der Spender-Box, trocknete ein paar Tränen und putzte ihr süßes Näschen.

Ihr Leben glich einem gigantischen Trümmerhaufen.

Nach vielen Irrungen und Wirrungen hatte sie endlich den Mann ihres Lebens kennengelernt. Einen Mann, der sie manchmal wie eine echte Prinzessin behandelte. Ein Mann, der ihr herrliche Sachen ins Ohr flüsterte, die sie so zuvor noch nicht einmal ansatzweise gehört hatte.

Und nun das: Er war verschwunden. Einfach so. Spurlos, ohne Abschiedsbrief und jegliches „Good Bye“. Alina war klar, dass ihm etwas Schreckliches widerfahren sein musste. Vielleicht wurde er ja von Gangstern gefangen gehalten, vielleicht hatten sie ihn sogar schon umgebracht. Verlassen hätte er sie nie, da war sie sich ganz sicher. Warum nur musste sich Quang mit diesen Kriminellen einlassen, die ihn zwangen, für ein besseres Taschengeld Gras zu verkaufen?

Der Abend, an dem er völlig aufgelöst nach Hause gekommen war, um ihr zu gestehen, wie sehr ihn diese Gangster unter Druck gesetzt und beinahe umgebracht hatten, war immer noch tief in ihr Gedächtnis eingebrannt, obwohl er schon gut ein Jahr zurücklag. Ebenso das Kilo Gras, das er damals in seinem Rucksack dabeihatte. Und was waren das immer für seltsame Andeutungen? Das alles werde immer gefährlicher, er könne bald nicht mehr. Die Polizei und andere Dealer seien ihm bereits auf der Spur.

Diese Geschichten hatten sie schockiert und in große Angst versetzt. Natürlich hatte sie ihm geholfen, so gut sie konnte, aber vielleicht vertrug es sich ja nicht mit den moralethischen Vorstellungen seiner asiatischen Heimat, dass sich ein Mann so sehr von (s)einer Frau helfen ließ.

Alina liebte Quang aufrichtig und über alles. In dunklen Stunden konnte sie jedoch nicht mehr alle Zweifel komplett ausblenden. Hatte er sie wirklich abgezogen und verlassen? Dann hätte er ihre Gutmütigkeit aufs Schändlichste missbraucht. Und so klammerte sich Alina noch an die Vorstellung, dass er unschuldig und in großer Gefahr war, aus der sie ihn nun irgendwie befreien musste.

Als Alina am nächsten Tag vor dem grauen, renovierungsbedürftigen Altbau in Berlin-Kreuzberg stand, hätte sie zumindest irgendwo ein „Schall & Rausch“-Schild erwartet. Doch davon ließ sich Alina nicht abhalten.

Sie war ja schon da.

Und sie wollte dringend Klarheit.

Endgültige, eindeutige Gewissheit.

Immerhin hing da ein offensichtlich selbst laminierter DIN-A5-Zettel neben den Klingeln, der wenig glamourös auf die „Detektei Schall & Rausch“ im zweiten Stock verwies.

Alina atmete kurz durch und klingelte.

Ohne dass nach Namen oder Begehr gefragt wurde, ertönte fast unmittelbar der Türsummer. Das kannte sie bisher nur von ihrer Zahnarztpraxis, wo die Klingel auch immer direkt an den Türöffner gekoppelt war.

Im zweiten Stock war eine der Türen bereits leicht geöffnet, vermutlich für sie. Alina betrat leicht zögerlich die zur Detektei erklärte Altbauwohnung und hatte kaum Zeit, sich umzuschauen, da ihr bereits ein Dunkelhaariger mit freundlichen grau-blauen Augen entgegenkam und sie in ein Zimmer mit Sitzecke geleitete, in welcher schon ein Mann mit halblangen dunkelblonden Haaren saß und sie interessiert musterte.

„Ich glaube, wir haben miteinander telefoniert. Mein Name ist Schall.“ Als Alina nickte, wies er auf seinen Kompagnon und erklärte: „Das ist mein Kollege Rausch. Bitte setzen Sie sich, dann können wir in Ruhe über alles reden.“

Der Dialekt, der hier ganz offensichtlich überspielt werden sollte, klang schwäbisch in Alinas Ohren. Die beinahe weichen Gesichtszüge ihres Gegenübers kontrastierten mit seiner pragmatischen Kurzhaarfrisur. Auch seine Bartstoppeln waren überwiegend schwarz, hier und da schimmerte auch schon ein graues Haar durch.

Alina hatte sich in den ihr angebotenen Ledersessel fallen lassen und empfand ihn als überaus bequem.

„Bitte erzählen Sie – was können wir für Sie tun?“

Schon wieder musste sie mit den Tränen kämpfen.

„Das ist eine lange Geschichte.“

Alina zog ein Taschentuch aus ihrer Handtasche und schnaubte lautstark hinein.

„Dann fangen Sie am besten janz am Anfang an“, mischte sich Rausch unvermittelt ein, der sich damit als geborener Berliner outete.

Alina seufzte nochmal, dann war sie soweit: „Mein Mann Quang ist verschwunden, und wie es aussieht, hat er dabei alle meine Ersparnisse und meinen ganzen Schmuck mitgenommen. Ich kann mir aber beim besten Willen nicht vorstellen, dass er das freiwillig gemacht hat.“

Rausch runzelte kritisch die Stirn, sagte aber keinen Ton, Schall hingegen blickte Alina weiterhin freundlich und erwartungsvoll an, während er unruhig auf seinem Stuhl hin und her rutschte.

„Ich vermute, dass er von Gangstern dazu gezwungen wurde, meine Wertsachen zu stehlen. Vielleicht ging es ja um sein Leben.“

Während Alina berichtete, fiel ihr auf, dass Schall ganz offensichtlich Probleme damit hatte, ruhig dazusitzen und deswegen ständig ein wenig mit seinem Stuhl kippelte. Das irritierte sie zunehmend, aber sie riss sich zusammen und konzentrierte sich darauf, ihre Geschichte in allen Einzelheiten zu erzählen. Als sie fertig war, bemerkte sie, wie ihre Gegenüber vielsagende Blicke austauschten. Hieß das vielleicht, dass es ein aussichtsloser Fall war, den es daher abzulehnen galt?

„Ich habe zunächst ein eher grundsätzliches Problem", erklärte Schall zögerlich. „Wenn Ihr Angetrauter alles mitgehen ließ – wie gedenken Sie dann unsere Rechnung zu begleichen?"

Alina schoss die Schamröte ins Gesicht. Diese Frage hatte sie sich auch schon gestellt und dann ganz schnell wieder verdrängt. Auch wenn es für sie vieles vereinfacht hätte, wollte sie keine plumpen Lügen erzählen, obwohl sie längst ahnte, dass „Mein Vater wird selbstverständlich für alle Kosten aufkommen" die vermutlich zufriedenstellendste Antwort in dieser Situation war.

„Ich kann Ihnen derzeit leider keine Garantien geben", gestand sie schließlich kleinlaut, „aber ich bin noch nie jemandem etwas schuldig geblieben. Das können Sie mir glauben."

Schall machte mit beiden Händen eine abwehrende Geste, deren Bedeutung Rausch nur allzu gut verstand. Sein Partner wollte ihm damit zu verstehen geben: „Dann können wir das Ganze hier auch direkt beenden."

Rausch sah das jedoch anders: „Könnten Sie sich vielleicht eine Art Provisionsvereinbarung vorstellen?"

Während Rausch Alina direkt ansprach, fragte er sich, ob seine Stimme nun eher fürsorglich-warm oder geschäftstüchtig-charmant klingen sollte. Vielleicht war ja eine Mischung aus beidem das Beste.

„Wenn wir Quang finden und er Ihre Wertgegenstände bei sich hat oder im Besitz der von Ihnen mehrfach angesprochenen illegalen Güter ist, würden wir einen noch zu vereinbarenden Anteil davon beanspruchen – wäre das für Sie grundsätzlich denkbar?“

„Aber natürlich“, entgegnete Alina wie aus der Pistole geschossen und bereute sogleich ihre vorschnelle Antwort. Wäre sie selbst die beauftragte Ermittlerin, käme ihr eine so schnelle Reaktion auf die nicht unwichtige Finanzfrage vermutlich auch verdächtig vor. Sie atmete daher nochmal tief durch, bevor sie, sich zur Ruhe zwingend, weitersprach: „Es geht mir vor allem darum, dass es Quang gut geht. Sollte er nicht in Gefahr sein und sich tatsächlich von mir trennen wollen, dann wäre es natürlich fantastisch, wenn Sie mir meinen Schmuck und mein Geld zurückbringen könnten.“

„Hm“, brummte Rausch, „aber was machen wir, wenn wir Quang nicht finden? Oder ihn finden, er aber bereits alles auf den Putz gehauen hat?“

Er blickte Alina Verständnis heischend an, diese senkte daraufhin verlegen den Kopf.

„Ich möchte nicht unhöflich sein“, spann Schall den Faden weiter, „aber wir sind ja kein karitativer Verein. Irgendwie müssen auch wir unseren Lebensunterhalt bestreiten.“

Schalls Worte hingen wie ein Damoklesschwert in der Luft.

Rausch erkannte, dass er jetzt schnell reagieren musste, denn ein Fall mit Aussicht auf Bezahlung war immer noch besser als gar kein Fall: „Ich glaube, ich hab da eine Lösung – wie wäre es, wenn Sie uns einen unbefristeten Schuldschein unterschreiben? Und sobald Sie wieder flüssig sind, zahlen Sie unser Honorar.“

Erneut spiegelte Schalls Mimik sein Missfallen deutlich wider, seine Zunge konnte sich diesmal aber zurückhalten. Rausch war schließlich der offizielle Geschäftsführer und hatte in solchen Fragen das letzte Wort. Das alles wusste Alina nicht, die nur kurz überlegte und dann nickte.

„Dann sind wir uns also einig“, freute sich Rausch, dem Schalls missfälliger Blick nicht entgangen war.

Alina nickte erneut.

Schall stand geräuschvoll auf und schien gehen zu wollen. Rausch sprang ihm zur Seite und flüsterte ihm ein paar Worte ins Ohr, die ihn kurz darauf unentschlossen den Kopf hin und her bewegen ließen. Für einen Augenblick trat der Ansatz eines Lächelns in Schalls Gesicht. Alina verstand nun gar nichts mehr und nutzte verlegen die Gelegenheit, herzhaft in ihr gar nicht mehr so trockenes Taschentuch zu schnauben.

„Wenn wir dem Vorschlag meines großzügigen Geschäftspartners folgen wollen, dann unterschreiben Sie uns vor Beginn der Ermittlungen einen Schuldschein. Und für den Fall, dass wir weder Ihr Geld noch Ihre Wertgegenstände finden können, verpflichten Sie sich das ausstehende Honorar als Empfangsdame unserer Detektei abzuarbeiten. Wir werden alles versuchen, damit es nicht soweit kommt, aber man muss auch auf das Worst-Case-Szenario vorbereitet sein. Ich hoffe, Sie haben dafür Verständnis.“

Sagte Rausch und lächelte schüchtern.

Alina wäre am liebsten aufgesprungen, um ihn zu umarmen. Und ob sie damit einverstanden war – als Sekretärin hatte sie sogar ein paar Jahre Berufserfahrung. Allerdings lag ihr letzter Job bereits einige Monate zurück, sie hatte gekündigt, weil ihr Chef einfach nicht die Hände von ihr lassen konnte. Oder wollte. Diese Gefahr sah sie hier nicht, zudem war Arbeit ein guter Zeitvertreib, der sie von ihrem schmerzenden Gefühlschaos ablenkte.

„Okay, dann woll'n wir mal“, kam Rausch nun direkt zur Sache. „Bei Vermissten-Angelegenheiten geht es um jede Stunde. Wir benötigen daher so viele Informationen, Fotos und Dokumente wie möglich. Am besten sofort."

Alina war darauf vorbereitet und holte aus ihrer grünen Umhängetasche, der man gar nicht ansah, dass sie vor allem aus alten LKW-Planen bestand, einen schmalen Aktenordner: „Das ist alles, was ich über Quang zusammenkratzen konnte."

Rausch nahm den Ordner entgegen und Alina glaubte zu erkennen, dass er von ihrer sorgfältigen Vorbereitung angenehm überrascht war. Das registrierte auch Schall: „Da möchte man sich ja fast wünschen, dass Sie bei uns als Empfangsdame anfangen – eine etwas straffere Organisation würde uns sicher gut tun."

Schall entging das kurze Lächeln auf Alinas Gesicht. Es war das erste Lächeln seit vielen Tagen. Rausch dagegen hatte es gesehen. Und es gefiel ihm.

Kapitel 14

Andreas war gut gelaunt, frisch geduscht und rasiert. Fast kam es ihm vor, als würde er auf ein Date gehen, dabei war er nur auf dem Weg zu seiner Schwester Susanne. Vielleicht war sein irritierendes Gefühl dadurch bedingt, dass er es in letzter Zeit ausschließlich mit Männern zu tun gehabt hatte. Seit über einem Jahr schien sich seine Welt allein um Stulle, Didi und Fat Mike zu drehen. Und die nächste Ernte natürlich.

Abgesehen von den obligatorischen Hanf-Ladys schien es in der männerdominierten Cannabis-Welt kaum Platz für Frauen zu geben. Was nicht nur Andreas sehr schade fand.

Mal sehen, was das Schwesterlein zu seiner neuesten Kreation sagen würde. Sie war zwar keine passionierte Kifferin, rauchte abends aber ganz gerne mal was, um nach einem stressigen Arbeitstag sanft runterzukommen und schließlich die Bettschwere zu spüren, die für einen erholsamen Schlaf so wichtig war.

Andreas liebte seine große Schwester, auch wenn sie ihm manchmal gehörig auf die Nerven ging. Vor allem mit ihren Karriere-Tipps und guten Ratschlägen fürs Leben. Schließlich wusste er ganz genau, wer er war und was er vom Leben wollte. Das hatte er ihr auch schon mehrfach erklärt, war dabei aber auf wenig Verständnis gestoßen. Vielleicht war das ja einer der Gründe dafür, dass sie sich nur noch so selten sahen, obwohl sie in derselben Stadt lebten. Sie gingen einem möglichen Streit aus dem Weg.

Auch Susanne liebte ihren Bruder. Als Andreas wegen Anbau von und illegalem Handel mit Cannabis angeklagt und verurteilt wurde, hatte sie ihn regelmäßig im Knast besucht. Getrieben von aufrichtiger Sorge um ihren letzten engen Familienangehörigen hatte sie ihn zudem mit zahlreichen Fress- und Care-Paketen versorgt. Nutella, Tabak, Kaffee und Seife waren harte Ersatzwährungen hinter Gittern, die einem wortwörtlich den Arsch retten und das Knast-Leben etwas erträglicher machen konnten. Nichtsdestotrotz stand für Andreas danach felsenfest: Er würde nie wieder zurück in den Bau gehen.

Warum seine Schwester ausgerechnet im Wedding wohnte und dort glücklich zu sein schien, war ihm stets ein Rätsel geblieben. Bei ihrem keineswegs üppigen, aber soliden Einkommen hätte sie sich zwar kein Einfamilienhaus im Westend, aber locker eine eigene Zweizimmerwohnung in Charlottenburg leisten können. Vermutlich spielte das aber eh keine Rolle mehr, weil sie in den letzten Jahren fast nur noch bei ihrem neuen Lover herumhing. Andreas war sich nicht sicher, wie ernst es ihr mit ihm war. Bisher hatten ihre Beziehungen nur ein, zwei Jahre gehalten – und diese Zeitspanne war inzwischen verstrichen, ohne dass sich ein Trennungsprozess angedeutet hätte. Diesmal schien es also etwas Ernsteres zu sein. Allerdings wollte Andreas sein Schwesterherz nicht gleich mit zu indiskreten Nachfragen bedrängen. Wenn die Zeit gekommen war, würde sie ihm sicherlich alles erzählen. Und wer weiß, vielleicht war es ja heute schon soweit?

Andreas war überpünktlich. Seit seiner Zeit hinter Gittern war sein Zeitgefühl nicht mehr dasselbe. Wo er früher oft zu spät kam, war er nun zehn Minuten vor der Zeit am Start. Sein Schwesterlein würde ihm ja nicht gleich den Kopf abreißen, wenn er etwas früher bei ihr aufschlug. Und das tat sie auch nicht. Sie freute sich aufrichtig.

Nach einer innigen Umarmung zog er seine Schuhe aus und stellte sie ordentlich unter die kleine Garderobe im Flur.

Susannes Wohnung wirkte im Gegensatz zu dem sie umgebenen Altbau sehr behaglich und gemütlich. Wie immer gingen sie aus alter Gewohnheit direkt in die Küche und setzten sich dort an den Tisch.

„Na, dann ... Wie geht's? ... Alles gut bei dir?", druckste Susanne herum. Sie hatte tausend Fragen, wollte ihren Bruder aber nicht gleich wieder so ausquetschen. Andreas nickte, vermutete aber einen anderen Hintergrund für die ungewohnte Zurückhaltung seiner Schwester: „Wenn dein Freund da ist, dann passt das schon. Ich wollte ihn auch mal kennenlernen."

Susanne schüttelte den Kopf.

„Nein, der ist gerade arbeiten. Ganz so, wie es sich für einen anständigen Mann gehört."

Sie konnte es einfach nicht lassen.

Zumindest im Subtext mussten ein paar Spitzen gegen das sich den bürgerlichen Konventionen so konsequent entziehende Brüderlein erlaubt sein.

„Meine beste Freundin Katja ist aber noch da, sie wollte eigentlich schon längst weg sein, doch dann haben wir uns mal wieder mächtig verquatscht."

„Ist sie cool?“, fragte Andreas und machte seine unverwechselbare Zwei-Finger-Geste, die beim Gegenüber stets das Interesse an Cannabis ausloten sollte. „Oder muss ich mich verstellen? Das wäre echt schade, denn ich hab dir was ganz Besonderes mitgebracht.“

Susanne lachte hell auf.

„Ach Andy, als ob du dich verstellen könntest – also länger als fünf Minuten oder so. Deine Bufferei wird wohl immer Teil deines Lebens sein, das habe ich inzwischen begriffen. Und Katja war fast schon ein wenig beleidigt, dass ich nicht mal mehr genug Gras für ein kleines Tütchen da hatte, weil es mein Oller gestern mal wieder übertreiben musste und sich nicht um die Versorgung seiner besseren Hälfte kümmern konnte. Du kommst also wie gerufen.“

Andreas strahlte.

So etwas hörte er immer gerne, auch wenn ihn die Vorstellung, gleich mit zwei weiblichen Wesen einen zu rauchen, süß-sauer aufstieß. Er beschloss, sich die aufkommende Unsicherheit nicht anmerken zu lassen: „Na dann – worauf warten wir noch?“

Andreas holte seine Brösel-Utensilien aus der Tasche und legte sie vor sich auf den Küchentisch. Mitten in den Bauvorbereitungen registrierte er einen seltsamen Blick seiner Schwester, den er nicht so richtig deuten konnte: „Hab ich was verpasst?“

Susanne schüttelte den Kopf.

„Nee, aber vielleicht sollte ich dich kurz vor Katja warnen. Sie ist eine echte Kampfkifferin, du kannst also ruhig ein bisschen mehr rein tun.“

Andreas’ Herz vollführte fast einen Luftsprung. Das klang für ihn nach Traumfrau, doch das durfte er sich jetzt natürlich nicht anmerken lassen: „Gib nicht so an mit deiner Freundin – wo ist sie denn überhaupt?“

Susanne verdrehte die Augen: „Na, wo wohl?“

Als Andreas das nach dem Motto „Weniger ist mehr“ eingerichtete Wohnzimmer betrat, war er angenehm überrascht. Das lag nicht nur daran, dass dort eine hübsche junge Frau saß, der abgebrühte Chauvis direkt eine Zehn verliehen hätten. Allein die Art wie Katja auf dem Sofa herumlümmelte nahm ihn direkt für sie ein. Sie hatte ihr langes schwarzes Haar zu einem kecken Pferdeschwanz zusammengebunden, ihre haselnussbraunen Augen betrachteten ihn interessiert. Insgeheim hatte Andreas das äußere Erscheinungsbild Katjas längst in die Kategorie Gesamtkunstwerk eingeordnet, als ihn zunehmend der Mut verließ. Er bemerkte, wie sich sein Puls rasant beschleunigte, seine sonst oft trockenen Hände wurden feucht und dazu kündigte sich nun auch noch ein Frosch im Hals an – und zwar ein dickes, fettes Vieh.

„Hi“, würgte Andreas schließlich heraus, bevor gar nichts mehr ging. „Ich bin Andreas Borchardt, Susis Bruder. Du kannst mich aber auch Andy nennen.“

Er stand wie versteinert vor ihr und war mit seinem Latein schon wieder am Ende. Zum Glück kam ihm Katja zu Hilfe: „Okay Andy, das mache ich. Ich bin übrigens Katja Müller, aber alle nennen mich Katja.“

Sie klopfte selbstbewusst auf den freien Platz neben ihr, und Andreas spürte, wie gleich ein ganzer Schwarm Schmetterlinge in seiner Magengegend abhob. Er setzte sich zu ihr und wusste genau: Nun hieß es nicht übertreiben, aber unmissverständlich Interesse zeigen.

„Schade, dass wir uns hier nicht schon eher über den Weg gelaufen sind“, fiel er mit der Tür ins Haus. Wie aufs Stichwort kam Susanne mit einer frischen Kanne Kaffee ins Zimmer: „Aha, wie ich sehe, habt ihr euch bereits bekannt gemacht.“

Sie schmunzelte wie immer, wenn sie sich als Kupplerin versuchte.

„Und nur keine Hemmungen, bei mir ist alles erlaubt.“

Susanne kicherte vieldeutig und legte nach: „Außerdem habe ich Katja längst alles Wissenswerte über dich erzählt. Auch über deine Knastzeit, aber vor allem über deinen bescheuerten grünen Daumen."

Andreas warf seiner Schwester einen finsteren Blick zu, der aber sofort durch Katjas „Du scheinst jedenfalls ein echt interessanter Typ zu sein" entschärft wurde.

„Yup, dem heiligen Kraut huldige ich schon lange", erklärte er unbeholfen und wandte sich dann mit gespieltem Interesse an Susanne: „Katja ist doch bestimmt genauso anständig wie du und verabscheut Ex-Knackis und illegale Drogen ganz grundsätzlich, oder?"

Katja räusperte sich deutlich hörbar: „Moment mal, sowas lasse ich mir aber echt nicht nachsagen."

Sie lachte Andreas erfrischend frech an und ergänzte: „Menschen sind Menschen, ob nun im Knast oder in Freiheit. Und Pflanzen sind Pflanzen, ob nun legal oder nicht. Soweit ich weiß, war der Grund, warum du damals eingefahren bist, absolut lächerlich. Unglaublich, dass sowas hierzulande noch möglich ist, während man in Nordamerika damit ganz legal Geld verdienen kann."

Andreas spürte regelrecht, wie sein Herz das Blut inzwischen mit Höchstgeschwindigkeit durch die Adern pumpte. Also galt es, jetzt besonders cool zu bleiben: „Äh, danke. Auf so viel Verständnis treffe ich nur selten. Die meisten Menschen pflegen oft nur ihre Vorurteile."

Susanne grinste völlig unbemerkt. Schon seit ein paar Minuten hatten die Zwei nur noch Augen füreinander und schnatterten angeregt. Das hatte sie mal wieder geschickt eingefädelt – schließlich hatte sie längst vermutet, dass die beiden gut zueinander passen würden. Und wer weiß? Vielleicht konnte etwas Zweisamkeit ihren Bruder davor bewahren, seine semi-kriminelle Laufbahn weiterzuverfolgen. Ob Katja wirklich die Richtige für ihn war, würden sie alleine herausfinden müssen.

„Hey, wollten wir uns nicht einen von meinem Homegrown gönnen?“

Andreas konnte sich kaum noch zurückhalten, so stolz war er auf seine Kreation. Und wie erhofft stieg Katja sofort darauf ein: „Und ich dachte schon, du fragst nie.“

Susanne überlegte derweil, ob sie nicht lieber in die Küche gehen sollte. Katja und Andy würden sich auch ohne sie prächtig amüsieren. Aber das war nun mal ihre Bude. Und etwas mitrauchen wollte sie auch. Also blieb sie stumm sitzen.

„Das hier ist wirklich etwas ganz Besonderes, ein von mir selbst kreierter Strain“, schöpfte Andreas weiter aus dem Vollen und präsentierte eine besonders schöne Blüte seiner Ernte.

„Ach ja?“, stichelte Katja. „Dann hoffe ich mal, du bist kein CBD-Fan, der sein Gras am liebsten THC-frei konsumiert.“

„Nee, nee, ich steh auf THC. Da kannste sicher sein“, verkündete Andreas. „Außerdem ist das hier *Berlin High* – wie man mir glaubhaft versicherte, das derzeit beste Gras auf dem Markt. Exklusiv für und aus Berlin.“

„Klar doch, und dein Dödel ist mindestens vierzig Zentimeter lang und immer mindestens halbsteif, wa?“, konterte Katja und grinste frech.

Susanne lachte laut auf, obwohl sie sich fest vorgenommen hatte, keinen Laut mehr abzusondern, um das zwanglose Flirten der beiden nicht zu stören.

Andreas zuckte kurz zusammen, schaffte es aber cool zu bleiben: „Nee, das sind eher fünfundzwanzig Zentimeter. Natürlich großzügig abgerundet.“

Wie nebenbei hatte Andreas einen formschönen Joint gebastelt, in den er deutlich mehr als die übliche Menge Gras eingerollt hatte. Schließlich galt es hier gleich drei Rauschsuchende auf einmal zu befriedigen. Er bot Katja den Joint an, doch sie bedeutete ihm mit einer galanten Geste, ihn selbst anzurauchen. Danach machte die Tüte schnell die Runde, wobei Susanne nur zweimal zog, zweimal hustete und dann „Ich bin raus“ entschied, bevor sie sich wohlig in den Sessel kuschelte und ihre Augen schloss.

„Gar nicht mal so schlecht“, räumte Katja anerkennend ein, als sie die bis an den Filter heran gerauchte Tüte im Aschenbecher ausdrückte.

„Gar nicht mal so schlecht?“, empörte sich Andreas in einem seltsamen Wechselbad der Gefühle zwischen elektrisierenden Beziehungsanbahnungsbemühungen und angekratztem Cannabiszüchterstolz.

Er schaute Katja herausfordernd an: „Wenn ich all die geplatzten Äderchen auf deinen Augäpfeln richtig interpretiere, dann hat sich dein Augeninnendruck bereits deutlich erhöht, was normalerweise dafür spricht, dass man hammerbreit ist.“

„Kann schon sein“, gestand Katja, deren Augen Andreas trotz erhöhtem Innendruck geradezu verführerisch anstrahlten. Um sich nicht in ihrem Blick zu verlieren, gab er den Harten und machte sich daran, direkt den nächsten Joint zu drehen.

Die Zeit verging wie im Flug. Als Stunden später die dritte Tüte verloschen war, drückte Katja einen überraschend feucht-fröhlichen Kuss auf Andreas’ Wange: „Dankeschön! So breit war ich ja schon lange nicht mehr. Jedenfalls nicht mehr, seit ich nach Berlin gezogen bin. In Potsdam hatte mich immer mein Ex versorgt, aber den will ich nicht mehr sehen. Und hier kenne ich bisher kaum Leute. Zumindest keine, die dermaßen gutes Gras haben. Ich glaube, wir sollten uns in Zukunft öfter mal sehen.“

Obwohl sie Andy dabei vielversprechend anschaute, fühlte sich dieser kurzzeitig ernüchtert – war Katja vielleicht nur auf der Suche nach einer neuen Gras-Quelle? Hatte sie vielleicht mit ihrem langjährigen Freund auch ihren bisherigen Dealer verlassen und suchte nun jemanden, der sie in Berlin versorgte?

In der so plötzlich eingetretenen Stille schien Katja seine Gedanken zu erahnen. „Lass uns mal das Thema wechseln“, schlug sie nachdenklich vor, und als hätte sie nur darauf gewartet, schrie Susanne plötzlich so laut „Hunger!“, dass Andreas und Katja zusammenschreckten. Das verwandelte die Hungrige sogleich in eine Ablachende, was die Sofa-Besatzung dazu animierte, in das ansteckende Gelächter mit einzusteigen. Als der Lach-Flash abgeklungen war, bekannte Katja: „Aber was futtern ist schon ’ne geile Idee!“

Dazu fiel Andreas direkt etwas ein, was den Kühlschrank seiner Schwester unangetastet ließ: „Wie wär’s, wenn wir uns was Schönes liefern lassen?“

Er klopfte weltmännisch auf seine gut gefüllte Geldbörse und löste damit bei Katja ungezügelte kulinarische Vorfreude aus: „Super, und was am besten? Indisch, Chinesisch oder Italienisch?“

Susanne stieg direkt darauf ein, woraufhin zwischen den beiden ein leidenschaftlicher Disput entbrannte, was nun zu bestellen sei. Andreas hielt sich Gentleman-like zurück, er hatte auf allen Speisekarten seine persönlichen Favoriten. Wie er im Verlaufe der fast nicht enden wollenden Diskussion feststellte, ging es Katja und Susanne ganz ähnlich – nur, dass sie sich nicht zwischen ihren jeweiligen Favoriten entscheiden konnten. Andreas erkannte, dass hier einfach ZU viele Optionen im Raum standen und er entsprechend handeln musste, wenn es in absehbarer Zeit zu einer Bestellung kommen sollte. Also zückte er mit gespieltem Pathos sein nagelneues Smartphone und tippte kurz darauf herum. Schon waren zwei große Pizzas, Palak Paneer und Hühnchen süß-sauer bestellt. Neben ein paar knusprigen Frühlingsrollen und zwei Salaten. Und fluffigem indischen Fladenbrot.

40 Minuten später war alles geliefert und die Fressspiele konnten beginnen. Während sie so beieinander saßen und aßen, sprachen sie über Gott und die Welt.

Andreas berichtete auch von seinem „neuen Job in Lichtenberg“, ohne dabei zu sehr ins Detail zu gehen. Denn das hätte sein Schwesterlein nur wieder grundlos beunruhigt.

„Du bist echt süß“, raunte ihm Katja am Ende eines langen Abends zum Abschied ins Ohr und drückte ihm ein keusch-feuchtes Küsschen auf die Wange. Andreas spürte dabei ganz deutlich, dass dieses überbordende Glücksgefühl in seiner Brust nicht allein vom Kiffen kam.

Diese Katja war einfach der Hammer.

Genau wie *Berlin High*.

Kapitel 15

Die Fahrt zum Hauptstadtflughafen BER zog sich. Es kostete Schall und Rausch einige Zeit, bis sie durch die verschiedenen Sicherheitsschleusen gelassen wurden. Einer von Schalls alten Freunden, mit denen er damals nach Berlin gekommen war, arbeitete inzwischen am BER bei der Security. Diesen persönlichen Vorteil galt es nun auszunutzen.

Rausch war zwar der Meinung gewesen, dass es eine Email oder ein Telefonat auch getan hätte, aber Schall gelang es, ihn davon zu überzeugen, dass es besser war, höchstpersönlich vorbeizuschauen.

„Hey Schultze, schön dich zu sehn! Ist verdammt lang her!“, begrüßte Schall seinen Schulfreund. Sie reichten sich feierlich die Hände, deuteten noch eine halbherzige Umarmung an. Schall, der die Tatsache zu überspielen versuchte, dass er sich viel zu lange nicht gemeldet hatte und nun gleich mit so einem delikaten Anliegen hereinschneite, versuchte sich an etwas Small Talk und heuchelte Interesse an dem neuen Berliner Großflughafen und dem modernen Büro seines alten Freundes.

Der ganze Raum schien fast ausschließlich aus Monitoren zu bestehen, und Schall konnte sich des Eindrucks nicht erwehren, dass so ziemlich jeder Fleck des neuen Flughafens kameraüberwacht war. An sich fand er das nicht gerade prickelnd, bei ihrem Auftrag würde ihnen das aber vielleicht weiterhelfen, falls ...

„Hier issa“, verkündete Rausch und zog einen schwarzen USB-Stick aus der Sakko-Tasche, nachdem Schall langsam zur Sache gekommen und Schultze in ausreichend hilfsbereiter Stimmung war.

„Hm“, brummte Schultze, „dann schau’n wir mal.“

Besonders enthusiastisch klang das nicht.

Was er nun tun würde, war streng genommen illegal und konnte ihn in Teufels Küche bringen. Er machte es nur um der alten Zeiten willen, außerdem hatte Schall noch einen gut bei ihm. Trotzdem musste es jetzt schnell gehen. Schultze steckte den Stick in den USB-Port, blickte sich konspirativ um und stellte nach ein paar Blicken auf die Monitore beruhigt fest, dass alle Security-Kollegen beschäftigt waren.

„So einen sucht ihr also“, meckerte Schultze leise vor sich hin. „Kein Wunder, davon haben wir ja inzwischen mehr als genug hier. Klar, wenn die ihren Schnitt gemacht haben, ziehen sie meistens weiter.“

Das Detektiv-Duo zog es vor, zu schweigen. Politische Diskussionen hätten sie hier nicht weitergebracht, sondern nur für Unruhe gesorgt, die bis zur kompletten Kooperationsverweigerung führen konnte.

„Hm, das wird nicht einfach“, knurrte Schultze und stöhnte. Schall erkannte, dass es nun an der Zeit war, das Geschenk zu überreichen. Er entnahm seinem Rucksack eine ziemlich gute Flasche Wein, die Rausch freundlicherweise zur Verfügung gestellt hatte.

„Für deine Holde und dich“, flüsterte er verschwörerisch und überreichte Schultze die formschöne Flasche, die dieser sogleich ergeben bestaunte.

„Noch ein, zwei Jahre im Keller und es ist ein perfektes Tröpfchen", schaltete sich nun auch Rausch mit ein und hängte dabei einmal mehr den Wein-Connaisseur raus. Schließlich hatte er diesen vorzüglichen Bordeaux spendiert und Schall keine Ahnung davon.

Schultze nickte bedächtig und wandte sich dann wieder seinen Computerbildschirmen zu. Quangs Bild wurde nun mit allen möglichen Bilddateiverzeichnissen abgeglichen, die hochmoderne Gesichtserkennungssoftware lief auf Hochtouren.

Und trotzdem dauerte es.

Schultzes Augen glitten nach einem vorsichtigen Rundblick über die Überwachungsmonitore erneut zu der französischen Flasche mit dem verschnörkelten Etikett. Ein Lächeln umspielte seine Mundwinkel: „Alt wird das Stöffchen sicher nicht bei mir, auch wenn er mit den Jahren vielleicht noch etwas besser wird. Ich selbst kauf mir ja nie so edle Tropfen."

Er deutete eine Verbeugung an: „Die Firma dankt."

Während Schultze die Flasche behutsam unter den Schreibtisch stellte, lief die Suchabfrage weiter, und die Drei blickten wieder ganz fasziniert auf den Bildschirm mit den im Millisekunden-Takt wechselnden Foto-Abgleichen. Als träte das gewünschte Ergebnis dadurch eher ein.

„Und jetzt?", fragte Schall eine gute Stunde später, „Das war ja ein Griff ins Klo."

Rausch brummte unwillig.

„Also Görli oder Ku'damm?", wollte Schall wissen.

Beides waren plausible Ermittlungsoptionen.

Obwohl der Görlitzer Park vermutlich schnellere Ergebnisse liefern würde, hatten sie keinen Plan und diskutierten eine Weile ergebnislos. Wie immer, wenn sie sich nicht einigen konnten, zogen sie Streichhölzer. Schall zog das Kürzere und schlug frustriert aufs Lenkrad, denn gemäß dem Ergebnis ihres kleinen Glücksspiels war nun zunächst der Ku'damm dran.

Alina hatte ihnen ausführlich erzählt, wie sehr diese Berliner Luxus- und Prachtmeile Quang faszinierte. Deshalb spekulierte insbesondere Rausch darauf, dass Quang Alinas Schmuck bei einem stadtbekannten Hehler am Ku'damm veräußert hatte. Sollte das nichts bringen, würden sie zum Görli fahren. Schließlich wollten sie diesen Fall so schnell wie möglich abschließen – vor allem, um der ohnehin schon so vom Leben gebeutelten Alina nicht auch noch eine Riesenrechnung präsentieren zu müssen.

Der vor Angeboten überquellende Antiquitäten-Laden „Fundgrube" in der weiß gestrichenen Gründerzeit-Villa versprühte einen Hauch Seriosität. Nur wer es besser wusste, sah die feinen Risse in der blendenden Fassade. Schon seit Jahrzehnten war der Laden ein beliebter Anlaufpunkt für allerlei geklaute Raritäten, die kurz darauf als „Antiquitäten" bei diversen Internet-Auktionen auftauchten. Der Polizei war es bisher nie gelungen, Rainer Schwarzkopf, dem umtriebigen Inhaber der „Fundgrube", irgendetwas nachzuweisen. Der hatte nämlich einen hervorragenden Riecher und einen ausgezeichneten Rechtsanwalt.

Zudem war Schwarzkopf sehr vorsichtig. Mehrere Versuche der Polizei, ihm durch V-Männer vermeintlich gestohlene Objekte unterzujubeln, waren allesamt von ihm durchschaut und rechtzeitig abgeblockt worden. Schwarzkopf war es mit der Zeit gelungen, einen nahezu hermetisch abgeschirmten Zirkel von Lieferanten und Käufern zu bilden. Nur durch persönliche Empfehlungen und Bürgschaften war es möglich, in diesen exklusiven Kreis zu gelangen. Wer nun (wie Quang) als gar nicht so kleiner Fisch im Berliner Drogengeschäft mitmischte, dem war auch zuzutrauen, dass er persönliche Verbindungen zum Inhaber der „Fundgrube" geknüpft hatte.

Schwarzkopf war ein kleiner, nahezu glatzköpfiger Mann, der sichtlich zur Korpulenz neigte. In seinem Geschäft trug er stets einen gepflegten schwarzen Anzug mit lilafarbenem Einstecktuch. Obwohl das rundliche Mondgesicht mit der spitzen Nase eher gemütlich und wohlwollend wirkte, reichte ein Blick in seine lebhaft-flinken Augen, um zu erkennen, dass der Alte mehr als nur auf Zack war.

Zumindest mental.

„Tut mir leid, die Herren, aber momentan kaufen wir leider nichts an“, begrüßte der Ladeninhaber die beiden Detektive, mit denen er schon öfter zu tun gehabt hatte. „Außerdem bezweifle ich eh, dass die Herren etwas von Interesse für mich haben oder tatsächlich mal etwas kaufen wollen. Oder irre ich mich da etwa?“

Schwarzkopf hatte Privatschnüffler genauso ungern in seinem Laden wie die Polizei, die sich dadurch aber auch nicht davon abhalten ließ, immer mal wieder bei ihm vorbeizuschauen. Während Schall nach der uncharmant-geschäftsmännischen Begrüßung erst einmal tief durchatmete, trat Rausch direkt an den Verkaufstresen und legte ein ausgedrucktes Foto von Quang darauf. Bei Schwarzkopf machte er sich schon lange nicht mehr die Mühe, höflich zu wirken. Entsprechend schroff klang seine Stimme, als er „Wir sind auf der Suche nach diesem Mann“ sagte.

Obwohl Schwarzkopf bereits eine runde Bertolt-Brecht-Gedächtnisbrille mit dicken Gläsern trug, setzte er diese ab und kramte eine altmodische Leselupe hervor. Damit studierte er eingehend das Foto: „Hm, ich weiß nicht ...“

Die Sekunden verrannen, während Schwarzkopf wie eingefroren dastand und das Bild anstarrte.

„Aber?“, schaltete sich Schall ein, dem es zunehmend schwerfiel, still stehenzubleiben.

„Nun ja“, erklärte Schwarzkopf mit einem undefinierbaren Dialekt, der eigentlich nur verriet, dass er nicht aus Berlin kam, „ich weiß einfach nicht, warum ich euch helfen sollte.“

Er hob seinen Kopf, blickte zu den ihn um viele Zentimeter überragenden Detektiven auf und zeigte zum ersten Mal die Andeutung eines Lächelns.

Schall versuchte es daraufhin auf die schwäbische, die kostengünstige Tour. In groben Zügen erzählte er Schwarzkopf die tragische Liebesgeschichte von Alina und Quang und appellierte dabei im Subtext an das Mitleid und die Empathie des stadtbekannten Hehlers.

Natürlich vergeblich.

„Wissen Sie, das alles ist äußerst bedauerlich", erklärte Schwarzkopf mit beinahe honigsüßer Stimme, um dann umso schärfer zu ergänzen: „aber wenn ich euch erzählen würde, wer mir schon alles das Herz gebrochen hat, dann müssten wir uns allein für die Nennung aller Namen gut zwei Tage Zeit nehmen."

Schall presste seine Lippen so fest aufeinander, dass sie weiß wurden, Rausch hingegen lächelte und zog einen zusammengefalteten 50-Euro-Schein aus der Tasche, den er neben das Foto auf den gläsernen Verkaufstresen legte. Das schien Schwarzkopf jedoch herzlich wenig zu beeindrucken. „Selbst wenn ich euch helfen wollte ... ihr müsst entschuldigen ... mein Gedächtnis ist leider nicht mehr das, was es einmal war", gab er den verwirrten Alten, „in meinem Alter ist das mit der Erinnerung immer so eine Sache."

So, wie Schall stets versuchte, unnötige Ausgaben zu vermeiden, waren Rausch derartige Hängepartien zuwider, die ihm einfach nur die Nerven raubten. Er holte sein Portemonnaie heraus und blätterte betont langsam noch zwei Zwanziger und einen Zehner neben den Fünfziger.

Das hatte den erwarteten Effekt.

„Nun, ja", begann Schwarzkopf und schnappte sich wie nebenbei die Scheine von der Theke, „dieser junge Mann hat mir mit Sicherheit nichts verkauft."

Schalls und Rauschs Mienen verfinsterten sich. Wollte Schwarzkopf sie verarschen? Warum hatte er das Geld genommen, wenn er nichts zu sagen hatte?

Trotz dieser Fragen schwiegen sie beharrlich, denn jahrelange Erfahrung hatte sie gelehrt, dass immer noch die Möglichkeit bestand, dass irgendetwas hinterhergeschoben wurde, wenn man den Befragten einfach nur erwartungsvoll anstarrte und nichts weiter sagte.

So war es auch diesmal.

„Aber ich habe ihn in meinem bescheidenen Laden gesehen", begann Schwarzkopf die Katze aus dem Sack zu lassen. „Er war ein paarmal hier, meistens mit wohlhabenden Seniorinnen. Und damit meine ich Damen, die um einiges älter sind als ich."

Sein anschließendes Lachen klang wie das kurze Meckern eines zufriedenen Ziegenbocks. Rausch reagiert unverzüglich: „Hat er die Damen vielleicht gedrängt, Ihnen irgendetwas zu verkaufen?"

„Aber nicht doch, die Damen kauften IHM antike Schmuckstücke und andere hochpreisige Wertgegenstände. Und zwar ganz freiwillig, das kann ich gerne bestätigen. Eine der Damen war erst vor etwa einer Stunde hier und verriet mir, dass sie noch auf ein Kännchen Café ins gegenüberliegende Literaturhaus gehen wollte. Ihr könnt sie dort kaum verfehlen, die hat mehr Falten als eine Zeitung aus dem Papiermüll – und trägt ein erschreckend purpurrotes Kleid."

Als Schall und Rausch kurz darauf das Literaturhaus betreten wollten, war die so uncharmant beschriebene ältere Dame gerade im Begriff zu gehen und trat auf die Straße. Nun hieß es, die Gunst der Stunde zu nutzen.

„Guten Tag, Gnädigste", gab sich Schall charmant und selbstbewusst, „was für ein prächtiger Anblick. Und damit meine ich nicht nur die Hülle, sondern auch ihren Inhalt."

Die ebenso betuchte wie betagte Dame, deren Edelstein-Kette mehr wert war, als das Jahreseinkommen eines Paketboten, lächelte geschmeichelt und verlangsamte ihre Schritte. Schall blieb säuselnd am Ball, ohne es zu sehr zu übertreiben. Schließlich zückte er sein silbernes Zigarettenetui und entnahm ihm eine Zigarette, die den Eindruck eines exklusiven Qualitätsprodukts vermittelte.

„Hätten Sie vielleicht die Güte, mir Feuer zu geben?"

Schall versuchte, seinen schwäbischen Akzent auf ein Minimum zu reduzieren und lächelte die Alte nonchalant an. Dieses Tamtam um ihre Person schien ihr sehr zu gefallen – so, wie der größere der beiden noch recht jungen Männer, die sich hier um sie bemühten. Sie versuchte sich an einem verlegenen Lächeln und begann, in ihrer schwarzen Luxus-Handtasche herumzukramen, die sie aber auch nicht besser behandelte als einen ausgedienten Militärrucksack.

Immerhin fand sie schließlich das Gewünschte. Unnötig zu erwähnen, dass es sich dabei um ein massiv goldenes Benzinfeuerzeug handelte.

„Haben Sie besten Dank, Verehrteste", flötete Schall und gab ihr kurz darauf das Feuerzeug zurück, wobei er ihre Hand etwas länger als nötig berührte. Dann zog er genüsslich an der Zigarette und setzte dabei einen besonders zufriedenen Gesichtsausdruck auf. Eingefroren in dieser Pose hätte Schall glatt als Zigaretten-Werbemodel durchgehen können. Wenn Tabakwerbung immer noch erlaubt wäre.

„Sind die teuer?", fragte die überreife Alte mit Blick auf die ungewöhnliche Zigarette. „Sehen irgendwie interessant aus."

Schall setzte sogleich einen verschwörerischen Blick auf: „Kein Wunder, das sind kleine orientalische Kunstwerke aus erlesenstem Tabak. Ägyptische Handarbeit, ziemlich exklusiv und hierzulande kaum zu bekommen."

Die wohlhabende Madame zog interessiert eine Augenbraue hoch. Als hätte er nur darauf gewartet (denn das hatte er tatsächlich) zückte Schall seine silbrig glänzende Zigarettenschachtel, öffnete sie und hielt sie der alten Dame galant hin. Diese musterte die verbliebenen drei Zigaretten eingehend und entschied sich schließlich für die mittlere. Erneut kramte sie ihr goldenes Feuerzeug hervor, entzündete die vermeintliche Zigarette und inhalierte interessiert. Schon nach wenigen Zügen musste sie ein wenig husten.

„Meine Güte", schaltete sich nun auch Rausch mit ein. „Ich hoffe, es geht Ihnen gut. Was Ihnen mein Kollege hier verschwieg, ist nämlich, dass es nicht nur eine sehr exklusive, sondern wohl auch eine sehr kräftige Marke ist – da geht es anfangs vielen so."

Trotz geringfügiger, aber offensichtlicher Koordinationsprobleme betrachtete die Seniorin den leicht untersetzten Urberliner nach wie vor mit einem unverkennbar herablassenden Blick, der aber zunehmend milder wurde.

„Die schmecken in der Tat recht interessant", wandte sie sich an Schall. „Sehr würzig, irgendwie ...", sie schien in Gedanken zu versinken, um kurz darauf wieder aufzutauchen, „... gar nicht einfach, diesen Geschmack zu beschreiben. Auf jeden Fall sehr natürlich und aromatisch."

Erneut musste sie ein klein wenig hüsteln, danach huschte ein entspanntes Lächeln über ihr Gesicht.

„Man sagt dieser erlesenen Mischung nach, dass sie besonders wohltuend ist und auch zur Entspannung des Geistes beitragen kann", behauptete Schall und versuchte dabei, seine Gesprächspartnerin wie ein Hypnotiseur immer weiter in seinen Bann zu ziehen. Doch auch ohne diese Trickkiste schien die Wilmersdorfer Witwe beinahe ebenso viel Gefallen an Schall wie an diesem ungewöhnlichen Glimmstängel zu finden: „Zwei Männer der alten Schule. Schön, dass es sie noch gibt. Wissen Sie, mein Leben ist mitunter recht einsam, seit mein Adolf verstorben ist. Heute heißt ja keiner mehr Adolf und alle gucken immer ganz irritiert, wenn ich von ihm erzähle. Dabei war das ein herzensguter Mensch, der wirklich alles für die Seinen getan hat.“

Sie zog nun schon ziemlich gekonnt und ohne zu Husten an dem immer kürzer werdenden Glimmstängel, starrte kurz geistesabwesend vor sich hin und fand dann wieder zurück zu ihrem Monolog: „Wie dem auch sei, ich glaube, ich habe noch ein oder zwei Flaschen Champagner daheim, die könnten wir uns doch zusammen gönnen.“

Sie blickte Schall vielsagend an, der sich nun überraschend diplomatisch gab: „Gerne, aber vielleicht können wir ja vorab noch ein paar Fragen klären.“

Ganz unvermittelt hielt er ihr Quangs Bild unter die Nase. Wie vom Donner gerührt blieb die alte Dame stehen.

„Pfui!“, sagte sie vehement. „Warum zeigen Sie mir den denn?“

Schall fürchtete fast, dass sie auf das Bild spucken würde.

„Das ist eine ganz gottlose, verabscheuungswürdige Kreatur“, schimpfte sie. „Ein vietnamesischer Gigolo. Oder ein Callboy, wie man heutzutage sagt. Jedenfalls ist das so ein junger Lustknabe, der für Geld alles macht. Aber Sie zwei scheinen mir auch nicht gerade von der schüchternen Sorte zu sein, oder irre ich mich da?“

Schall und Rausch schüttelten bestätigend ihre Häupter, aber wie Draufgänger wirkten sie dabei längst nicht mehr. Die Spur verdichtete sich, jetzt hieß es Klappe halten und interessiert gucken, dann würde die Alte bestimmt noch was erzählen.

Als der ausgeatmete Rauch in Form einer dicken Wolke in den Himmel stieg, hatte Madam ihre Worte tatsächlich wiedergefunden: „Nun, ich habe einige flüchtige Bekannte, die diesem Jungen teure Uhren,

Ketten, exklusive Kleidung und vieles mehr gekauft haben. Trotzdem hatte der nie Geld und jammerte immer nur herum, wie schlecht es ihm ginge. Und dass er ständig Geld an seine Familie in Vietnam schicken müsse. Aber wissen Sie was? Ich hab dem kein Wort geglaubt. Kein einziges, der ist ein Betrüger. Auch ich bin vor ein paar Monaten mal kurz auf ihn hereingefallen. Erst spielte er den starken Mann, aber als er dann bei mir war, passierte ... nichts. Gar nichts. Da war nichts zu machen. Entweder wollte oder konnte er nicht. Naja, zum Glück hielt sich der materielle Schaden in Grenzen. Was mich dabei so irritiert hat, war, dass es bei den anderen Damen anscheinend immer ganz hervorragend lief. Aber dafür hat er sie auch immer ordentlich bluten lassen. Ich dagegen ...“

Die aufgetakelte Edel-Schabracke hielt gedankenverloren inne und musterte dann erneut die beiden Herren, die für sie inzwischen jegliche sexuelle Anziehungskraft verloren hatten. Offensichtlich waren sie nur auf der Jagd nach Informationen. Und seltsamerweise war sie nur allzu bereit, sie ihnen zu liefern. Die fragten, also antwortete sie – und zwar noch bevor sie sich fragen konnte, warum das eigentlich so war.

Schall hatte bereits die nächste Frage parat und feuerte sie ab: „Wann haben Sie mit Quang zum letzten Mal gesprochen?“

Und schon wieder plauderte sie wie auf Autopilot drauf los: „Nun ja, er rief mich gestern ganz überraschend an und behauptete, er wäre in Moskau und habe da irgendwelche Probleme mit den Behörden. Aber Quang hatte eigentlich ständig Probleme, und letztendlich ging es immer um Geld. Und so war es auch dieses Mal – aber nicht mit mir! Ich habe meine Lektion gelernt, bei mir gibt’s nichts mehr zu holen.“

Die alte Dame hatte sich etwas in Rage geredet und starrte Schall und Rausch immer abwechselnd an, als müssten diese ihre Erkenntnis nun irgendwie bestätigen. Dabei war das Gespräch für die beiden an dieser Stelle praktisch vorbei. Sie verabschiedeten sich kühl von der eben noch in Flammen stehenden Dame der Oberschicht, die den zwei sich schleichenden Detektiven ebenso verwirrt wie bedauernd hinterherschaute.

„Eigentlich ist das ja voll widerlich, was diese alten Schachteln mit den armen Jungs anstellen“, sinnierte Rausch, als sie bereits auf dem Heimweg waren.

„Werd bloß nicht neidisch“, stichelte Schall, der im Gegensatz zu seinem Freund fast immer in einer festen Beziehung war. Doch Rausch war zu sehr in Gedanken, um darauf einzugehen: „Das bedeutet doch, dass Quang unserer Alina die große Liebe nur vorgespielt hat. Sonst hätte er sich ja wohl kaum am Ku'damm als Callboy verkauft. Oh Mann, ich hab echt keine Ahnung, wie wir das der armen Alina beibringen sollen.“

Kaum hatte er die Worte ausgesprochen, bimmelte Schalls Smartphone. Er hatte einem altgedienten Informanten, der inzwischen im Sicherheitsbereich der Deutschen Bahn am Berliner Hauptbahnhof arbeitete, ein Digitalfoto von Quang mit der Bitte zukommen lassen, es mal durch die Gesichtserkennungssoftware des Bahnhofscomputers laufen zu lassen.

Nachdem der Besuch des Berliner Flughafens ermittlungstechnisch rein gar nichts gebracht hatte, verweigerte sich Rausch „weiteren Fahrten ins Blaue“. Dabei hätte sich ein Ausflug zum Hauptbahnhof durchaus gelohnt, was zunächst aber nur Schall erfuhr, da gerade sein Kumpel Rollo anrief.

„Ja, hallo?“

...

„Hey Rollo, hätte nicht gedacht, dass du dich so schnell meldest.“

...

„Stimmt, ohne Schwaben würde hier in Berlin gar nichts mehr funktionieren.“

...

Es verärgerte Rausch regelrecht, als Schall plötzlich schallend auflachte. Er wusste ja nicht, worum es da ging. Und das kotzte ihn unglaublich an.

...

„Ach echt?"

...

„Bitte nochmal zum Mitschreiben."

...

„Ganz sicher?"

...

„Da bin ich dir jetzt aber einen Riesengefallen schuldig."

...

„Alles klar, das kriegen wir hin."

...

„Ja, du auch. Ich melde mich."

Schall legte auf und ließ Rausch sogleich an seinem Erkenntnisgewinn teilhaben: „Quang hat vorgestern den ICE nach Amsterdam genommen. Anscheinend war er dabei vollbepackt wie ein Paketbote, was dafür spricht, dass er abgehauen ist und alles Wertvolle mitgenommen hat."

Schall versuchte, die Enttäuschung in seiner Stimme zu verbergen.

„Verdammt", zischte Rausch, „dabei waren wir ihm schon so dicht auf den Fersen."

Schall schien sich mit den neuen Tatsachen bereits abgefunden zu haben: „Tja, verloren ist verloren. Das müssen wir uns wohl eingestehen. Und auf unseren Unkosten werden wir jetzt auch sitzenbleiben."

Rausch gingen derweil ganz andere Gedanken durch den Kopf: „Überleg dir mal lieber, was wir Alina erzählen – immerhin hat sie den mit Abstand größten Schaden in dieser Sache."

Schall nickte widerwillig. Er hatte irgendwie darauf gehofft, im Zuge dieser Ermittlungen auf eine nicht geringe Menge Cannabis zu stoßen. Aber das konnte er jetzt vergessen.

Kapitel 16

Nachdem alle drei an dem altmodischen Konferenztisch Platz genommen hatten, stand zwischen Schall und Rausch die unausgesprochene Frage im Raum: Wie verklickern wir Alina Sommer den ganzen Schlamassel auf möglichst erträgliche Art und Weise? Ihre Kurzzeitklientin trug, ganz die eingebildete Witwe, ausschließlich schwarz. Das passte auch perfekt zu ihrer Trauermiene.

Rausch fragte sich, ob sie vielleicht schon ahnte, was jetzt auf sie zukam und spürte einen dicken Frosch im Hals. Er selbst wollte Alina nicht die Wahrheit sagen müssen.

Schall kippelte derweil in einem beunruhigenden Tempo und trommelte gleichzeitig mit zwei Kugelschreibern auf die Tischplatte. Manchmal griffen sich seine Hände einfach irgendwelche Schreibwerkzeuge, um damit ein imaginäres Schlagzeug zu spielen. Derart hyperaktive Rhythmen kamen bei Schall zwar nur äußerst selten vor, aber wenn sie sich zeigten, dann machten sie die innere Unruhe ihres Erschaffers deutlich hörbar.

„Danke, dass Sie sich so beeilt haben“, sagte Alina artig mit einer im Niemandsland befindlichen Stimme. „Das meine ich nicht wegen des Geldes, sondern weil ich endlich Gewissheit haben muss.“

Beim Stichwort Geld schluckte Schall unwillkürlich. Das Thema lag ihm schwer im Magen.

„Nichts zu danken“, erwiderte Rausch betont professionell. „Wir arbeiten eben sehr effizient. Auch in Ihrem Fall.“

Schall runzelte die Stirn und beeilte sich zu ergänzen: „Und wir wollen Ihnen natürlich so schnell wie möglich die Last von der Seele nehmen.“

Und uns unnötige Kosten ersparen, weil du ohnehin nicht bezahlen kannst, fügte er gedanklich hinzu. Meist gewann der mehr als sparsame Schwabe in ihm die Oberhand.

„Vielen Dank“, flötete Alina und ihrem Gesichtsausdruck war zu entnehmen, dass sie trotz Trauerkleidung nicht gleich mit dem Schlimmsten rechnete.

„Aber gerne“, übernahm Rausch, von sich selbst überrascht, erneut den Gesprächsfaden. Obwohl sonst eher Schall den Wortführer gab.

„Leider sind ...“

Als Rausch sah, wie Alina direkt nach dem „leider“ schlagartig in sich zusammensackte und das Blut aus ihren Wangen wich, war es ihm plötzlich nicht mehr möglich, den Satz zu beenden.

Schall bemerkte das und übernahm gekonnt: „Unsere Recherche-Ergebnisse sind leider nicht sonderlich ermutigend. Aber es gibt auch gute Nachrichten.“

Was gut gemeint war, erwies sich als Bumerang. Bei Alina flossen jetzt schon die Tränen. Rausch reichte ihr mitfühlend ein Taschentuch aus Recycling-Papier.

„Die gute Nachricht ist“, versuchte Rausch die niederschmetternde Botschaft möglichst positiv zu formulieren, „dass wir aller Wahrscheinlichkeit nach wissen, dass er lebt und wo er sich aufhält.“

Schlagartig wollte Alina am liebsten einen Luftsprung vor Glück machen, sie hatte sich aber genügend im Griff, um den beiden Detektiven nur ein strahlendes Lächeln zu schenken. Ihre Augen vermittelten ganz klar: Bitte, bitte gebt mir konkrete Hoffnung! Zeigt mir das Licht am Ende des Tunnels!

„Das ist ja fantastisch“, rief sie euphorisch. „Und wo ist er?“

Die erneute Anspannung hatte ihre Freude schon fast wieder vertrieben: „Ich muss sofort zu ihm! Er braucht mich!“

„Das wird nicht so einfach sein“, dämpfte Schall mit ruhiger Stimme ihre Aufregung. „Wir wissen nur, dass sich Quang mit hoher Wahrscheinlichkeit gerade in Moskau aufhält, nachdem er zuvor in Amsterdam war."

„Haben Sie vielleicht eine Adresse?", wollte Alina wissen.

Schall und Rausch konnten das nur bedauernd verneinen.

„Die zuverlässigsten Informationen haben wir aus dem Überwachungszentrum der Deutschen Bahn. Er hat vor drei Tagen den Intercity nach Amsterdam genommen", verkündete Rausch sachlich. „Haben Sie vielleicht eine Idee, was er dort wollte?"

Alina schüttelte zuerst intuitiv den Kopf, legte ihn dann aber leicht schief auf die Seite und schien zu überlegen.

„Vielleicht hatte es ja was mit Gras zu tun", sagte sie mehr zu sich als zu ihren Privatermittlern. „Vielleicht brauchte er das Geld und den Schmuck, um eine größere Menge Gras zu kaufen, aber warum ist er dann jetzt in Moskau?"

Sie verfiel wieder in grüblerisches Schweigen, während Schall hochinteressiert die Ohren spitzte.

„Ja, warum wohl?", fragte er herausfordernd und hoffte, dass Alina weiter spekulierte. Vielleicht war hier ja doch noch was Grünes zu holen.

„Vergessen Sie's, das macht ja gar keinen Sinn", antwortete Alina zu seiner Enttäuschung. Ihr war schlagartig klargeworden, dass Quang kein Student auf Kiffer-Tour im Gras-Eldorado der Niederlande war, sondern ein Berliner Kleindealer, der sein Schwarzmarktmaterial schon immer direkt vor Ort bekommen hatte. Nur Adrenalin-Junkies nahmen noch eine riskante Weed-Beschaffungstour nach Holland auf sich. Die regional verbrauchten Mengen wurden längst in Berlin und Brandenburg produziert – all das hatte sie erst vor Kurzem in einer sensationsheischenden Enthüllungsreportage im Trash-TV gesehen. Außerdem ahnte sie schon, was dahintersteckte, wollte es sich aber noch nicht so recht eingestehen.

„Irgendwie hatte ich ja gehofft, dass SIE hier etwas Licht ins Dunkel bringen können."

Alinas Worte ließen keinen Zweifel an ihrer Aufrichtigkeit zu.

„Wir haben alles getan, was wir konnten", erwiderte Rausch mit beruhigender, einfühlsamer Stimme. „Natürlich besteht die Möglichkeit, dass wir unsere Ermittlungen im Ausland fortsetzen, aber ich möchte ganz offen sein: Der Ausgang einer solchen Operation ist kostspielig und äußerst ungewiss, zumal Quang nach einer Nacht in Moskau auch schon sonst wo sein könnte. Ehrlich gesagt tendieren unsere Chancen gegen Null, dass wir ihn noch aufspüren. Und das, obwohl wir in solchen Dingen wirklich gut sind."

„Sehr gut sogar", ergänzte Schall in einem Tonfall, der nicht erkennen ließ, ob er damit sein Selbstbewusstsein oder seine Selbstironie unter Beweis stellen wollte.

Alina war schon wieder in Gedanken versunken.

„Ich fürchte, Sie können den Fall wirklich abschließen, denn wenn Quang in Moskau ist, dann wird er auf dem Weg zurück nach Vietnam sein – und wenn er dort angekommen ist, wird er sich bestimmt bei mir melden", brachte sie schließlich ihre noch verbliebene Hoffnung zum Ausdruck. Als sie in den Gesichtern ihrer neuen Arbeitgeber eine gewisse Irritation registrierte, erläuterte sie: „Die günstigsten Flüge nach Vietnam starten nun mal in Moskau. Außerdem ist das genau die Reiseroute, die wir zusammen für den Sommer geplant hatten: erst nach Amsterdam, dann nach Moskau und anschließend zu seinen Eltern nach Vietnam."

Sie seufzte traurig, bedachte Rausch aber trotzdem mit einem dankbaren Augenaufschlag, den dieser bis in seine Zehenspitzen spürte. Schall ließ derweil einen

Kugelschreiber auf den Schreibtisch fallen, hielt die Faust vor den Mund und hüstelte gekünstelt.

„Ich möchte ja nicht groß darauf herumreiten", erklärte er verlegen, „aber leider müssen wir auch noch über unsere bereits angefallenen Kosten sprechen."

Schall seufzte theatralisch und schob Alina ein bedrucktes Blatt rüber, auf dem in großen Buchstaben „KOSTENVORANSCHLAG / VORAUSSICHTLICHE RECHNUNG" stand. Als Alina einen ersten Blick darauf geworfen hatte, erbleichte sie und schickte einen hilfesuchenden Blick in die Höhe.

„Eintausendfünfhundert Euro", stammelte sie fassungslos wie eine verwöhnte Einser-Schülerin, die plötzlich eine Zwei bekommt.

„Und da haben wir schon maximal abgerundet. Allerdings kommen noch neunzehn Prozent Mehrwertsteuer hinzu", ergänzte Rausch gedankenverloren und bereute es sofort.

„Das ist der vereinbarte Sondertarif", ergänzte Schall vermittelnd, hielt dabei aber seinen Blick gesenkt.

„Fast ganz ohne Spesen."

Auch Schall war das Ganze zunehmend unangenehm.

„Wirklich ein echter Freundschaftspreis."

Alinas Haupt war dennoch voll düsterer Gedanken und knallte mit dem Kopf auf den Tisch. Das musste sie jetzt erst mal verarbeiten. Kleine Schläge gegen die Stirn schienen ihr dabei zu helfen.

Rausch erhob sich irritiert von seinem Drehstuhl, ging zum Weinregal und entnahm ihm einen spanischen Reserva der Preiskategorie unter zehn Euro, der aber dennoch eine solide Qualität aufwies.

Das gab es ja noch nie, ging derweil Schall durch den Kopf, dass mein Partner einer Klientin etwas von seinen Wein-Heiligtümern spendierte. Aber so richtig überrascht war Schall eigentlich nicht. Eine attraktive Frau wie Alina in persönlicher Not – war doch klar, dass der alte Brummbär darauf ansprang.

Vorsichtig näherte sich Rausch der sichtlich Niedergeschlagenen und legte ihr sanft eine Hand auf die Schulter, während die andere das Weinglas wie einen heiligen Gral vor ihr abstellte, der sie schlagartig alle Sorgen vergessen lassen konnte.

„Trinken Sie einen Schluck“, forderte er sie auf. „Das ist gut für den Kreislauf und hat schon über so manche Lebenskrise hinweggeholfen.“

Das Ablenkungsmanöver wirkte.

Alina hob den Kopf und schenkte dem Weinglas zunächst einen kritischen und dann einen beinahe angewiderten Blick. Aber vielleicht war Alkohol in dieser Situation ja wirklich ganz hilfreich. Alina trank einen kleinen Schluck, der ihr zu Rauschs großer Freude gar nicht so schlecht zu schmecken schien. Den Rest des Glases schüttete sie dann fast schon in sich hinein. Als sie schließlich fordernd das leere Glas in die Höhe hob, lächelte Rausch glückselig, nahm es und füllte es entgegen der Etikette nahezu randvoll.

Entweder hatte Alina ihre ausweglose Situation inzwischen akzeptiert oder der rote Rebensaft wirkte sich bereits besänftigend auf ihr Gemüt aus. Als sie schließlich erstaunlich gefasst „Ich weiß leider nicht, wie ich Sie bezahlen soll“ sagte, überraschte sie die Detektive damit völlig. Denn das bedeutete, dass sie die bittere Pille der Wahrheit bereits geschluckt hatte. Der heftige Gefühlsausbruch und die verhältnismäßig schnelle Akzeptanz der neuen Gegebenheiten sprachen nach Rauschs Empfinden vor allem für Alinas positive Charaktereigenschaften.

„Auch darüber haben wir uns bereits Gedanken gemacht“, begann Schall vorsichtig, obwohl ihm Cash natürlich viel lieber gewesen wäre. „Erinnern Sie sich, dass wir bei Ihrem letzten Besuch darüber gesprochen haben…“

Weiter kam Schall nicht, da ihn Alina direkt mit einem vielsagenden Blick zum Schweigen brachte.

„Ja“, bestätigte sie, „ich erinnere mich. Auch wenn ich damals diese Möglichkeit für absolut unmöglich gehalten habe. Eigentlich wollte ich ja mit Quang in knapp einem Monat auf große Reise gehen, aber die scheint er jetzt ohne mich zu machen. Meinen Kellner-Job habe ich gerade gekündigt, und obwohl ich dort jederzeit wieder anfangen könnte – so richtig Lust auf Spätschichten und besoffene Kunden habe ich schon lange nicht mehr. Aber nur deprimiert zu Hause rumsitzen hilft ja auch nicht weiter.“

Schall und Rausch staunten.

So viel gesunder Menschenverstand und Alltagspragmatismus in so einer psychischen Extremsituation sprachen klar für die persönlichen Qualitäten dieser betrogenen jungen Frau. Um ja keine Möglichkeit zum Rückfall ins Weinerliche zu lassen, schmiedeten die beiden Detektive das Eisen, solange es noch heiß war.

„Sie wären jedenfalls eine wunderbare Ergänzung für unsere kleine Agentur“, schmeichelte ihr Schall und begann zu rechnen. „Knapp 1.800 Euro brutto, hmmm …“

„Das bedeutet“, kam ihm der in Sachen Zahlen weit überlegene Rausch zur Hilfe, „dass Sie etwa einen Monat für uns arbeiten müssten.“

„Schwarz natürlich“, fügte Schall verschwörerisch hinzu.

„Damit Frau Sommer in dieser schwierigen Zeit über die Runden kommt“, erklärte Rausch mit Blick auf seinen schwäbischen Kompagnon, „müssen wir ihr aber auch etwas für die Lebenserhaltung zahlen.“

Bei solchen Gedankenfiguren machte Schall normalerweise dicht. Aber hier lag tatsächlich ein Sonderfall vor – und etwas Entlastung im Büro würde allen gut tun. Schall wandte sich an Alina: „Okay, da Sie ja praktisch blank sind, erhalten Sie von uns 600 Euro im Monat für das Allernotwendigste. Das müssen wir dann aber schon mit einer entsprechend längeren Arbeitszeit verrechnen."

Schon wieder brach Alina fast in Tränen aus. Doch diesmal waren es Tränen der Erleichterung und Dankbarkeit.

„Das ist sehr freundlich von Ihnen", sagte sie schließlich gerührt, „600 Euro werden ausreichen, um die Miete zu zahlen und den Kühlschrank zu füllen. Und irgendwann wird es ja auch mal wieder aufwärts gehen."

„Aber natürlich, ganz sicher", stimmte Schall pragmatisch zu, der insgeheim hoffte, irgendetwas zu dem erhofften Aufschwung beitragen zu können.

Nun galt es nur noch eins zu klären: „Wenn wir unsere Zahlungen hochrechnen, werden Sie uns ein paar Monate unterstützen müssen, wobei Ihre ständige Anwesenheit gar nicht nötig sein wird."

Rausch übernahm ungefragt den Gedanken seines Partners und spann ihn weiter: „Idealer wäre daher eine Art Halbtagsjob. Dann haben Sie auch genügend Zeit, sich um ihre persönlichen Belange zu kümmern."

Das leuchtete Alina ein.

„Einverstanden?", fragte Rausch, der den Pakt per Handschlag besiegeln wollte. Alina nickte lächelnd und schlug ein.

Nachdem ihre neue Teilzeitkraft gegangen war, ließ Schall noch einmal seine schwäbischen Bedenken raus: „Woher weißt du eigentlich, dass die überhaupt nochmal auftaucht und nicht direkt die Biege macht?"

„Das weiß ich nicht, aber das halte ich für äußerst unwahrscheinlich. Alina scheint mir einfach eine ehrliche Haut zu sein", entgegnete Rausch, der aus persönlicher Erfahrung wusste, dass es eine altbewährte Möglichkeit gab, Schalls Grundpessimismus aufzubrechen. Dazu musste er nur sagen: „Weißt du was? Wir geben's uns heute mal wieder so richtig, okay?"

Schalls Augen leuchteten auf und er nickte wie ferngesteuert.

„Hast du genug Gras dabei?", vergewisserte sich Rausch.

„Knapp zwei Gramm", grummelte Schall, „das sollte locker reichen. Dann können wir auch gleich mal deine unglaubliche Unterstellung überprüfen, dass ich stoned immer dermaßen stark schwäbele, dass mich niemand mehr versteht. War da nicht eh noch eine Wette offen?"

Kapitel 17

Andreas war bewusst, dass es ihm zurzeit bestens ging. Er hatte ausreichend Geld, immer genug Premium-Weed und in Stulle einen Freund gefunden, wie es ihn in diesem Business nur selten gab. Und nun schien er mit Katja auch noch seine Traumfrau gefunden zu haben, die er fortan eifrig zu umwerben gedachte. Allerdings hatte ihn Stulle vor einer halben Stunde angerufen und dabei extrem gestresst geklungen, was nicht gerade typisch für ihn war.

„Wir haben richtig Scheiße am Schuh", hatte Stulle das Telefonat ohne Umschweife begonnen. Fäkalausdrücke nutzte er nur bei Alarmstufe Rot, weshalb Andreas direkt unter Strom stand: „Was ist denn los?"

„Die Hanoi Hunters aus KW machen gewaltig Stunk, angeblich haben wir ihnen Gras verkauft, das mit chemisch nachgebauten Cannabinoiden besprüht war. Du weißt schon, dieses ebenso billige wie gefährliche Legal-High-Zeugs. Manche User sollen damit voll durchgedreht sein, einige landeten sogar im Krankenhaus. Jedenfalls müssen wir jetzt dringend was unternehmen."

Andreas wollte nicht glauben, was er da gerade gehört hatte. Das musste ein schlechter Witz sein. Oder ein übler Albtraum. Er war sich keinerlei Schuld bewusst, schließlich hatte er gemeinsam mit Stulle und Fat Mike auch die letzte Ernte überaus engagiert persönlich getestet, und alle Probanden hatten sie dabei erneut für sensationell gut befunden. Vielleicht war ja beim Transport irgendetwas schiefgelaufen? Oder hatte es vielleicht einer der Kleindealer gewagt, die hochwertigen Blüten gegen chemisch aufbereitetes Billiggras auszutauschen, um, dem Grundprinzip der Marktwirtschaft folgend, den persönlichen Gewinn zu maximieren?

„Hallo!?"

Stulle schrie ins Telefon, was Andreas abrupt aus seinen düsteren Gedanken riss und ihm erneut verdeutlichte, wie dringend und brenzlig die Situation war.

„Haben die Bullen schon ...?", stellte er die naheliegende Frage im Wissen, dass die Polizei immer dann besonders intensiv kleine Dealer jagte, wenn verunreinigte Ware mit gesundheitsbedrohlichen oder gar lebensgefährlichen Nebenwirkungen kursierte.

„Jetzt hör mir mal gut zu und halt die Klappe! Das besprechen wir alles später!"

Stulle schien sich langsam wieder im Griff zu haben.

„Wir müssen die Sache mit den Vietnamesen irgendwie klären – sonst wird das Blut bald in Strömen fließen."

Andreas verstand sofort: Er musste jetzt helfen. Schließlich stand er für die Qualität seiner Ware. Außerdem war er Teil eines Teams, und da war es für ihn auch eine Frage der Ehre, bei Problemen zusammenzuhalten.

„Okay", antwortete er und wartete auf konkrete Anweisungen, die umgehend folgten: „Die Hunters wollen sich immer mehr vom Berliner Markt unter die Nägel reißen – und genau das macht sie so gefährlich. Also fackeln die nicht lange, wenn sie sich provoziert oder verarscht fühlen. Die haben schon ganze Gangs plattgemacht, nur um deren Reviere zu übernehmen. Auch ein paar von unseren Abnehmern hat es in letzter Zeit getroffen.“

Die folgende kurze Stille im Äther unterstrich die Bedeutung seiner Worte.

„Fat Mike und Didi sind bereits hier. Wir haben auch schon ein paar Knarren ausgegraben, damit man den nötigen Respekt vor uns hat. Aber wir versuchen erst mal, alles ganz friedlich zu klären“, gab Stulle die geplante Marschrichtung vor. Andreas war nur noch nicht klar, was man nun von ihm erwartete: „Und ich?“

„Du brauchst keine Knarre. Aber vielleicht nimmst du ein Messer oder'n Baseballschläger mit – sicher ist sicher.“

Andreas bemerkte, wie sein Mund staubtrocken wurde. Nichts lag ihm ferner, als an Konfrontationen teilzunehmen, bei denen man ernsthaft verletzt werden konnte.

Oder verletzen musste.

Um nicht selbst verletzt zu werden.

„Komm so schnell du kannst zur Haltestelle Hermannstraße“, gab ihm Stulle konkrete Anweisungen. „Nimm den Seitenausgang, der zur ...“

Es folgten präzise Zeit- und Ortsangaben, die sich Andreas gut einprägte. Als er schließlich die Wohnungstür hinter sich ins Schloss warf, hatte er ein äußerst unangenehmes Bauchgefühl.

Es war die nackte Angst.

Kapitel 18

Tyson lebte im Hier und Jetzt. Das ging soweit, dass er oft nicht einmal mehr wusste, was gestern war. Dennoch hatte er im Laufe der Jahre einige Überzeugungen gewonnen, die er nun nicht mehr in Frage stellte.

Nummer eins: Er war der Chef.

Die große bunte Frau, mit der er schon immer zusammenlebte, mochte das vielleicht anders sehen, aber de facto war es so. Schließlich bot sie ihm nicht nur Obdach und Verpflegung, sondern war auch ganz verrückt danach, ihn anzufassen. Gelegentlich gestattete er es ihr, aber auch sonst gab sich Tyson vor allem irdischen Genüssen und dem süßen Nichtstun hin. So richtig in Fahrt kam er nur, wenn es an die frische Luft ging. Unter freiem Himmel blühte er auf, hier konnte er seine sexuelle und sonstige Überlegenheit viel ungehemmter ausleben als in der großen, elegant eingerichteten Wohnung.

Noch nie hatte man seine uneingeschränkte Autorität infrage gestellt, und so hatte sich mit der Zeit ein Verhaltensmuster etabliert, das sich aus Tysons Sicht so darstellte: Was sich nicht verjagen lässt, wird gerammelt!

Tyson bereitete es ein in etwa gleich großes Vergnügen, eine verirrte Ratte zu verjagen oder das Wadenbein eines x-beliebigen Hausbewohners zu penetrieren. Beides war jedoch nur von kurzer Dauer und einem eindeutigen Erfolg seinerseits gekrönt.

Ratte weg, Bewohner penetriert.

Widerspruch oder gar Widerstand waren ihm gänzlich unbekannt, er wusste ganz genau, dass er sich durchsetzen würde.

Ganz und gar nicht bewusst war ihm dagegen die Tatsache, dass sein Himmelreich auf einen rund 200

Quadratmeter großen und halbwegs begrünten Hinterhof begrenzt war, den die Mieter des Hauses inzwischen nur noch betraten, wenn Tyson nicht gerade draußen war. Oder es gar nicht mehr anders ging.

„Du bist aber ein ganz Feiner", behauptete Katja Müller, die hier erst vor Kurzem eingezogen war, und wurde für ihre Fehleinschätzung prompt in die Hand gebissen. Wie so viele Nachbarn in dieser luxusmodernisierten Mietskaserne hatte sie gerade gelernt, dass man um den Köter der alten Freiberger besser einen großen Bogen machte, wenn sich dieser gerade im Innenhof austobte. Nun verstand sie auch die kryptischen Andeutungen ihrer neuen Vermieterin, die zum Abschluss ihres letzten Treffens ganz nebenbei erklärt hatte, dass sie ihren kleinen Hund oft frei im Hof herumlaufen lasse. Am besten solle sie Tyson gar nicht weiter beachten, wenn sie zu den Mülltonnen oder in den Keller müsse. Auf ihre besorgte Nachfrage hinsichtlich der Zumutbarkeit der kleinen französischen Bulldogge versicherte die Freiberger nur: „Keine Angst, der tut nix. Wenn ihm was nicht passt, dann zwickt er einen vielleicht mal kurz. Aber das macht er dann nur wegen seinem hormonellen Ungleichgewicht. Da kann er nix für. Und das tut auch gar nicht so weh."

Und tatsächlich blutete die Wunde zwischen Daumen und Zeigefinger nur noch ganz leicht und tat auch gar nicht mehr so weh.

Tyson war irritiert.

Dieses Weibchen hatte er noch nie gerochen, dabei war er überzeugt, alle Zweibeiner bereits zu kennen. Kein Wunder, dass ihr Überraschungsangriff zu einer entsprechenden Abwehrreaktion seinerseits geführt hatte. Okay, sie hatte weder bedrohlich gerochen noch gewirkt. Aber einfach antatschen war nun mal nicht drin. Wann und von wem er gestreichelt wurde, das entschied er immer noch ganz allein. Wahrscheinlich hatte ihn vor allem die Tatsache erschreckt, dass er ihren Geruch so gar nicht kannte.

Wo kam sie nur her?

Wer war dieses Weibchen?

Katja hatte gerade ihre Tage, ihren Geruch hatte sich Tyson gut eingeprägt, und am nächsten Tag konnte er es kaum erwarten, ihr auf dem Hof zu begegnen. Nicht, dass er sich an den Vortag erinnert hätte, aber es gab da einen interessanten neuen Geruch in seiner Gedächtnisbibliothek, den es weiter zu erforschen galt.

Als Katja am Nachmittag erneut auf ihrem Weg in den Keller gezwungen war, über den Hof zu laufen, folgte sie zunächst dem Rat der alten Freiberger, Tyson gar nicht weiter zu beachten. Ihr Desinteresse schien sie für den Vierbeiner aber nur noch interessanter zu machen, er folgte ihr bis in den feuchten, muffigen Keller und schaute ihr dabei zu, wie sie die leeren Umzugskartons zusammenfaltete und dann fein säuberlich stapelte. Dabei machte er einen deutlich friedlicheren Eindruck auf Katja, die ihm schließlich sogar gestattete, ein wenig an ihr herumzuschnüffeln. Ab und zu winselte er dabei herzerweichend und legte eine Pfote auf einen ihrer (aus erfahrungsbasierten Selbstschutzgründen übergestreiften) Gummistiefel, was die immer noch sehr tierliebe Katja dazu veranlasste, einen neuen Streichelversuch zu wagen. Sie kniete sich vorsichtig hin und streichelte Tyson, der sich das diesmal gerne gefallen ließ und dabei ständig versuchte, mit seiner Nase ihren Unterleib zu erforschen. Nach fast einer Minute Hunde-Knuddeln widmete sie sich dem letzten verbliebenen Karton.

Tysons Neugier auf Katja war längst nicht befriedigt, als sie den Keller mit einer Klappleiter und einem Eimer verließ. Er heftete sich an ihre Fersen und durchbrach so die erste Wand, die sein hinterhöfisches Himmelreich begrenzte. Für Katja war es nur der Flur des Vorderhauses, den sie betrat. Um mit der Leiter und dem Eimer ins Treppenhaus zu gelangen, musste sie die Tür zum Hof weit öffnen, was Tyson die Gelegenheit gab, mit hindurch zu flitzen. Das wäre ganz unbemerkt geblieben, wenn er sich nicht entschieden hätte, sie kurz darauf im Treppenhaus laut und herausfordernd anzubellen. Katja schrak zusammen, stellte die Leiter und den Eimer ab und wollte gerade wieder die Tür zum Hof öffnen, als sich, für alle überraschend, die Vordertür öffnete und Eva Freiberger mit einem ebenso lautstarken wie anklagenden „Ja, was machst du denn hier drin?“ das Haus betrat.

Natürlich erkannte Tyson die Stimme seiner wichtigsten Untergebenen sofort, er spürte sogar, dass in diesen unverständlichen Worten ein gewisser an ihn gerichteter Vorwurf lag, der sicherlich damit zu tun hatte, dass er die erste Wand durchbrochen hatte. Und dann auch noch mit einem anderen Zweibeiner-Weibchen. Da hieß es nun blitzschnell reagieren.

Tyson flitzte an Frauchen Freiberger vorbei nach draußen und bemerkte erst gut 100 Meter weiter, dass er sich nun inmitten einer völlig unbekannten neuen Welt befand.

„Aber wo willst du denn hin?“, hatte ihm die alte Freiberger noch nachgeschrien, und in Folge alle Schuld für den Gefangenenausbruch bei der Neueingezogenen gesucht, die sich dafür nur demütig bei der erregten alten Dame entschuldigen und ein Detektei empfehlen konnte, die Tyson bestimmt wiederfinden würde.

Tyson war derweil von der Fülle der Gerüche und der Weite der unbekannten Stadtlandschaft überwältigt. Diese Welt war so viel größer als seine Welt, die er so gut kannte und ganz autark beherrschte. Und sie war voll neuer, unbekannter Lebewesen und großer, stinkender Vierrad-Monster. Auch seltsame Mischwesen aus Zweibeinern und Rädern kreuzten seinen Weg, ohne dabei besonders viel Respekt für ihn zu zeigen. Das alles irritierte und faszinierte ihn zugleich.

An vielen Hausecken nahm er ganz unterschiedliche, aber nichtsdestotrotz durchgehend hochinteressante Gerüche war, die ihn immer stärker in der Annahme bestätigten, dass er nicht der einzige seiner Art und die Welt nicht auf seinen Hinterhof begrenzt war. Diese Annahme wurde kurz darauf eindrücklich bestätigt, als in einer nahe gelegenen Parkanlage plötzlich ein Artgenosse mit seinem Menschen um die Ecke kam und schwanzwedelnd auf ihn zu tapste. Der Welpe war in mitreißender Spiellaune, und so erlebte Tyson zum ersten Mal, wie es sich anfühlte, mit einem jungen Artgenossen im Gras herumzutollen. Und nicht ein einziges Mal kam ihm der Gedanke, diesen jungen Springinsfeld zu bespringen.

Kapitel 19

Schall griff nach dem Stängel seiner geheimnisvollen Hanfpflanze und rüttelte daran. Die tiefgrüne Kreatur wackelte einige Sekunden wie ein Baum im Sturm. Das machte Schall mindestens einmal täglich, damit alle Erdfliegen aufgeschreckt wurden, die man so schneller entdecken und beseitigen konnte. Da er daheim ganz klassisch auf Bio-Blumenerde anbaute, war er längst mit den lästigen Insekten vertraut, deren Larven mit der gekauften Erde kamen und durch das Gießen belebt wurden. Bisher war es ihm immer gelungen, die Schädlinge mit ein paar gelben Klebefallen im Zaum zu halten, aber diesmal hatte er es mit einer besonders geburtenstarken Woche zu tun, die ihn zu rabiateren Hilfsmitteln wie dem Einsatz seines Staubsaugers greifen ließ. Nachdem er alle Erdfliegen sorgfältig abgesaugt hatte, trennte er fast zärtlich ein paar Segelblätter, die ineinander zu verwachsen drohten, und überlegte, welchen Trieb er heute am besten abschneiden und als Steckling neu eintopfen sollte.

Schall bedauerte einmal mehr, dass er von dieser Sorte keine Samen mehr hatte. Die mysteriöse Genetik war schließlich ein ausgesprochenes Wundermittel, das er inzwischen ganz gezielt bei kniffligen Ermittlungen einsetzte. Für den Freizeitkonsum war sie nicht wirklich geeignet, im privaten Chill-Modus bevorzugte Schall eher Sorten wie *Jack Herer, Silver Haze* oder *Northern Lights* – altbekannte Klassiker, die er abwechselnd daheim kultivierte.

Das war nicht immer so gewesen. Dank guter Kontakte in „die Szene“ hatte ihm das Angebot des Berliner Schwarzmarkts lange Zeit völlig ausgereicht, aber als ihn dann ein überzeugter Heim(lich)gärtner fragte, ob er denn überhaupt schon mal eine der Pflanzen, die er immer so eifrig inhaliere, vor der Ernte selbst gesehen habe, musste er, ohne groß nachzudenken, verneinen. Cannabis kannte Schall bis dato nur abgepackt in kleinen Plastikbeutelchen – und das erschien ihm irgendwie richtig. Er wollte ja auch nicht das Schwein kennenlernen, von dem er sich ab und zu mal ein Schnitzel gönnte. Trotzdem brachte ihn die Frage dazu, einmal über die theoretische Möglichkeit nachzudenken, daheim sein eigenes Rauchkraut anzubauen. Infos und Bücher dazu gab es ohne Ende, und seiner schwäbischen Sparsamkeit käme Eigenanbau auch entgegen. Aber es blieb bei dem bloßen Gedanken.

Und die Jahre vergingen.

Eines Tages erhielt Schall auf einer Asienreise unter merkwürdigen Umständen ein paar hübsch gemusterte Hanfsamen von einem rätselhaften Inder, der ihm dazu nur den kryptischen Hinweis gab, sie möglichst weise zu nutzen.

Erneut ertappte sich Schall bei dem Gedanken an illegale Selbstversorgung und ging zu diesem Zweck sogar in den nächstgelegenen Growshop, wo er sich eingehend beraten ließ. Doch die Vielzahl der anzuschaffenden Geräte schreckte ihn neben der Installation und der gewöhnungsbedürftigen Optik der Anbauzelte gehörig ab. Er war ja nicht Rausch, der sowas vermutlich mit links und verbundenen Augen montiert und in Betrieb genommen hätte. Schall kannte sich und sein Manko in elektrotechnischen Bastelfragen. Sein optimistisches Herz hätte es trotzdem gerne ausprobiert, doch sein rationaler Verstand sagte nein. Und der hatte wie immer das letzte Wort.

So lagen die geheimnisvollen Seeds weiterhin in Schalls Kühlschrank und waren fast schon vergessen, als Kanada 2018 Cannabis legalisierte. Diese Nachricht überzeugte Schall schlagartig davon, dass es jetzt nur noch eine Frage der Zeit war, bis man auch hierzulande sein Rauchkraut völlig legal anbauen durfte. Aber so lange wollte er nun doch nicht mehr warten. Schall liebte es, seiner Zeit voraus zu sein.

Nach eingehender Recherche hatte er sich für zwei halbautomatische Grow-Schränke entschieden, die seiner Vorstellung von Diskretion entsprachen. Von außen sahen sie wie ganz normale Kleiderschränke aus, in denen niemand etwas anderes als Textilien vermuten würde. Speziell für den unauffälligen Heimanbau konstruiert, waren diese schwergewichtigen Funktionsmöbel mit neuester Grow-Technik ausgestattet: Die integrierten LED-Module konnten einzeln programmiert werden, und die vollautomatischen Lüfter waren direkt an den obligatorischen Aktivkohlefilter gekoppelt, der dafür sorgte, dass keine verräterischen Gerüche nach außen drangen.

Das alles hatte Schall zugesagt, der fortan in der erfreulichen Lage war, sich regelmäßig mit feinster Bio-Ware zu versorgen. Mit diesen zwei Schränken konnte er kaum noch etwas falsch machen. Alles passte perfekt zusammen und die Pflanzen sprossen und gediehen. Von Anfang an.

Für den Eigenbedarf hatte Schall nun mehr als genug Gras, weshalb er öfter in altruistische Geberlaune verfiel. Hier und da verteilte er großzügige Proben seiner letzten Ernten und bat im Gegenzug nur um ein möglichst ungeschminktes Feedback. Trotzdem hatte sich mit der Zeit ein nicht unerheblicher Vorrat angesammelt, was Schall schließlich die Gelegenheit gab, sich den mysteriösen indischen Samen in seinem Kühlschrank zu widmen. Die Neugier hatte ihn zwar auch vorher schon vereinzelt gezwickt, aber da ging die Sicherstellung der Selbstversorgung noch vor.

Tatsächlich war sich Schall gar nicht so sicher, ob die Samen nach über fünf Jahren überhaupt noch keimen würden, aber ein Versuch war es allemal wert. Er hatte genau zehn Samen erhalten und die ersten fünf waren allesamt Nieten. Erst Nummer sechs zeigte nach zwei Tagen im Wasserglas eine leicht geöffnete Samenschale mit einem winzigen Wurzelschwänzchen. Schall pflanzte den vorgekeimten Samen mit dem Wurzelansatz nach unten etwa fünf Millimeter tief in lockere Blumenerde ein.

Das machte er immer so.

Aber diesmal hoffte er inständig, dass eine weibliche Pflanze entstehen würde. Diese Hoffnung war sonst nie nötig, da die Seeds, die er routinemäßig verwendete, allesamt feminisiert waren – also genetisch darauf vorprogrammiert, nur rein weibliche Nachkommen hervorzubringen. Wenn Schall Pech hatte, päppelte er hier gerade ein Männchen auf, das er direkt wieder in die Tonne treten konnte.

Schall musste allerdings zugeben: Das war schon spannend. Diese Art von Nervenkitzel kannte er gar nicht mehr. Nur am Anfang hatte er ihn ansatzweise verspürt, als er noch keinerlei Erfahrung hatte und sich nicht sicher war, ob bei seinen ersten Grow-Versuchen überhaupt etwas Brauch- bzw. Rauchbares herauskommen würde. Doch bald hatten ihn seine zwei halbautomatischen Schränke durch gute Ernten verwöhnt und ihm dabei jeglichen Nervenkitzel geraubt.

In den folgenden Wochen schaute Schall mindestens einmal täglich in den Schrank, um die Fortschritte der unbekannten Pflanze zu studieren. In den ersten Wochen bildete sich ein immer stärker auswuchernder kugelrunder Busch, den es gelegentlich zu beschneiden galt. Aber noch ließ die vegetative Entwicklung keinerlei Rückschlüsse auf das Geschlecht zu.

Während des längst Routine gewordenen Anbaus registrierte Schall erste Besonderheiten dieser gänzlich unbekannten Sorte. Wuchsen die Seitentriebe sonst stets in Form eines Chanukkaleuchters, so hatte Schall diesmal das Gefühl, hier eine kleine Tanne hochzuziehen.

Tag für Tag drückte Schall die Daumen und jubelte nach bangen Wochen lauthals los, als sich erste feine Blütenfäden zeigten. Er hatte da also, wie bisher praktisch immer, eine Hanf-Lady in seinem Schrank. Die an einen Weihnachtsbaum erinnernde Form blieb bis zur lang ersehnten Ernte bestehen, die sich erst nach knapp vier Monaten ankündigte. Schall orientierte sich an den Blütenhärchen, die lange weiß blieben und sich erst kurz vor dem optimalen Erntezeitpunkt rötlich oder orange verfärbten. In der Regel war das nach spätestens drei Monaten der Fall – und zwar bei so ziemlich allen angesagten Indoor-Sorten.

Schalls kleine Tanne dagegen verlangte direkt einen kompletten Extramonat für die vollständige Herausbildung ihrer mittelprächtigen Blütenstände. Damit verlängerte dieses clevere kleine Schranklebewesen seine Existenz ganz erheblich, was Schall nur umso neugieriger auf das Ergebnis machte. In Sachen Erntemenge war Schall deutlich Besseres gewohnt – nur knapp 40 Gramm hatte die seltsame Hanf-Tanne abgeworfen. Aber Quantität war ja nicht alles. Befand Schall und blickte umso gespannter dem finalen Konsumselbsttest nach der Trocknung der Ernte entgegen. Er ahnte ja noch nicht, was ihn erwartete.

Als er es wusste, galt sein erster und einziger Gedanke den verbliebenen vier Seeds dieser wahrlich mehr als spektakulären Sorte, die er spontan *Truth Amnesia* getauft hatte. Er durfte jetzt nicht noch mehr Zeit verschwenden und musste umgehend handeln. Wenn es nicht schon zu spät war. Würde unter den verbliebenen Gen-Speichermedien noch mindestens ein funktionsfähiges sein? Und wenn: Würde daraus wieder eine Lady entstehen?

Er musste jetzt einfach auf sein Glück vertrauen, von dem andere behaupteten, dass er es habe. Seine Mutter zum Beispiel führte sein Glück gerne auf die Tatsache zurück, dass sie ihn an einem Sonntag geboren hatte. Und obwohl Schall nicht an DAS Glück glaubte, hatte er sich im Laufe der Zeit mit der Vorstellung angefreundet, dass es ihm irgendwie zur Seite stand.

Und tatsächlich: Von den verbliebenen vier Seeds keimte noch ein weiterer und Schall war sich gar nicht bewusst, wie außergewöhnlich das nach über fünf Jahren war. Er hatte ohne große Demut darauf gehofft, dass gleich zwei Seeds aufgehen und dabei ein Männlein und ein Weiblein entstehen würden, die er dann behutsam zusammengebracht hätte, um zahlreiche neue Samen dieser magischen Sorte zu generieren.

Doch diese Hoffnung war nun begraben.

Dafür musste er sich nun an die Hoffnung klammern, dass auch die allerletzte Pflanze dieser mysteriösen Sorte weiblich war. Und genau das tat er.

Wie ein Pokerspieler, der in blindem Vertrauen alles auf die letzte Karte setzt, ging Schall einfach davon aus, dass da erneut eine Lady in seinem Schrank heranwuchs. Sie würde eine sogenannten „Mutterpflanze" werden, von der er regelmäßig Triebe abschneiden und als Stecklinge kultivieren konnte.

Natürlich war selbst Schall klar, dass das nicht ewig so weitergehen konnte. Wie er aus Büchern und Zeitschriften wusste, sind erfahrene Grower übereinstimmend der Meinung, dass die Qualität der Stecklinge mit den Jahren immer weiter nachlässt. Nicht zuletzt deshalb hatte er beschlossen, sich rechtzeitig einen möglichst großen Vorrat von *Truth Amnesia* anzulegen.

Die Gewissheit kam spät. Sehr spät. Umso mehr feierte sie Schall in dem Augenblick, als sich der erste Steckling, den er vom letzten Exemplar seiner Art geschnitten und eingepflanzt hatte, weiblich entwickelte. Damit war nun klar, dass er tatsächlich eine weibliche Mutterpflanze besaß, von der es nun so viele Stecklinge wie möglich zu schneiden und aufzuziehen galt. Sein Glück war ihm treu geblieben.

Heute war es wieder soweit: Die neue Ernte war eingefahren, der zweite Growschrank wieder frei, also wählte Schall erneut einen gut ausgebildeten Trieb und schnitt ihn mit einer Rasierklinge schräg ab. Dann schob er den Stiel des Stecklings in frische Erde, die er zuvor unter Beigabe eines Wurzel-Booster bewässert hatte. Dann kam der Topf in den Growschrank, der für die folgenden Wochen auf höchste Lichtleistung programmiert war: volle Power von oben, 18 Stunden täglich.

Wie Schall inzwischen wusste, wachsen Stecklinge selten so rasant und vital heran wie Sämlinge - dafür spart man aber gut zwei Wochen Zeit in der Wachstumsphase. Die Ernteergebnisse blieben moderat, mehr als 35 Gramm pro Pflanze waren hier nicht zu erwarten. Aber die reichten locker für ein ganzes Jahr, schließlich ging es bei dieser Sorte nicht um täglichen Spaßkonsum, sondern um ganz gezielte Anwendungen, die gar nicht so oft vorkamen.

Die Wohnungstür fiel unüberhörbar ins Schloss. Schall horchte kurz auf. Das konnte nur seine Freundin Susanne sein, die ihren eigenen Schlüssel hatte.

„Hey Kuschelkontakt!“, begrüßte ihn Susanne schelmisch. Sie gönnte sich oft das für sie unwiderstehliche Vergnügen, ihn mit immer neuen Kosenamen zu bedenken, die manchmal aber so schräg daherkamen, dass Schall sich nicht wirklich gekost fühlte.

„Hallo Intimpartnerin“, versuchte er kreativ zu kontern, erntete aber nur eine verächtlich hochgezogene Augenbraue. Schall beschloss, die Reaktion zu ignorieren und weiter zu fragen: „War's schön gestern?“

Susanne warf sich aufs Sofa und nickte: „Ja, war echt lustig. Und für Andy DIE Gelegenheit, mal wieder mit einer Frau anzubändeln.“

Schall ahnte es schon: „Du meinst hier hoffentlich deine Freundin Katja Müller – denn Inzest ist ja in Deutschland verboten, das weißt du ja sicherlich.“

Susanne boxte ihm lachend in die Seite: „Du Spinner, du weißt doch ganz genau, dass Katja da war. Die beiden haben sich direkt auf Anhieb super verstanden. Und es funkte dann sogar noch etwas mehr, nachdem Andy ein paar Tüten von seinem neuen Wahnsinnsgras gedreht hatte.“

Unwillkürlich erregten die Worte „neu“ und „Wahnsinnsgras“ sofort Schalls Interesse: „Ach so? Hat er in seiner Growbox mal wieder was Feines hochgezogen? Dann hat er dir doch bestimmt wieder eine Probe mitgegeben, oder?“

Susanne Lächeln schmolz dahin, sie schüttelte verärgert den Kopf: „War ja klar, dass das das Einzige ist, was dich interessiert.“

Sie fummelte ein kleines Plastiktütchen aus ihrer Tasche und warf es angefasst auf den Tisch: „Du hättest ja auch erst mal fragen können, wie es ihm überhaupt so geht. Oder Katja. Oder wie es mit den beiden weiterging.“

Schall musste sich eingestehen, dass sie recht hatte.

„Sorry, war nicht so gemeint. Du hast ja recht. Alles okay mit deinem kleinen Brüderchen? Und mit deiner alten Studienfreundin?"

Schall blinzelte Susanne verschmitzt an, die eh nie lange sauer auf ihn sein konnte.

„Ja, es geht ihnen gut, auch wenn Katja vorgestern aus Versehen dem rotzfrechen Hund ihrer Vermieterin zur Flucht verholfen hat. Der war sonst immer nur auf dem Hof, und jetzt rennt er irgendwo durch Berlin, und sie hofft, dass ihr den Hund irgendwie wiederfinden könnt. Sie hat ihrer Vermieterin – einer gewissen Frieda von Freiberger – auch schon eure Kontaktdaten gegeben und eure Fähigkeiten gerühmt."

Schall nickte: „Die Dame hat sich gestern schon gemeldet und uns beauftragt, ihre französische Bulldogge namens Tyson wiederzufinden. Geld spielt dabei wohl keine Rolle, was für uns mal eine schöne Ausnahme von der Regel ist. Insofern müssten wir uns bei Katja fast schon dafür bedanken, dass sie den Hund entwischen ließ. Wie es scheint, war das für uns eine lukrative Arbeitsbeschaffungsmaßnahme."

Susanne winkte lachend ab: „Quatsch, die würde sich einfach nur riesig freuen, wenn ihr den Hund wiederfindet, da sie sonst Schikanen ihrer Vermieterin befürchtet."

„Das werden wir schon – morgen klappern wir erst mal ein paar Parks und Tierheime ab und hängen überall Suchanzeigen auf. Aber das soll uns jetzt nicht weiter interessieren", wechselte Schall das Thema, „erzähl mir lieber, wie es Andy geht."

Prompt bildete Susannes Stirn die nur allzu bekannten Sorgenfalten, die sich recht häufig zeigten, wenn von Andreas die Rede war.

„Wie's aussieht, hat er wieder angefangen im großen Stil zu growen. Für irgendwelche Leute, die ihm seltsamerweise alles komplett vorfinanziert haben. Er ist zwar mega-happy damit und verdient auch ein Haufen

Kohle, aber irgendwie mache ich mir nun doch Sorgen um ihn. Nicht, dass er wieder im Knast landet."

Schall wusste, dass sich Susanne regelmäßig Sorgen um ihr rebellisches Brüderchen machte, und nahm sie tröstend in den Arm.

„Ich habe einfach das mulmige Gefühl, dass es wieder böse enden könnte" orakelte Susanne in Schalls Armen. Schall überlegte, ob er dazu irgendetwas Vernünftiges sagen konnte. Er wusste ja, wie sehr sie ihren Bruder liebte.

Irgendwie hatte sie sich schon immer Sorgen um ihn gemacht, die manchmal auch durchaus berechtigt waren. Viel öfter aber empfand Schall ihre Sorgen als übertrieben bis unnötig - und das sagte er ihr dann auch.

Doch das hier war etwas anderes.

Spätestens nachdem er mit Susanne den ersten *Berlin High*-Joint inhaliert hatte, teilte er ihre Sorge.

Dieses Gras war einfach ZU gut.

Das roch förmlich nach Ärger.

Kapitel 20

Die berühmt-berüchtigten Kommissare Ullstein und Dinkelmann vom Drogendezernat des Landeskriminalamts Berlin warteten mit einem Haftbefehl in der Tasche auf den mutmaßlichen Täter. Natürlich ganz unauffällig, in zivil. Im Gegensatz zu vielen ihrer Kollegen gelang es ihnen stets, die richtige „Optik-Mische" zu finden. Andere Zivilfahnder übertrieben es oft mit ihrer szenetypischen Maskierung, sodass schlaue User auf den ersten Blick erkannten, dass es sich um sogenannte „Zivi-Bullen" handelte.

„Alles klar?", fragte Ullstein seinen Kollegen. Die Gesichter der beiden Männer strahlten jene typische

Härte aus, die für Kriminalbeamte der Bundeshauptstadt nötig zu sein schien.

„Ja, bei mir schon“, antwortete Dinkelmann. „Bei dir auch?“

Ullstein nickte und grinste verschwörerisch.

„Na, dann lassen wir die Falle mal zuschnappen!“

Er gab Dinkelmann die Ghetto-Faust und entfernte sich schnellen Schrittes auf seine vereinbarte Ausgangsposition. Ihr Opfer würde ihnen bald ins Netz gehen, ein Entrinnen war beinahe unmöglich. Zumindest, wenn sie jetzt keine Fehler machten. Fehler konnten sie sich nicht erlauben, dafür stand zu viel auf dem Spiel. Das war beiden nur allzu bewusst.

Kapitel 21

Zu der Sorte der stets gutmütigen Kiffer, die allen und jedem vertrauen, gehörte Andreas spätestens seit seiner Zeit im Knast nicht mehr. Dafür hatte er dort zu viel Niedertracht erfahren - und das alles wegen einer Pflanze, deren Vorzüge die internationale Staatengemeinschaft erst langsam wieder zu entdecken schien. Er machte dem Weed keine Vorwürfe, es war nicht seine Schuld. Es war die der verblendeten Menschen, die willkürliche Gesetze geschaffen hatten. Ewig konnte das nicht so weitergehen, er wusste schon, wen er morgen wählen würde ...

Noch immer aufgewühlt von dem beunruhigenden Telefonat mit Stulle verließ er zügig die U8. Schon in der U-Bahn hatte er sich nervös nach möglichen Clan-Mitgliedern oder Zivi-Bullen umgeschaut. Bei einem asiatisch anmutenden Mann mit NY-Basecap, Goldkettchen und einem der teuersten Handys auf dem Markt war er sich zwei Stationen lang nicht sicher gewesen, ob hier ein Clan-Mitglied hinter ihm her war.

Der Typ hatte seine Blicke bemerkt und wenig verständnisvoll mit einer klar abwehrenden, aber vagen Geste reagiert, die vieles bedeuten konnte. Andreas konnte die Spannung kaum noch ertragen und war allzeit bereit, die Flucht zu ergreifen, bis der von ihm Verdächtigte eine Station vor dem Hermannplatz ausgestiegen war und auf dem Bahnsteig eine üppige Blondine begrüßt hatte.

So konnte man sich irren.

Aber da war auch noch dieser andere Typ, der ihm seltsam vorkam. Ein fast kahlköpfiger Mann, knapp 50 Jahre alt, mit Ziegenbärtchen und Goldrandbrille. Scheinbar korrigierte er irgendwelche Ausdrucke und war dabei dermaßen in seine Arbeit vertieft, dass er gleichermaßen ein verarmter Schriftsteller oder Beamter einer hauptstädtischen Behörde sein konnte. Vielleicht handelte es sich aber auch um einen verdeckten Polizisten, der sich in Sachen Tarnung auskannte und gerade dermaßen in seine Rolle versunken war, dass er von niemandem als Bedrohung wahrgenommen wurde.

Außer von Andreas.

Als die Bahn hielt, begannen seine Knie zu zittern, denn der seltsame Brillenträger stieg mit ihm aus.

Verdammt! Das hatte er nun davon, dass er wieder ins Grow-Business eingestiegen war.

Als Andreas vorsichtig den Bahnsteig betrat, bemerkte er, dass es der Kahlköpfige nicht besonders eilig zu haben schien. Er ging zu einer der zahlreichen Bänke, setzte sich und schien irgendetwas in seiner Tasche zu suchen. Andreas kam sich hilflos vor und wechselte verunsichert die Bahnsteigseite. Dabei kam es ihm bei jedem Schritt so vor, als würde sich die Erdanziehungskraft vervielfachen. Er setzte sich gerade noch rechtzeitig auf eine Bank und vermittelte so den Eindruck, als warte er nun auf eine U-Bahn in entgegengesetzter Fahrtrichtung. Dabei behielt er den Aufgang im Visier, den er nehmen sollte. Sein Herz zersprang fast vor Spannung, bis nach unendlich lang erscheinenden Minuten der bebrillte Glatzkopf über ebenjene Treppe verschwand.

Andreas spürte seinen hohen Blutdruck und zwang sich, ruhig zu atmen. Wenn ich so weitermache, komme ich vor lauter Paranoia noch zu spät, dachte Andreas, der sich gerade daran erinnerte, wie ihm Stulle klargemacht hatte, dass Pünktlichkeit bei dieser Mission essenziell war. Also stand er auf und hatte plötzlich das Gefühl, sich übergeben zu müssen. Aber wenn er jetzt auf die Gleise, in den Mülleimer oder sonst wohin kotzte, würde er zweifelsohne unangenehm auffallen und damit die ganze Unternehmung gefährden. Und wie ein Feigling dastehen.

Das würden ihm seine Freunde womöglich nie verzeihen, also musste er jetzt tapfer bleiben. Irgendwie würde es schon weitergehen. Fragte sich nur, ob mit Handschellen und Blessuren oder als freier Mann.

Immerhin war der Weg zum Seitenausgang inzwischen menschenleer. Die laute Reggae-Musik auf seinen kleinen In-Ear-Kopfhörern wirkte beruhigend, was ihn etwas freier atmen ließ. Nur noch rechts durch einen letzten Tunnel und dann ging es über den Treppenaufgang nach oben ins Freie.

Als er um die letzte Tunnelecke bog, setzte sein Herz kurz aus. Da stand ein bulliger Schlägertyp lässig an die Wand gelehnt und schien zu telefonieren. Doch noch bevor er sich ihm weiter nähern konnte, hatte der Schläger bereits eine Pistole gezogen, auf ihn angelegt und brüllte irgendwas. Andreas war kurz wie gelähmt, bevor er von etwas ergriffen wurde, was einer der vielleicht wichtigsten Triebe in der Evolution der Menschheit war: seinem Fluchtinstinkt. Er sprintete los und griff nach ein paar Metern unwillkürlich nach seinem wild in der Jackentasche herum schlackernden Mobiltelefon.

Ein paar letzte Gedanken schossen ihm noch durch den Schädel, bevor eine gezielt abgefeuerte Kugel dasselbe tat.

Sein drittletzter Gedanke galt Stulle, den er in diesem Augenblick schmerzlich vermisste. Wäre er hier gewesen, wäre das alles sicher anders gelaufen. Stulle war sein bester Freund geworden, das wurde Andreas erst jetzt richtig klar.

Sein vorletzter Gedanke galt seiner Schwester Susanne: Er wünschte ihr alles Glück der Welt. Sie hatte es verdient, auch wenn er längst nicht davon überzeugt war, dass dieser Schall tatsächlich der Richtige für sie war.

Sein letzter Gedanke galt einer anderen, einer besseren Welt, gemeinsam mit Katja Müller. Dass diese Welt niemals real werden würde, musste Andreas noch voller Bitterkeit erkennen, bevor er zusammenbrach und zu den Klängen von Bob Marley das Zeitliche segnete.

Kapitel 22

Kriminalkommissar Dinkelmanns Spähpunkt war perfekt gewählt. Die Labyrinthe der Berliner U-Bahnhöfe waren ohnehin ideal, um hier Räuber und Gendarm zu spielen. Nur, dass Dinkelmann dieses Spiel in der Zwischenzeit ziemlich satt hatte. Kaum hatte er einen Übeltäter überführt, wurde dieser direkt wieder von irgendeinem windigen Rechtsanwalt herausgeholt. Oder es schossen über Nacht ehrgeizige Nachfolger wie Pilze aus dem Boden. Nach mehr als zehn Jahren beim Landeskriminalamt hatte er die ewig gleiche Tretmühle mehr als satt. Aber das war sein Job, und den verstand er, auch wenn er dabei öfter zur Anwendung körperlicher Gewalt neigte als sein Kollege

Ullstein, dessen Ermittlungsmethoden sich deutlich von seinen unterschieden. Trotz aller Meinungsverschiedenheiten waren sie jedoch ein gutes Team, das sich gegenseitig ergänzte und schon so manchen Gauner dingfest gemacht hatte.

Dinkelmann erkannte den Gesuchten sofort. Der junge, drahtige Mann verließ eilig die U-Bahn, zögerte kurz, setzte sich dann auf eine der Holzbänke auf dem Bahnsteig und schien nun auf eine Bahn aus der entgegengesetzten Fahrtrichtung zu warten. Geschulten Beobachtern war sofort klar, was es damit auf sich hatte: Der Typ hatte eindeutig Angst.

Angst verfolgt zu werden.

Nach ein paar Minuten schien sich diese Angst gelegt zu haben.

„Zielobjekt kommt", flüsterte Dinkelmann in das unsichtbar in seine Halskette eingearbeitete kleine Mikrofon, das seine Worte in Echtzeit an Ullstein übertrug.

„Roger", ertönte die knappe Antwort in seinem linken Ohr.

Ihren Informationen zufolge handelte es sich bei dem jungen Mann um Andreas Borchardt, einen Wiederholungstäter, der vor Jahren bereits wegen „schwunghaftem Handel mit Cannabis" im Knast gelandet war. Nach seiner Entlassung hatte er eine Zeit lang den Ball flachgehalten, doch nun schien seine kriminelle Ader erneut die Oberhand zu gewinnen. Sachdienlichen Informationen zufolge baute er inzwischen schon wieder gewerbsmäßig Cannabis an. Und das im ganz großen Stil. Zudem stand der Verdacht im Raum, dass er dafür mit anderen Ganoven eine kriminelle Vereinigung gebildet hatte.

Beinahe auf Zehenspitzen nahm der erfahrene Zivilfahnder die Verfolgung auf, um sich nicht durch ein unnötiges Geräusch zu verraten. Würde er vorzeitig enttarnt werden, hätten sie die sorgfältig vorbereitete Falle ganz umsonst aufgestellt. Als er sah, wie der Delinquent nach rechts in einen Fußgängertunnel abbog, begann Dinkelmann kurz zu sprinten und zückte dabei bereits seine Dienstpistole, obwohl die Heckler & Koch offiziell immer nur der Eigensicherung dient. Aber ab einem gewissen Level der organisierten Kriminalität musste man einfach mit bewaffneter Gegenwehr rechnen. Und Andreas Borchardt hatte dieses Gefährdungslevel längst überschritten.

„Polizei! Keine Bewegung, oder ich schieße!", rief Dinkelmann, um bloß keinen Formfehler zu begehen, der ihm später auf die Füße fallen konnte.

„Polizei! Keine Bewegung, oder ich schieße!", hörte er nun auch am anderen Ende des Tunnels seinen Kollegen rufen.

Seiner Erfahrung nach folgten schuldige Straftäter nur selten polizeilichen Aufforderungen - und so war es auch dieses Mal: Nach wenigen Sekunden Schockstarre löste sich der Gesuchte, machte auf dem Absatz kehrt und rannte zurück in Dinkelmanns Richtung. Dieser sah, wie der Flüchtende beim Sprinten in seine rechte Hosentasche griff und hoffte inständig, dass er eine Waffe herausziehen würde. Denn dann dürfte er direkt schießen, ohne sich hinterher lästigen Fragen stellen zu müssen. Doch noch bevor Borchardt die Hand wieder aus der Tasche ziehen konnte, hörte er es bereits knallen. Zwei Schüsse erschallten, wovon einer dem gesuchten Straftäter sein noch recht junges Leben in Sekundenschnelle ausblas.

Dinkelmann sah nun, wie Kriminaloberkommissar Ullstein mit seiner Dienstwaffe in der Hand langsam auf den am Boden liegenden Mann zuging.

„Scheiße!", brüllte Dinkelmann. „Wir brauchen einen Rettungswagen. Schnell!"

Ullstein überzeugte sich zunächst davon, dass von dem Niedergeschossenen keine Gefahr mehr ausging, erst danach nickte er Dinkelmann zu und zückte sein Handy.

Dinkelmann stand derweil mächtig unter Strom: „Fuck, jetzt kleben uns bestimmt bald ein paar Interne am Arsch. So eine verdammte Scheiße!“

Ullstein sah das anders, schließlich hatte der Typ nicht auf ihre Warnungen reagiert und war mit einer mutmaßlichen Waffe in der Tasche losgerannt, die er gerade ziehen wollte. Wenn das kein eindeutiger Fall von Notwehr war, dann würde er am Sinn seines Jobs zweifeln, der schließlich darin bestand, die Berliner Bevölkerung vor gefährlichen kriminellen Elementen zu schützen. Und wenn ihn diese Elemente angriffen, dann musste er sich und seine Kollegen beschützen. Die Rechtslage war eindeutig auf seiner Seite, auch wenn Dinkelmann das vielleicht mal wieder ganz anders sah. Klar, einige Wellen würde der Fall vermutlich schlagen und auch viel Papierkram, einige Verhöre und etliche Dienstbesprechungen nach sich ziehen. Hoffentlich sprang die Presse nicht allzu groß darauf an. Diese verdammte vierte Gewalt hatte sie schon so manches Mal wegen „übergriffigem Verhalten“ auf dem Kieker gehabt.

Darauf konnten sie hier gut und gerne verzichten.

Kapitel 23

„Alles klar, dann geht's jetzt los, oder?“, fragte Rausch und bückte sich, ohne eine Antwort abzuwarten, auf seinem schwarzen Bürosessel nach vorne, um unter seinem Schreibtisch eine bauchige Flasche Côtes du Rhône hervorzuzaubern. Als Schalls erstaunlich energisches „Moment!“ ertönte, verflüchtigte sich Rauschs Vorfreude fast wieder. „Wir müssen ja noch unsere letzte Wette entscheiden“, rief Schall seinem Partner die getroffene Vereinbarung ins durch bacchantische

Vorfreude getrübte Hirn. Dieser nickte nur kurz und grinste ebenso breit wie erwartungsfroh.

Ach du Scheiße, dachte Schall, wenn der jetzt so dreinblickt, dann hat er wohl gewonnen. Ihm graute vor dem Gedanken, nun zwei Flaschen Rotwein herunterwürgen zu müssen. Und das ganz ohne Hanfbeigabe.

Schall war durchaus in der Lage, Alkohol zu trinken, er machte das aber nur bei seltenen Gelegenheiten und stets als optionale Ergänzung zum inhalierten THC. Doch das war ihm nun, im Fall der verlorenen Wette, strengstens untersagt.

Schall schluckte nervös.

Während Rausch behäbig aufstand, um in den Taschen seiner verwaschenen schwarzen Jeans nach einem seiner USB-Sticks zu suchen, beruhigte sich Schall wieder etwas und schob alles auf seine eingebildete Angst. Vielleicht hatte er die Wette ja doch gewonnen – erst mal sehen, womit Rausch jetzt ankam.

„Ha, hier ist er!"

Rausch steckte den USB-Stick in den Laptop und öffnete ein Programm.

„Also", verkündete Rausch geheimnisvoll, „kommen wir zu den drei Beispiel-Sätzen. Du erinnerst dich doch bestimmt noch an unser Meeting vom vorletzten Freitag. An diesem Tag habe ich deinen ersten Ausflug an die frische Luft genutzt, um meinen neuen USB-Stick mit Diktiergerät-Funktion zu aktivieren – und schon hatte ich mehr als genug Beweise für die Tatsache, dass sich deine schwäbische Sprachstörung mit zunehmendem THC-Level immer deutlicher zeigt."

Die Erinnerung an den besagten Abend ließ Schall unvermittelt grinsen. Sie hatten einen kniffligen Fall erfolgreich abgeschlossen und diese Tatsache bei Rausch ausgelassen gefeiert. Nachdem er gerade mal einen einzigen Joint genossen hatte, kam Rausch direkt darauf zu sprechen, dass er nun sicher bald wieder ins Unverständliche abdriften würde. Das ärgerte

Schall gewaltig, da er fest davon überzeugt war, dass Rausch hier mächtig übertrieb. Letztendlich würde sich die Bedeutung seiner gelegentlich schwäbisch eingefärbten Sprache immer noch deutlich genug erschließen. Er sprach ja deutsch, eine Sprache, die Rausch eigentlich verstehen sollte, wenn er nicht seinerseits schon zu viel getrunken hatte. Tatsächlich vermutete Schall eher Letzteres als Ursache für die manchmal einsetzenden sprachlichen Verständigungsschwierigkeiten, die sich bevorzugt am Ende von ausufernden Fall-Abschlussfeiern ergaben. So war es auch zu der von Rausch geschickt eingefädelten Wette gekommen, dass seine völlig nüchternen Follower nie im Leben Schalls schlimmste Schwäbeleien verstehen würden.

Rausch kündigte „Beispiel eins" an und spielte sogleich die entsprechende Audiodatei per Laptop ab: „Hoid gabs zum Frühstiegg oi Weckle mid Gsälz."

Schall grinste siegessicher. Das war ja wohl gut zu verstehen.

Doch schon präsentierte Rausch das nächste Audio-File: „Wenn miah nur äll Dag uffstanda ka ond sei Lächle schafft."

Schalls siegessicheres Lächeln wich einer spürbaren Unsicherheit, die Rausch genüsslich registrierte.

Mit der dritten Tonaufnahme gab er Schall den Rest: „Äggerle ond a Kuah, deggad ädle Armod zua."

Wie bitte?

Schall konnte es nicht fassen.

Erstens fragte er sich, in welchem Zusammenhang er diese tiefschwäbischen Sätze gesagt hatte. Zweitens war ihm der Dialekt seiner Heimatregion in dieser krassen Ausprägung irgendwie unangenehm, es war auch schon mehrfach vorgekommen, dass ihn schwabophobe Berliner halbironisch aufgefordert hatten, doch mal einen „integrativen Sprachkurs" zu belegen.

Schall wusste, wann es vorbei war.

Diese Wette hatte er verloren.

Rausch hatte ihm und sich auch schon fleißig eingeschenkt und so goss nun Schall mit unverkennbarer Verachtung einen süffigen Südfranzosen in sich hinein.

„Du solltest den Wein nicht wie Wasser runterschütten, dafür ist er viel zu edel“, maßregelte Rausch Schall.

„Wie du weißt, mag ich Wein grundsätzlich nicht“, erklärte dieser, nachdem er sich unter größter Anstrengung die erste Flasche einverleibt hatte, „und ehrlich gesagt verursacht dieses Gesöff bei mir schon beim Riechen einen gewissen Brechreiz.“

Über so viel schwäbische Unkultiviertheit konnte sich Rausch nur wundern. Erneut versuchte er Schall mit hochtrabenden Wein-Lover-Worten zu erreichen: „Die Blume des Weins, also das Erschließen des Geruchs mit der Nase, ist ein wesentlicher Bestandteil des traditionellen Weingenusses. Aber du bist vermutlich nicht in der Lage, dich ernsthaft darauf einzulassen. Oder du willst es einfach nicht.“

Rausch sprach bereits mit schwerfälliger Zunge und in einem leichten Berliner Dialekt, den er sonst komplett zu verbergen verstand. Schließlich stand er Schall in nichts nach und gönnte sich zu jedem Glas, das Schall widerwillig schluckte, ein mindestens ebenso gut gefülltes.

„Du musst dem Wein schon eine echte Chance geben. Riechst und schmeckst du denn nicht diese wunderbaren Aromen? Ich nehme da Himbeeren, Brombeeren und Johannisbeeren wahr, und dann ist da noch diese erdige Lakritz-Note, gepaart mit schwarzem Pfeffer ...“

Obwohl Rausch mal wieder in die für ihn typische Wein-Schwärmerei verfiel, zuckte Schall gleichgültig mit den Schultern. Nichtsdestotrotz musste er sich der unangenehmen Realität stellen, die er sich hier erschaffen hatte. Nun galt es noch mindestens zwei weitere große Weingläser zu leeren – erst dann war der Wetteinsatz vollständig erbracht. Und das wurde auch höchste Zeit, denn langsam wurde Schall richtig übel von dem Zeug.

Auch Rausch hatte sich inzwischen längst von seiner tagsüber immer so überzeugend dargestellten Nüchternheit entfernt und zunehmend Probleme, sich auf seinem Sessel zu halten, obwohl dieser das mit Abstand bequemste Sitzmöbel im ganzen Büro darstellte. Schall registriere das schadenfroh, auch wenn er einen Großteil seiner verbliebenen Kraft darauf verwandte, gegen seinen nach oben strebenden Mageninhalt anzukämpfen. Eigentlich hatte er sich geschworen, nie wieder zuzulassen, dass ihn Alkohol dermaßen übermannt. Das kannte er noch von früher, als sich Schall nach ausgiebigen Trinkgelagen oft ziemlich dumm und albern vorkam. Und benahm.

Aber Wettschulden waren nun mal Ehrenschulden, und die galt es zu begleichen.

Schall stürzte den Großteil des letzten Glases hinunter und horchte in sich hinein – würde alles unten bleiben? Es war ewig her, dass er so viel Alkohol auf einmal getrunken hatte. Der anregende Schwips nach der ersten Flasche hatte durchaus etwas für sich gehabt, die zweite war aber eindeutig zu viel gewesen.

Zumindest für Schall.

Aber auch Rauschs Lider hingen auf Halbmast. Kein Wunder, war er seinerseits schon bei der dritten Flasche angelangt. Schall war sich sicher, dass er bei dieser Menge bereits mit lautem „Tatütata“ und Blaulicht auf dem Weg ins Krankenhaus wäre. Ihm blieb nur, sich mit dem Gedanken zu trösten, dass die nächste Bürowette vielleicht anders ausgehen würde. Dann müsste sich Rausch überwinden, obwohl man sich mit Cannabis gar nicht so heftig abschießen konnte wie mit Alkohol. Irgendwie musste er das ausgleichen, also nahm sich Schall vor, den dann schwer berauschten Rausch nach allen Regeln der Kunst in die Paranoia-Ecke zu schicken.

Der sollte was erleben!

Kurz entschlossen griff Schall sein Glas und versuchte für diesen letzten Schluck alles auszublenden.

Es funktionierte.

Glas und zweite Flasche waren geleert und ihm war es bisher gelungen, alles bei sich zu behalten – abgesehen von einem archaischen Rülpser mit etwas sodgebranntem Anhang.

„Lass uns mal langsam Schluss machen“, schlug Schall mit glasigen Augen und schwerfälliger Zunge vor. „Susi wartet daheim auf mich und ich habe definitiv genug für heute. Eigentlich für immer. Nie wieder Alkohol! Das ist echt ein Teufelszeug!“

„Abba kullltuuurelll beij uns fawurzellllt“, lallte Rausch und wollte nach der offenen Flasche greifen, die er bei dem Versuch jedoch zu Fall brachte. Der vergorene Traubensaft ergoss sich über den Tisch, bis Schall, noch deutlich souveräner, die Pulle ergriff, mit ihr verschwand und kurz darauf mit einem Scheuerlappen zurückkehrte, der ihm beim Aufwischen half.

„Fingah wech von meena Wechzehrung!“, fuhr Rausch ihn an und ein wohl platziertes verschwörerisches Zwinkern verriet Schall, dass er noch nicht in dem Zustand war, in dem er so richtig ausfallend werden konnte. Als wollte er dieser Überlegung widersprechen, rutschte Rausch beim Versuch sich zu erheben von der Tischkante ab und plumpste unbeholfen auf den Hintern. Schall grinste, seufzte und rief ein Taxi. Das war gar nicht so einfach, denn auch Schall sah mittlerweile doppelt. Aber er hatte die Lall-Grenze längst nicht so deutlich überschritten wie Rausch, um den er sich jetzt einfach kümmern musste.

So gut es ging bugsierte Schall seinen stark alkoholisierten Freund auf die Straße und schob ihn in das bereits wartende Taxi. Der Fahrer fühlte sich zunächst verarscht, als er Rauschs Adresse vernahm: „Sorry, Superkurzstrecke läuft bei mir nicht. Und erst recht nicht um diese Zeit. Außerdem habe ich Angst, dass mir dein Kollege das Taxi vollkotzt."

„Nee, nee, die kurze Strecke schafft er locker", widersprach Schall im Brustton der Überzeugung und nannte daraufhin seine eigene Adresse, die eine deutlich lukrativere Fuhre versprach.

Keine Minute später hielt das Taxi vor Rauschs Haus.

„Aber die Uhr läuft", meinte der Taxifahrer, als Schall ihm erklärt hatte, dass er seinen Freund nur schnell unversehrt nach oben bringen wolle.

Der Weg vom Taxi in Rauschs Wohnung war kein leichter, da Rausch immer noch versuchte, Fachvorträge über die Vorzüge dieser oder jener Rebsorte zu halten. Schall konnte ihn kaum verstehen, aber so war Rausch wenigstens friedlich im Selbstgespräch versunken und ließ sich widerstandslos die Treppen hoch schleifen. Auf dem Weg nach oben kamen ihnen zwei sehr überraschte junge Männer entgegen, die nachts um drei nicht mehr mit Gegenverkehr im Treppenhaus gerechnet hatten. Rausch war viel zu besoffen, um sich zu fragen, wer diese schwer bepackten jungen Asiaten waren und wo sie um diese Zeit hinwollten. Er kam erst recht nicht auf die Idee, dass diese beiden für die seltsamen nächtlichen Geräusche verantwortlich waren, die er neulich per Zufall aufgezeichnet hatte. Und das war auch gut so, denn genau über Rauschs Wohnung befand sich ein Depot der Hanoi Hunters, die hier Waffen, Drogen und gefälschte Pässe lagerten und bei Bedarf abholten. Hätte Rausch davon gewusst, wäre sein Leben in großer Gefahr.

Als Schall wieder im Taxi Platz genommen hatte, fragte er den überaus geduldigen Fahrer, ob er auf dem Nachhauseweg einen Joint am offenen Fenster rauchen dürfe. Der pechschwarze Bart des Mannes umrandete sein breites Grinsen: „Kein Problem, ich mach dann aber lieber alle Fenster runter, okay?“

Schall nickte freudig und verspürte den Drang Gutes zu tun: „Soll ich dir was für den Feierabend dalassen?“

Der Fahrer nickte: „Gerne, mein Sohn will das unbedingt mal ausprobieren, und das sollte er dann am besten zusammen mit seinem Vater machen. Allerdings weiß ich nicht, wo ich sowas herbekommen kann.“

„Kein Problem“, sagte Schall und legte ein gutes Gramm Grünes in den Becherhalter zwischen den Vordersitzen: „Aber nicht da drin liegen lassen – das könnte schwerwiegende Folgen haben.“

„Schon klar“, antwortete sein Temporärchauffeur lächelnd, „bei einer Fahrzeugkontrolle wäre das natürlich schlecht.“

„Aber auch bei der Dosierung solltest du aufpassen“, empfahl Schall. „Das ist beste Berliner Handelsware, die solltet ihr auf zwei Joints verteilen, und erst mal nur einen davon gemeinsam rauchen.“

Während er noch eine Weile über vernünftigen Graskonsum dozierte und dabei erstaunlich blind gegenüber den Parallelen zu Rauschs Wein-Vorträgen war, baute sich Schall, soweit es sein Zustand noch zuließ, eine ordentlich Tüte.

Schließlich hatte er heute noch gar nichts geraucht.

Als er den unförmigen Spliff schließlich anzündete, stand das Taxi gerade vor einer roten Ampel. Daneben hielt ein Streifenwagen. Schall nickte den Uniformierten gütig zu und zog dabei ebenso unverfroren wie gierig an dem aufglühenden Joint. Einer der Polizisten zog gelangweilt eine Braue hoch und schaute dann in eine andere Richtung.

Typisch Berlin.

Das war einer der Gründe, warum Schall hier gelandet war. Im Schwabenländle hätte er dafür jetzt einige Zeit auf dem Polizeipräsidium verbringen müssen.

Schall inhalierte noch einmal tief und lächelte selig. Eigentlich war das Zeug hier praktisch schon legal, wenn sich niemand mehr drum scherte. Ganz egal, wie der Bundestagswahl-Krimi nun ausgehen würde.

Doch was trat da in den schwungvoll gefahrenen Kurven zutage? Zunächst musste Schall nur ein wenig aufstoßen, erneut mit kleinen Sodbrenner-Grüßen aus dem unruhigen Magen. Dieser rebellierte nun immer vehementer.

Schall schnipste die nur halb aufgerauchte Tüte durch das Fenster hinaus und versuchte sich zu sammeln. Aber das, was vorher so erfolgreich drinnen geblieben war, drängte nun mit aller Macht hinaus. Zum Glück waren die Fenster bereits geöffnet. Schall schaffte es gerade noch, den Kopf rechtzeitig hinauszustrecken und seinen Mageninhalt wie ein Löschflugzeug über der nächtlichen Straße zu versprühen.

„Was bist du denn für einer? Ich dachte, du hast dich im Griff?“

Schall vernahm den Vorwurf des Fahrers nur gedämpft durch den erfrischenden Fahrtwind.

„Pass bloß auf, dass du mir nicht die Sitze vollkleckerst!“

Schall spuckte ein letztes Mal beherzt aus, wischte sich mit einem Taschentuch den Mund ab und entschuldigte sich aufrichtig zerknirscht. Er verwies auf die zwei Flaschen Wein, die er sich nur wegen einer verlorenen Bürowette einverleibt hatte, traf damit jedoch bei seinem Fahrer auf wenig Verständnis: „Das weiß doch wirklich jeder, dass man besoffen nicht kiffen sollte.“

Schall nickte.

Der Gute hatte ja so recht.

Schall war das Ganze plötzlich unheimlich peinlich.

Nicht nur, dass er sich übergeben hatte – ausgerechnet ein in Rauschfragen weitgehend unerfahrener Taxifahrer musste ihn an das rudimentäre Basiswissen in Sachen Cannabiskonsum erinnern. Aber so war das nun mal in Berlin.

Schall liebte diese Stadt.

Als das Taxi vor seiner Wohnung hielt, ging es Schall schon deutlich besser. Irgendwie hatte ihm die Kotzerei ganz gut getan, das flaue Gefühl in der Magengegend war verschwunden und die Wirkung seiner grünen Medizin hatte die Oberhand gewonnen. Das Pfefferminzbonbon des Taxifahrers hatte er gerne angenommen, auch wenn ihm klar war, dass er trotzdem erst mal im Badezimmer verschwinden musste.

Als Schall die Wohnung seiner Herzallerliebsten betrat, putzte er sich zunächst ausgiebig die Zähne. Auch das T-Shirt musste er wechseln, am Kragen waren kleine, aber nichtsdestotrotz deutlich sichtbare Überreste des während der Heimfahrt Erbrochenen zu sehen.

Als Schall schließlich zu Susanne ins Bett stieg und sich vorsichtig an sie heran kuschelte, fragte er sich, ob vielleicht doch die Chance bestand, sie aufzuwecken und spontan zu beglücken. Aber eigentlich kannte er die Antwort bereits: Es war nicht seine beste Idee.

Kapitel 24

Hätten sich Lucy und Tyson unter anderen Umständen kennengelernt, wäre es ihnen womöglich gelungen, sich irgendwie zu tolerieren. Aber Tyson kannte ihre Vorgeschichte nicht – wie könnte er auch. Ihm war nur klar, dass Lucy irgendein seltsames Mischwesen war, welches aus unerklärlichen Gründen ebenfalls mit einem Zweibeiner zusammen in dessen Höhle lebte.

Dabei hatte das zweibeinige Wesen Lucy schon vor vielen Jahren mit in seine Höhle genommen, aus der es seitdem kein Entrinnen gab. So richtig in Fahrt kam sie hier nur, wenn sie nachts ein paar sprichwörtliche Hummeln im Hintern spürte und dann mit Höchstgeschwindigkeit von einer Ecke der Wohnung in die andere schoss und dabei einen komplexen Parkur aus Möbeln und Fensterbrettern überwand. Nur ganz selten ging dabei etwas zu Bruch.

Lucy fehlte der Himmel, den sie als Katzenjunges oft erblickt hatte und den sie inzwischen nur noch als abstraktes Kunstwerk hinter unsichtbaren Wänden erahnen konnte. Das war schon ziemlich deprimierend, aber wenigstens gab es hier regelmäßig etwas zwischen die Fangzähne, und wann immer Lucy es wollte, wurde sie gekrault.

Langsam baute sie Vertrauen zu ihrem sie regelmäßig versorgenden Butler-Wesen auf und suchte regelmäßig dessen Nähe. Wie Lucy jedoch bald feststellen musste, war sie nicht immer und überall willkommen. Nachdem sie wieder einmal auf den Küchentisch gesprungen war und das dort ausgebreitete Buffet inspizierte, verwandelte sich das sonst so ruhige Wesen plötzlich in ein tobsüchtiges, das sie nicht nur grob vom Tisch schubste (das hätte Lucy nicht weiter gestört, da sie eh immer auf ihren vier Tatzen landete) sondern sie anschließend auch noch laut schreiend mit kaltem Wasser übergoss.

Mit WASSER!

Lucy hasste nichts mehr als nasses Fell.

Als kleines Kätzchen war sie, wenn auch nur kurz, in eine gut gefüllte Badewanne gefallen. Die Todesangst, die sie in diesen wenigen Sekunden verspürte, hatte sich tief in ihre sensible kleine Katzenseele eingebrannt. Und sie kam wieder hoch, als sie plötzlich so durchnässt dastand. Ohne einen Zusammenhang zu ihrem Sprung auf den Küchentisch herzustellen, verlor sie schlagartig ihr zaghaft aufgebautes Vertrauen zu ihrem Versorgerwesen, dessen Verärgerung sie klar und deutlich gespürt hatte. Lucy hielt fortan lieber reichlich Abstand und ließ sich einfach nicht mehr streicheln – auch wenn sie weiterhin täglich ihr Futter akzeptierte.

Beziehungsweise erwartete.

Mit der Zeit nahm Lucys feines Näschen immer öfter die Ausdünstungen einer vergoren riechenden Flüssigkeit wahr, die das Höhlenwesen jeden Abend in sich hineinkippte. Manchmal schlief es dann direkt auf dem Sofa ein, manchmal schleppte es sich noch bis ins Bett. Dieses seltsame magische Getränk machte das Butler-Wesen völlig unberechenbar und zudem extrem tollpatschig. Lucy hatte bald begriffen, dass ein direkter Zusammenhang zwischen der verschluckten Menge und dem Grad der anschließenden Verwirrung bestand, die sich im besten Fall als gequälte gute Laune und im ungünstigsten Fall als rasende Wut zeigte. In manchen Nächten spürte Lucy regelrecht den unterdrückten Zorn des berauschten Wesens auf die Welt, die es als überaus ungerecht empfand.

Eines Tages änderte sich alles.

Der Zorn und der vergorene Geruch waren verflogen – dafür roch es nun abends immer öfter nach verbrannten Kräutern. Das Aroma war für Lucy zunächst ungewohnt, aber nicht unangenehm, zudem machte es das Höhlenwesen immer ganz ruhig und irgendwie zufrieden. Es war dann zwar gelegentlich immer noch so tollpatschig wie zuvor, doch nun konnte es über eigene Fehltritte lachen, anstatt sich lautstark zu beschweren. Lucy registrierte diese Veränderung ihres Butler-Wesens, blieb dabei aber skeptisch. Sie ging dem zweibeinigen Wesen weiterhin aus dem Weg, ließ aber langsam wieder zu, dass es zu ihr kam und sie (wo immer sie gerade herumlag) ein wenig streichelte.

Lucy konnte natürlich nicht ahnen, dass dieses kleine Zugeständnis dem einsamen Wesen längst nicht reichte und sie damit selbst direkt verantwortlich für das war, was nun folgte: Aus zwei wurden drei.

Von heute auf morgen mischte ein tapsiges kleines Energiebündel die gar nicht so große Höhle gehörig auf. Lucy hielt es zunächst für einen jungen Artgenossen, doch bald häuften sich die Anzeichen dafür, dass dem nicht so war. Der kleine Vierbeiner sonderte oft lautstarke Geräusche ab, die ihn eindeutig als Artgenossen disqualifizierten. Seine respektlose Art, sich ihr zu nähern, lernte sie zu ertragen, da sie spürte, dass er nicht bösartig, sondern lediglich jung, neugierig und unbeholfen war. Hier und da musste sie den Kleinen natürlich mit einem wohlplatzierten Tatzenhieb maßregeln – sonst würde er ja nie was dazulernen. Rätselhaft blieb derweil das spezielle Verhältnis des Zweibeiners zu dem neuen Mitbewohner, dem seltsamerweise gestattet wurde, die Höhle zweimal täglich zu verlassen. Ganz im Gegensatz zu Lucy, die das eifersüchtig registrierte.

Es war ihr gerade erst gelungen, sich halbwegs an die neuen Lebensumstände zu gewöhnen, als sie erneut feststellen musste, dass sie keinerlei Mitspracherecht bei der Frage hatte, wer hier noch so alles einziehen durfte. Denn plötzlich waren da ZWEI kleine lautstarke Wesen – und das etwas größere, das gelegentlich auf den Namen „Tyson“ reagierte, schien sie für eine Art Beute zu halten. Es rannte immer wieder laut krakeelend auf Lucy zu und schien sehr daran interessiert zu sein, sie mit ihrem Maul zu erwischen. Nur durch beherzte Sprünge auf Tische oder Schränke konnte sich Lucy dem gewaltsamen Zugriff entziehen und fauchend ihrer Missbilligung Ausdruck verleihen.

Was wollte dieser aufgedrehte Eindringling hier?

Dies war schließlich ihre Höhle – doch wie sie bald feststellen musste, konnte sie sich nur noch dann gefahrlos in ihr bewegen, wenn ihre drei Mitbewohner zu einem ihrer ominösen Spaziergänge aufgebrochen waren.

Es dauerte nicht lange und Tyson machte eine für ihn völlig neue Erfahrung: Man widersetzte sich ihm.

Für Lucy war der beherzte Prankenhieb auf Tysons empfindliche Nase ein reiner Glückstreffer, den sie fast schon in Panik ausgeführt hatte. Zuvor hatte sie sich buchstäblich in die Ecke gedrängt gefühlt und keine einfache Fluchtmöglichkeit gesehen. Folglich verpasste sie Tyson instinktiv einen kräftigen Hieb mit der Tatze und sprang dann, seine Überraschung gekonnt ausnutzend, an ihm vorbei auf einen Schrank, von dem aus sie ihn argwöhnisch beobachtete.

Tyson hatte laut aufgejault, als sich die Krallen der Katze in sein empfindliches Riechorgan bohrten, es war ein Schmerzlevel, das ihm bis dato völlig unbekannt gewesen war. Dementsprechend verunsichert nahm er zur Kenntnis, dass sich dieses seltsame Mischwesen offensichtlich nicht als Beute betrachtete und durchaus wehrhaft war.

Vielleicht war es ja an der Zeit, gewisse Gewohnheiten zu überdenken? Nicht, dass Tyson in der Lage gewesen wäre, das tatsächlich zu überdenken, aber er war auch nicht dumm. Instinktiv schaltete er fortan bei Attacken auf andere Lebewesen einen Gang runter und ging die Sache deutlich spielerischer an. Dass das oft viel mehr Spaß machte, hatte ihm sein kleiner Kumpel längst beigebracht.

Lucy ihrerseits blieb skeptisch gegenüber Tyson. Vor diesem verrückten Vierbeiner fühlte sie sich nur auf höheren Ebenen sicher, da das Vieh zum Glück nicht klettern konnte. Dafür hatte es andere komische Angewohnheiten, wie seine gelegentlich einsetzenden Unterleibszuckungen, die ihn seltsamerweise immer dann überkamen, wenn seine kleinen Vorderbeinchen irgendetwas umklammert hielten. Mal war es ein Kissen, mal eine im Rhythmus der Bewegungen quietschende Gummiente und manchmal sogar das eine oder andere Schienenbein des zweibeinigen Höhlenwesens, dem das aber gar nicht zu gefallen schien. Fasziniert hatte Lucy beobachtet, wie das Zweibeinerwesen Tyson abzuwehren versuchte und dabei erzieherisch gebissen wurde. War das vielleicht die Art und Weise, wie diese Wesen ihre Zuneigung anderen gegenüber ausdrückten? Doch noch bevor sich Lucy einen Reim auf das seltsame Verhalten ihres neuen Mitbewohners machen konnte, war der schon wieder verschwunden. So überraschend, wie er kam, war er wieder gegangen.

Okay, eigentlich war er „gegangen worden", denn weder Lucy noch Tyson waren in der Lage, das menschliche Sprichwort zu begreifen, nach dem man besser nicht die Hand beißt, die einen füttert. Aber genau das hatte Tyson getan, der fortan reichlich Zeit zum Nachdenken hatte. Nicht, dass er die Zeit tatsächlich genutzt hätte, aber er hatte sie. Und irgendwie ahnte er auch, dass er bestraft worden war. Hatte das vielleicht etwas mit seiner unglaublichen Libido zu tun? Oder lag es an dem eigentlich nicht nennenswerten Biss in eine der unförmigen Extremitäten des Zweibeiners?

So oder so fand Tyson seine Inhaftierung völlig ungerechtfertigt, noch nie hatte ihn jemand in einen Käfig gesteckt und durch die Gegend gefahren.

Doch damit nicht genug. In dem seltsam interessant riechenden Haus, in das er gebracht wurde, nahm er zahlreiche Leidensgenossen wahr, die dort bereits zusammengepfercht waren. Ihre Käfige waren zwar deutlich größer als die mobile Einzelzelle, in der Tyson eingeliefert wurde, aber trotzdem war er verwirrt: Wieso war er in diesem Vierbeiner-Knast gelandet?

Lucy dagegen nahm schnurrend und mit dem größten Wohlwollen zur Kenntnis, dass der rabiate Störenfried nicht wiedergekommen war. Ihr Verhältnis zu dem heranwachsenden Welpen war besser denn je, und auch der Zweibeiner war irgendwie ausgeglichener und ein Anderer geworden. Und obwohl der charakteristische Kräuterrauch an windstillen Abenden ganz schön lästig in der Luft hängen konnte, lagen die Drei meist friedlich kuschelnd auf dem Sofa zusammen. In manchen dieser Momente spürte Lucy bei ihrem zweibeinigen Butler auch wieder ein Gefühl, das längst vergessen schien: ein Anflug von Glück.

Kapitel 25

Als sich Schall an diesem Abend neben Susanne aufs Sofa fallen ließ, verfolgte diese gerade ein Politmagazin im Fernsehen.

Schall küsste sie zur Begrüßung ungestüm: „Na, alles stabil bei dir?"

Susanne nickte abwesend: „Yo, soweit – so stabil."

Schall startete eine unverkennbare Schmuse-Attacke in der Hoffnung auf leidenschaftlichen Sex, zu dem es in der Nacht zuvor nicht mehr gekommen war. Doch in Bezug auf die letzte Nacht brannte Susanne eine ganz andere Frage unter den Nägeln: „Als ich heute Morgen aufgestanden bin, hast du wie ein alter Säufer gestunken. Das war wirklich eklig. Warum musstest du dich denn gestern so betrinken?"

Schall bemühte sich sogleich zu versichern: „Das war nur so ein Wetteinsatz. Hätte ich gewonnen, wäre Rausch gezwungen gewesen, sich den ganzen Abend lang meinen heiligen Hanfblüten zu widmen. Aber so musste ich gestern Abend leider zwei Flaschen Rotwein schlucken."

So ganz hatte Schall die Idee einer spontanen körperlichen Ekstase noch nicht aufgegeben: „Schau mal, Schatz, dafür habe ich heute aber auch nur einen einzigen Joint geraucht."

Susanne lächelte ihn spitzbübisch an: „Na, dann genieß mal diesen Zustand, aber nicht auf mir. Ich schaue nur noch die Sendung zu Ende und gehe dann ins Bett. Ich muss morgen ja wieder früh raus."

Schall hatte mittlerweile begriffen, dass auch diesmal nichts laufen würde. Nach kurzem Überlegen griff er sich sein Tablet, um darauf irgendein Tower Defense-Game zu zocken, während er nebenbei das laufende Nachrichtenmagazin verfolgte, das gerade seinen letzten Beitrag ankündigte. Dieser drehte sich um einen „mutmaßlichen Drogendealer", der „auf der Flucht erschossen" worden war. Als im weiteren Verlauf der Berichterstattung die Sprache darauf kam, dass das Opfer zuvor bereits wegen des Handels mit Cannabis im Gefängnis gesessen hatte, wurde Schall hellhörig. Er stimmte nämlich mit dem derzeit gültigen Strafrecht ganz und gar nicht überein. Deshalb nahm er auch gern mal wenig lukrative Fälle an, bei denen er armen Teufeln, die wegen irgendeines kleinen BtMG-Vergehens angeklagt wurden, aus der Patsche half. Ermittlungen gegen Konsumenten oder Drogenhändler lehnte er hingegen kategorisch ab, da selbst die Händler nur eine real bestehende Nachfrage deckten, die durch staatliche Verbote nun mal in die Illegalität verschoben war. Die Drogengesetzgebung musste endlich modernisiert, angepasst und am besten komplett reformiert werden. Schall war fest davon überzeugt, und inzwischen teilte sogar Rausch diese Ansicht. Und das war wirklich ein hartes Stück Arbeit gewesen.

Während die 13. Angriffswelle auf Schalls Tablet-PC losstürmte, erläuterte der TV-Reporter gerade weitere Einzelheiten des vorgestellten Falles: „Die zwei Zivilpolizisten passten den Täter im Bereich des U-Bahnhofs Hermannstraße ab, sie hatten einen Haftbefehl. Andreas B. soll in großem Stil mit Marihuana gehandelt haben."

Schall pausierte sein Computerspiel und konzentrierte sich nun auch auf das großformatige Fernsehbild, auf dem gerade die entscheidende Szene für die Kamera nachgestellt wurde: „Ein Warnschuss – trotzdem läuft Andreas B. davon. Um die Flucht des Verdächtigen zu verhindern, setzt einer der Polizisten zu seinem zweiten Schuss an. Die Kugel trifft Andreas B. ins Genick, der 33-jährige ist auf der Stelle tot. Erschossen auf der Flucht.“

Schall konnte es kaum glauben und kommentierte: „Was für Arschlöcher! Wieso mussten die dem Dealer gleich einen Genickschuss verpassen?“

Das schienen sich auch die Reporter des Nachrichtenmagazins zu fragen, die nach der Schilderung des Falls dazu übergingen, die politische Dimension des Ganzen zu ergründen. Denn infolge der ungewöhnlichen Umstände dieses polizeilichen Todesschusses war eine gesellschaftliche Diskussion darüber entbrannt, unter welchen Umständen auf Flüchtende mit Tötungsabsicht geschossen werden darf.

Schall fand diese Frage mehr als gerechtfertigt.

Bei flüchtigen Massenmördern oder Gewaltverbrechern wäre das ja vielleicht noch okay, aber bei Parksündern und Weed-Dealern? Irgendwo sollte da schon eine klare Grenze gezogen werden. Aber wie ihm die TV-Berichterstattung gerade bewies, schienen das die zuständigen Behörden ganz anders zu sehen. Danach habe „der Polizist völlig rechtmäßig gehandelt“ und es läge „ein tragischer Unglücksfall vor“.

Auch die Politik in Person eines CDU-Sprechers versuchte sogleich den Todesschuss zu rechtfertigen: Schließlich habe es sich bei Andreas B. um einen Kriminellen gehandelt, der sich der Festnahme entziehen wollte. Da müsse man als Polizist auch schießen dürfen – so zumindest der interviewte CDU-Politiker. Dabei steht, wie der Bericht ausführlich erläuterte, im deutschen Polizeigesetz ganz klar: „Schusswaffen dürfen gegen Personen nur gebraucht werden, um sie angriffs- oder fluchtunfähig zu machen."

Klar, der ebenfalls interviewte Schütze versicherte, er habe nur auf die Beine des Flitzenden gezielt, doch trotz des verhältnismäßig geringen Abstands von weniger als fünf Metern traf die Kugel sein Genick. Die zuständige Staatsanwaltschaft urteilte: „Der Zielfehler liegt im noch hinzunehmenden Risiko von gezielten Schüssen auf Personen."

Die Gewerkschaft der Polizei unterstützte den Todesschützen ebenfalls medial und erklärte, dass man dem Absender der Kugel keinerlei Tötungsabsicht unterstellen könne. Nur die zuständige Staatsanwaltschaft lehnte wiederholte Interviewanfragen des Fernsehsenders mit der Begründung ab, der Sachverhalt sei „zu schwierig" für ein kurzes Interview. Nun fragten sich nicht nur die recherchierenden TV-Reporter: War es wirklich nötig, auf einen unbewaffneten Mann zu schießen und dabei dessen Tod in Kauf zu nehmen? Dazu befragte Rechtsexperten und der Europäische Gerichtshof erklärten, der Schuss wäre rechtswidrig erfolgt und dazu völlig unverhältnismäßig. Denn Straftat sei eben NICHT gleich Straftat und daher kann ein Haftbefehl wegen Cannabis nicht genauso betrachtet werden wie einer für Mord, Kinderschändung oder Terrorismus. Folglich hätte man auf den flüchtenden Weed-Dealer gar nicht erst schießen dürfen – zumal bekannt war, dass dieser bisher keinerlei Gewaltneigungen gezeigt hatte.

Schall nickte zustimmend, er sah das ganz genauso, auch wenn sich seine Augen und Finger schon wieder weitgehend auf sein Tablet-Game konzentrierten. Daher entging ihm auch der seltsam versteinerte Ausdruck auf Susannes Gesicht, als der Bericht schließlich mit der Information zu Ende ging, dass der Gesetzgeber trotz all dem nichts ändert wird. Die Reporter hatten bei allen Innenministerien der 16 Bundesländer nachgefragt, ob nicht in Sachen polizeilicher

Schusswaffengebrauch ein gewisser Reformbedarf bestünde – doch nicht ein einziges Ministerium sah hier konkreten Handlungsbedarf.

Warum?

Eine mögliche Erklärung lieferten die investigativen Journalisten in ihrem Fazit, als sie schlussfolgerten, dass es derzeit keinen großen Reformdruck auf Polizei und Behörden gäbe, da diese selten mehr als zehn Menschen im Jahr erschießen. Da mag das Einzelschicksal durchaus tragisch sein, die Gesamtmenge der tödlichen Polizeischüsse sei aber so gering, dass sich bisher niemand ernsthaft mit dieser Problematik auseinandersetzen musste.

„Unglaublich!“, sagte Schall mehr zu sich als zu Susanne. „Für die sind zehn Tote im Jahr scheinbar nichts. Wer weiß, für was die anderen neun Leute erschossen wurden, aber bei einem Weed-Dealer ist ein gezielter Todesschuss wirklich viel zu krass! Wie haben die das gleich genannt? Ach ja: unverhältnismäßig. Das ist doch total unverhältnismäßig!“

Susanne schwieg und saß wie versteinert da.

„Hey, hat's dir etwa die Sprache verschlagen?“, fragte Schall mit etwas mehr Timbre in der Stimme und rückte ganz nah an sie heran. Erneut konnte er seine Finger einfach nicht bei sich behalten, er ließ sie wie kleine Tierchen auf ihrem Oberschenkel herumkrabbeln.

„Lass das“, herrschte ihn Susanne daraufhin ungewohnt scharf an und begann kurz darauf Rotz und Wasser zu heulen.

„Susi, um Gottes willen, was ist denn los?“, entschlüpfte Schall eine in Schwaben verbreitete Redensart, die in Berlin wegen des altmodischen Gottesbezugs eher verpönt war. „Susi, nun sag schon, was ist los? Soll ich dir vielleicht einen drehen?“

Etwas anderes fiel ihm einfach nicht ein, er fühlte sich hilflos, denn er sah seine Freundin zum allerersten Mal in solch einem gebrochenen Zustand. Ein ums andere Mal fragte er nach, ohne eine Antwort zu bekommen. Erst nach ein paar Minuten kam Susanne langsam wieder zu sich: „Das ist ..."

Doch über diesen Versuch sich zu artikulieren, kam sie nicht hinaus. Ihre Stimme zitterte, und die Tränen schienen ihr einfach nicht auszugehen.

„Ganz ruhig", sagte Schall zärtlich, als wolle er ein außer Rand und Band geratenes Kleinkind beruhigen. „Es gibt nichts, was wir nicht klären können. Ich verspreche dir, dass ich alles wieder in Ordnung bringe! Ganz egal, was es ist!"

Nach diesen Worten öffnete Susanne ihre schönen blauen Augen und blickte Schall gequält an. Sie atmete tief durch und sagte, sich zur Ruhe zwingend: „Das kannst du leider nicht – oder kannst du vielleicht Tote zum Leben erwecken?"

Schall verstand immer noch nicht, wieso seine Freundin so heftig auf diesen Fernsehbericht reagierte. Auch er fand es das Allerletzte, was die Bullen da abgezogen hatten, aber das war doch kein Grund, sich dermaßen runterziehen zu lassen.

„Der Tote ist Andy", kam Susanne auf den Punkt.

Erneut flossen dicke Tränen, gefolgt von lautem Schluchzen. Sie legte ihren Kopf trostsuchend an Schalls Schulter, während dieser sich noch nicht sicher war, ob er gerade richtig gehört hatte.

„Da ging's um Andy?", vergewisserte er sich ungläubig.

Durch Susannes Kopfbewegung an seiner Schulter spürte er, dass sie unmerklich nickte.

„Dann werde ich herauskriegen, was da vor sich gegangen ist", erklärte Schall mit nun auch leicht zittriger Stimme und hoffte, damit Susanne etwas beruhigen zu können. Doch die machte sich von ihm los, rückte einen halben Meter weg und starrte ihn eindringlich an.

„Du musst mir schwören, dass du alles in deiner Macht stehende unternimmst, um herauszufinden, wie es soweit kommen konnte."

Schall nickte, schluckte und versicherte notgedrungen: „Das werde ich, versprochen!"

Hätte er gewusst, was ihm dieses Versprechen noch abverlangen würde, hätte er zumindest kurz gezögert.

Kapitel 26

Tags darauf überschlug sich Susannes Stimme beinahe in ihren eigenen vier Wänden: „Andy war nicht lebensmüde – und er war auch nicht blöd. Er wusste ganz genau, wie das mit der Staatsmacht läuft."

„Vielleicht war es ja eine Kurzschlussreaktion", warf Schall ein, der wie sein Partner Rausch in Trauer vermittelndes Schwarz gekleidet war. „Die wollten ihn hochnehmen und da hat er einfach Panik gekriegt."

Rausch nahm die bauchige Rotweinflasche und goss ein voluminöses Burgunder-Glas zu einem Drittel voll, während er durch leichtes Räuspern seinen bevorstehenden Redebeitrag ankündigte: „Immerhin saß er ja schon mal wegen Cannabis ein, da kann es doch sein, dass ihn diese Erfahrung so geprägt hat, dass er um nichts in der Welt zurück ins Gefängnis wollte."

Schall streichelte seiner Freundin liebevoll den Rücken und hatte die andere Hand beruhigend auf ihren Oberschenkel gelegt, obwohl diese emphatischen Liebesbekundungen ihren derzeitigen Gemütszustand nicht verbessern konnten.

Rausch hielt ihr eine Pillenpackung und ein Glas Wasser unter die Nase.

„Das ist ein starkes Beruhigungsmittel, eine davon sollte völlig reichen", gab er den erfahrenen Apotheker. Susanne lehnte dankend ab und blickte Schall fragend an. Dieser verstand sofort: „Schon klar, ich bau mal einen Kleinen.“ Und an Rausch gewandt: „Mein lieber Freund, Susi hat ganz recht. Ein bisschen Bio-Gras wirkt in solchen Situationen hundertmal besser als dein Pharma-Scheiß.“

Rausch schüttelte wenig überzeugt den Kopf, als die Klingel ertönte und alle drei zusammenschraken. Beinahe synchron richteten sich ihre Blicke in Richtung Eingangsbereich.

„Wer ist das denn jetzt?“, fluchte Schall und stellte die Joint-Baumaßnahmen erst mal ein. „Erwartest du noch jemanden?“

Susanne schüttelte den Kopf.

„Ich bin doch gar nicht in der Lage, jemanden zu empfangen“, behauptete sie und begann wieder zu schluchzen. „Bitte wimmelt sie ab – wer auch immer das ist.“

Rausch hatte beinahe unbemerkt eine der weißen Tabletten aus dem Blister in Susannes Hand gedrückt, während Schall zur Freisprechanlage ging. Unschlüssig ließ Susanne die kleine Tablette mit der Bruchspalte zwischen Daumen und Zeigefinger hin und her wandern: „Naja, viel schlimmer kann's ja eh nicht mehr werden.“

Kurz entschlossen schnappte sie sich das Wasserglas und spülte die Tablette hinunter.

„Zehn bis fünfzehn Minuten“, orakelte Rausch, „dann sollte es dir besser gehen. Gleich wirst du ruhiger.“

Doch an Ruhe war gerade nicht zu denken, die alarmierende Stimme Schalls verkündete vom Flur aus „Besuch vom LKA!“ und Susanne war froh, sich nur die Tablette und keinen Joint reingezogen zu haben. Wer weiß, was passiert wäre, wenn die Beamten hier eine verräucherte Kiffer-Höhle vorgefunden hätten.

„Die sind aber von der ganz schnellen Truppe“, wunderte sich Rausch. Wenige Sekunden später betraten zwei kräftige Männer das Zimmer, denen man ansah, dass sie ihre Zeit nicht nur am Schreibtisch verbrachten. Beide trugen einen beinahe militärisch kurzen Haarschnitt und leichte Sommerlederjacken, die sicherlich nicht ganz billig gewesen waren.

„Kriminaloberkommissar Ullstein", stellte sich der eine vor und verwies auf seinen Partner, „und das ist Kriminalkommissar Dinkelmann. Wir ermitteln im Fall Ihres unglücklich zu Tode gekommenen Bruders Andreas Borchardt. Zunächst möchten wir Ihnen unser herzliches Beileid aussprechen."

„Herzliches Beileid", echote Dinkelmann dröge.

Schall und Rausch blickten sich irritiert an, Susanne nickte wortlos. Da musste Schall einfach übernehmen: „Sind Sie nicht die Polizisten, die auf Andreas geschossen haben? Da kann ich mich nur wundern, dass Sie hier von einem ‚Unglück' sprechen und noch immer mit den Ermittlungen in diesem Fall betraut sind. Hätten Sie nicht längst aus Befangenheitsgründen abgezogen werden müssen?"

Die Worte waren kaum verhallt, als Schall bemerkte, dass er gerade viel aggressiver als beabsichtigt geklungen hatte. Sollten die beiden Kriminalpolizisten von diesem unerwarteten verbalen Angriff überrascht gewesen sein, ließen sie es sich nicht anmerken. Denn die zwei ausdruckslosen Gesichter mit den fordernden Augen ignorierten seine Frage geflissentlich.

„Dürfte ich erst mal erfahren, wer Sie sind?"

Ullstein bedachte Schall mit einem jener typisch harten Bullenblicke, die vorgeben, bis ins Innerste eines Menschen blicken zu können. Das war natürlich totaler Schwachsinn, reichte aber, um die meisten Menschen zu verunsichern. Und genau darum ging es hier.

„Mein Name ist Schall, ich bin der Freund von Susanne Borchardt, die, wie Sie sicherlich wissen, die Schwester des von Ihnen erschossenen Andreas Borchardt ist", antwortete Schall ruhig und hielt den eindringlichen Beamtenblicken stand. „Außerdem betreibe ich gemeinsam mit meinem Kollegen Rausch“, sein Blick wanderte zu ebenjenem hinüber, „eine Privatdetektei. Wir sind also auch an einer schnellen Aufklärung dieses Falls interessiert.“

„Das ist gut“, schaltete sich Dinkelmann ein, „denn das ist auch unser Ziel. Und wenn wir dabei an einem Strang ziehen, können wir sicherlich alle Fragen schnell klären. Wir sind Ihnen gegenüber zwar in keiner Weise erklärungspflichtig, aber um die Basis für ein vertrauensvolles Miteinander zu schaffen, möchte ich Ihnen kurz die Gesamtsituation erläutern. Das hilft Ihnen vielleicht dabei, unsere Entscheidungen zu verstehen.“

Die drei so überraschend Besuchten nickten unisono, woraufhin Dinkelmann fortfuhr: „Am Tag vor dem tragischen Unfall erging gegen Herrn Borchardt ein Haftbefehl wegen schwunghaftem Handel mit Marihuana und der Bildung einer kriminellen Vereinigung. Da wir in ähnlichen Fällen der organisierten Drogenkriminalität immer häufiger mit tödlichen Waffen angegriffen werden, geht bei solchen Einsätzen mittlerweile die Eigensicherung über alles. Das ist von der obersten Polizeileitung so vorgeschrieben, dazu gibt es sogar einen entsprechenden Erlass.“

Dinkelmanns verständnisheischender Blick wanderte zu Susanne, die zusammengekauert auf dem Sofa saß und auf ihren Fingernägeln kaute, während sich das Valium der Tablette langsam in ihrem Körper verteilte und für etwas innere Ruhe sorgte. Schließlich ließ sie ihre Fingernägel in Ruhe, lehnte sich zurück und lauschte mit geschlossenen Augen Dinkelmanns weiteren Worten: „Trotz bereits gezückter Waffe und mehrfacher Aufforderung stehenzubleiben, rannte Borchardt direkt auf mich zu. Dabei griff er in seine Jackentasche und wir mussten davon ausgehen, dass er eine Schusswaffe herausziehen würde. Also legten wir auf ihn an – und kurz darauf fielen mindestens zwei Schüsse. Allerdings ist noch nicht abschließend geklärt, ob der tödliche Schuss tatsächlich von Kriminaloberkommissar Ullstein abgegeben wurde. Er hat zwar in Borchardts Richtung geschossen, dabei aber nur auf seine Beine gezielt."

Dinkelmann schaute betroffen zu Boden, woraufhin Ullstein gekonnt übernahm: „Leider kommt es gelegentlich vor, dass Waffen verschleißen – vielleicht war ja der Lauf beschädigt und die Kugel ging deshalb so weit daneben. Aber eigentlich gehen unsere Vermutungen eher in eine ganz andere Richtung, denn wir haben beide noch einen zweiten Schuss gehört. Nach unseren Ermittlungen besteht zudem der dringende Verdacht, dass die Hanoi Hunters, ein skrupelloser krimineller Familienclan mit Sitz in Königs Wusterhausen, Borchardts Tod wollte und deshalb den tödlichen Schuss abfeuern ließ. Diese Einschätzung teilen auch unsere Kollegen. Dienstrechtlich ist es übrigens völlig in Ordnung, dass wir diesen Fall weiterverfolgen, bis die ballistischen Untersuchungen abgeschlossen sind. Und diese werden zweifelsfrei ergeben, dass nicht ich den tödlichen Schuss auf Herrn Borchardt abgegeben habe, auch wenn das derzeit noch die offizielle Version ist, um die Hunters in dem Glauben zu lassen, dass wir sie nicht verdächtigen."

Schall zog die Mundwinkel ebenso skeptisch wie grüblerisch nach unten, irgendwie erschien ihm die Zuversicht der Beamten zu weit hergeholt. Auch die Argumentation gefiel ihm ganz und gar nicht, machte aber durchaus Sinn.

„Unsere bisherigen Ermittlungen haben ergeben, dass Borchardt wegen einer größeren Lieferung Marihuana Probleme mit den Hunters hatte", übernahm Ullstein wieder den Gesprächsfaden. „Einer unserer V-Leute gab uns dazu einen konkreten Hinweis. Vielleicht können Sie uns ja auch etwas dazu sagen?"

Anhand Susannes langsamer Kopfbewegungen war für Menschen, die sie gut kannten, klar ersichtlich, dass sie unter dem Einfluss eines hochwirksamen Beruhigungsmittels stand.

„Sollte ich vielleicht mit einem Anwalt reden, bevor ich was sage?“, fragte sie Schall mit schwerer Zunge.

Dieser schüttelte den Kopf.

„Wir sehen keinen Grund, nicht mit den beiden Herren vom LKA zusammenzuarbeiten“, erklärte Rausch jovial. „Wir denken, dass ihnen ebenso viel an der Wahrheitsfindung liegt wie uns. Und vielleicht war es ja wirklich nicht ihre Kugel, die Andy getötet hat – auch wenn es die Medien bisher so darstellen.“

„Ach ja, die Medien“, seufzte Ullstein und zeigte zum ersten Mal so etwas wie eine weiche Seite, „man kann schon mal Tageszeitungen lesen oder die Fernsehnachrichten gucken, aber man sollte nicht immer alles glauben, was da behauptet wird. Kein Medium ist heutzutage vor Fake News gefeit.“

Er schaute Susanne aufmerksam an, die ihre Augen inzwischen etwas weiter geöffnet hatte.

„Also, was wollten Sie sagen? Sind Ihnen Borchardts letzte Mittäter bekannt? Hat Ihnen Ihr Bruder vielleicht erzählt, von welchem Clan die waren?“

„Nein“, antwortete Susanne träge, „Andy hat höchstens ein paar Andeutungen gemacht.“

Schlagartig ging ein Ruck durch die beiden Kriminalbeamten, die Susanne nun ganz gebannt anstarrten, während diese gemächlich (wie beim Kaffeekränzchen mit Omi) berichtete: „Er wurde nie konkret, vermutlich, um mich zu schützen. Allerdings hat er durchblicken lassen, dass er vor ein, zwei Jahren ein paar Supertypen kennengelernt hatte ...“, bei „Supertypen“ machte sie die international anerkannte Geste für in die Luft gesetzte Anführungszeichen, „... mit denen er sich dann zusammengetan hat. Was auch immer das heißen mag.“

„Hat er diese Typen beschrieben?“, hakte Ullstein nach. „Das wäre für uns von zentraler Bedeutung. Nicht nur, um den Tod ihres Bruders schnellstmöglich aufzuklären, sondern auch, um jene zur Strecke zu bringen, die dafür verantwortlich sind, dass er wieder auf die schiefe Bahn geraten ist. Denn hätte Ihr Bruder nicht kiloweise Marihuana angebaut, wäre er bestimmt noch am Leben. Bitte denken Sie also ganz genau nach!"

Wegen der inzwischen voll einsetzenden Wirkung des Beruhigungsmittels sah Susannes Nachdenken ziemlich seltsam aus – fast schien ihr das Gesicht einzuschlafen.

„Nein", brachte sie schließlich heraus, „er hat mir nur erzählt, dass er einen neuen besten Freund hat, mit dem er über alles quatschen könne. Und dass dieser Freund der erste Mensch seit langem sei, dem er voll vertraut. Er schien mit ihm auch irgendwie geschäftlich verbandelt zu sein, aber er hat nie Genaueres gesagt oder ihn näher beschrieben. Für Andy war es aber auch völlig egal, ob ein Mensch aus Asien, Afrika oder sonst woher kam. Für ihn war nur wichtig, dass er ein gutes Herz hat – und da war er sich bei seinem neuen Freund ganz sicher."

Susanne stoppte abrupt und ihr Kinn berührte kurz ihren Oberkörper, bevor sie wenig unauffällig ein Gähnen unterdrückte.

„Vielleicht weiß ja Katja noch irgendwas", ergänzte sie schläfrig, „sie ist eine gute Freundin und ich glaube, sie und Andy waren auf dem besten Weg, ein Paar zu werden."

Akribisch notierte Ullstein Katjas Name, Adresse und Handynummer, während sich Dinkelmann bereits für die gezeigte Kooperation bedankte.

„Könnten Sie uns bitte noch sagen, was der Grund für den Haftbefehl gegen Andreas war?"

Rausch stellte die Frage ganz sachlich, und beinahe synchron erfolgten zwei behördliche Seufzer.

„Eigentlich dürfen wir Ihnen gar nichts sagen", reagierte Dinkelmann als erster. „Sie wissen schon, Dienstgeheimnis, laufendes Verfahren und so. Aber da

Sie in gewisser Weise vom Fach sind, werde ich Ihnen trotzdem etwas sagen – allerdings nur unter der Voraussetzung, dass Sie diese Informationen vertraulich behandeln und uns im Gegenzug über Ihre Ermittlungsfortschritte auf dem Laufenden halten. Denn wenn wir uns hier irgendwie in die Quere kommen, dann haben wir ein Problem, bei dem wir am längeren Hebel sitzen. Ich hoffe, das ist Ihnen klar."

Wieso Dinkelmann nach diesen Worten ausgerechnet Rausch so scharf anblickte, erschloss sich weder Schall noch dem derart Fixierten. Susanne schien derweil schon wieder in eine Art Halbschlaf verfallen zu sein.

„Das versteht sich natürlich von selbst", erwiderte Schall und zog damit die Aufmerksamkeit zurück auf sich.

„Na, dann legen Sie mal los!"

Ullstein nickte: „Herr Borchardt stand in dringendem Verdacht in Berlin eine oder mehrere professionelle Marihuana-Plantagen betrieben zu haben. Dort produzierte er nach unseren Erkenntnissen Marihuana mit über 30 Prozent THC. Klar, dass so potentes Marihuana auch Neider hervorbringt, schließlich geht es dabei um riesige Summen. Es wurden schon Menschen für deutlich geringere Beträge ermordet, das können Sie mir glauben. Außerdem haben wir aus sicherer Quelle erfahren, dass mit einer seiner letzten Gras-Lieferungen irgendetwas nicht stimmte. Viele Konsumenten flippten wohl regelrecht aus, einige versuchten sogar sich umzubringen oder wurden extrem aggressiv gegenüber anderen. Der Empfänger der verunreinigten Lieferung war ein hochrangiges Mitglied der Hunters, die wir daher hinter dem Mord an Andreas Borchardt vermuten. Der Clan befindet sich momentan eh in einem blutigen Revierkrieg mit einer Horde junger Tschetschenen, die mit allen Mitteln versuchen, das Marktmonopol der Vietnamesen zu brechen – da kommt es auf einen Mord mehr oder weniger auch nicht mehr an."

Ullstein ließ seine Worte kurz wirken und lenkte das Gespräch dann wieder in Richtung Befragung: „Im Augenblick suchen wir nach den illegalen Marihuana-Plantagen, die Borchardt betrieben hat. Haben Sie vielleicht eine Idee, wo die sein könnten?"

Als Susanne wie in Zeitlupe den Kopf schüttelte, atmete Schall innerlich auf.

„Und außer Katja Müller kennen Sie keine weiteren Freunde oder Bekannte von Andreas Borchardt?"

Statt einer Antwort gab es wieder nur ein langsames Kopfschütteln.

„Gibt es noch weitere Familienmitglieder?"

„Nein", antwortete Susanne leise. „Familie haben wir sonst keine mehr. Und von seinem neuen Freund habe ich Ihnen bereits alles erzählt."

Susanne sah in den Augen der beiden Polizisten, dass sie dennoch mehr hören wollten. Aber mehr als „Andy war ein Einzelgänger, er brauchte nicht unbedingt viele Menschen um sich", fiel ihr beim besten Willen nicht ein.

„Hat er Ihnen vielleicht elektronische Geräte wie Computer, Festplatten oder USB-Sticks zur Aufbewahrung gegeben?", fragte Dinkelmann.

„Nein", kam Schall ihr zuvor, „das hätte sie mir längst erzählt."

„Das hatten wir befürchtet", bog Dinkelmann auf die Zielgerade ein und legte schwungvoll eine hochwertige Visitenkarte auf den Tisch. „Sollte Ihnen noch irgendetwas einfallen, kontaktieren Sie uns bitte umgehend!", trichterte er Susanne ein, bevor er seinen Blick zu den beiden Detektiven wandern ließ. „Das gilt natürlich auch für Sie. Wir waren gerade sehr offen zu Ihnen, daher erwarten wir nun dasselbe von Ihnen. Wenn Sie also auf eine interessante Spur stoßen sollten, rufen Sie uns bitte umgehend an. Und das ist eigentlich nicht als Bitte zu verstehen."

„Selbstverständlich“, dienerte Rausch, erhob sich und deutete eine leichte Verbeugung an, woraufhin sich die Drogenfahnder kühl verabschiedeten und die Wohnung verließen.

„Ich bin mir gar nicht mehr so sicher, dass die Andy auf dem Gewissen haben“, sinnierte Rausch kurz darauf. „Man muss die beiden ja nicht mögen, aber sie kamen mir halbwegs korrekt vor. Und wer weiß – vielleicht steckt ja doch etwas anderes dahinter als unangemessener Schusswaffengebrauch. Auch diesen eindeutigen Wink in Richtung der Hanoi Hunters fand ich sehr interessant, denn diese Typen fackeln wirklich nicht lange, wenn sie das Gefühl haben, beschissen worden zu sein. Von denen hab ich schon ein paar krasse Storys gehört, das sind echt ganz üble Burschen.“

Schall nickte und lenkte das Gespräch in eine andere, Susanne nicht noch weiter beunruhigende Richtung: „Klar, aber das bringt uns jetzt nicht weiter. Wir sollten als nächstes Andys Bude durchsuchen und irgendwie herausfinden, wo sich seine Plantagen befinden.“

Rausch nickte gedankenversonnen, während Schall sich verpflichtet fühlte, Susanne bestmöglich zu trösten. Wie er das konkret zu erledigen gedachte, war allen klar: „Ich bau uns erst mal einen Kleinen von Andys Supergras – ich glaube, er hätte das so gewollt.“

Kapitel 27

Seit seiner Ankunft in Berlin wohnte Schall in einer schon etwas heruntergekommenen Altbauwohnung im Stadtteil Pankow. Damals hatte ihn vor allem die niedrige Miete gereizt, und damit die niedrig blieb, hatte er im Laufe der Jahre mehreren Sanierungsversuchen seines Vermieters widersprochen. Susanne kritisierte dieses Verhalten gelegentlich, was darauf zurückzuführen war, dass sie sich längst an einen höheren Wohnkomfort gewöhnt hatte. Für Schall hingegen stellte seine Wohnung mit ihren massiven Kachelöfen und dem Bad aus DDR-Zeiten ein faszinierendes historisches Ambiente dar – eine Sichtweise, der Susanne so gar nichts abgewinnen konnte.

Schall blieb in seiner Pankower Bude normalerweise allein, Besuch kam hier so gut wie nie vorbei, nicht einmal Rausch verirrte sich hierher. Folglich verwunderte es den schwäbischen Schnüffler, als es plötzlich an seiner historischen Wohnungstür klopfte.

Der Einlass begehrende Besuch konnte nicht unpassender kommen. Die letzte Ernte hing nun schon zehn Tage kopfüber bei nur leichter Belüftung in der Dunkelheit seines Growschranks und war damit überfällig fürs Einboxen. Die bereits getrimmten Blütenstände mussten dafür von den jeweiligen Ästen abgeschnitten und in luftdichte Behälter gelegt werden. Schall hatte erst knapp die Hälfte geschafft und dabei bereits eine mächtig verdächtige Geruchswolke produziert. Während der Trocknung im Schrank neutralisierte der integrierte Aktivkohlefilter alle Gerüche, aber jetzt zog ein mehr als eindeutiger Grasgeruch durch die Wohnung.

Und erneut klopfte es an der Wohnungstür.

Schall entschied sich, auf den vielleicht wichtigsten Ratschlag des Reiseführers „Per Anhalter durch die

Galaxis“ zu hören und nicht in Panik zu verfallen. Er gab der Neugier nach und schlich auf Zehenspitzen durch die Diele, um vorsichtig durch den Türspion zu linsen. Auf dem letzten Meter knarrte der alte Holzboden, was seine Anwesenheit verriet - nun konnte er auch direkt öffnen.

Vor der Tür stand seine verheulte Susanne, die an diesem Abend doch nicht alleine bleiben wollte. Sie hatte zunächst angenommen, dass sie vor allem ihre Trauer-Ruhe brauche, aber selbst in ihrer schicken sanierten Wohnung waren die dunklen Gedanken so übermächtig geworden, dass sie sogar eine Nacht in Schalls Bruchbude in Kauf nahm, um der beängstigenden Einsamkeit zu entfliehen.

Nicht zuletzt um sich abzulenken, half Susanne beim Einboxen der restlichen Ernte und heuchelte dabei sogar etwas Interesse an den Einzelheiten der Hanfblüten-Trocknung. Wie sie daraufhin von Schall erfuhr, lag der Sinn und Zweck ihres „Einboxens“, also der Zwischenlagerung der Ernte in luftdichten Behältern, darin, die im Inneren der Blüten noch vorhandene Restfeuchtigkeit langsam und schonend herauszuziehen. Dazu wurden die weiterhin im Dunkeln gelagerten Behälter mit den „eingeboxten“ Blüten einmal täglich für etwa eine halbe Stunde geöffnet – und drei, vier Wochen später waren die Blüten dann mit der perfekten Restfeuchte gesegnet. Susanne bereute insgeheim ihre gar nicht so ernst gemeinte Fachfrage, als Schalls Ausführungen zu dem Thema einfach nicht enden wollten. Vom Aroma der noch frischen Blüten verleitet stellte sie schließlich eine für sie äußerst untypische Frage: „Kannst du uns vielleicht einen Kleinen bauen?“

Nicht, dass Susanne sonst nicht gerne mal was mitrauchte, aber das ergab sich meist erst spätabends und vollzog sich dann immer deutlich weniger intensiv als bei ihrem heimlich heimgärtnernden Freund. Daher musste sie sich in der Regel nur entscheiden, ob sie an Schalls Tüten teilhaben wollte oder nicht. Aber dass SIE IHN dazu aufforderte einen zu drehen – das war bisher noch nicht vorgekommen. Normalerweise hatte Schall längst einen gebaut, bevor Susanne überhaupt darüber nachgedacht hatte, ob sie auch schon bereit für ein bisschen grüne Grundstimmung war. Doch jetzt saß sie in seinem Wohnzimmer und verlangte nach einem „Kleinen".

Einer spontanen Eingebung folgend hatte Schall den so überraschend bestellten Joint mit zwei gut durchgetrockneten Blüten seiner jüngsten Ernte versehen, die er sonst nur für berufliche Zwecke verwandte. Vermutlich würde ihr etwas *Truth Amnesia* gut tun – und sei es nur, um sie auf andere Gedanken zu bringen.

Zunächst bewirkte der geheimnisvolle Cannabinoid-Mix in Schalls magischer Sorte bei Susanne nur den immer dringender werdenden Wunsch nach einem erneuten Ortswechsel. Irgendwie wollte sie nun doch wieder zurück in die heimeligen eigenen Wände, vor allem die eigene Badewanne erschien ihr zwischenzeitlich nahezu unwiderstehlich. Kurzerhand rief Schall ein Taxi und bald darauf saß das Pärchen wieder in Susannes Vollkomfort-Wohnung, wo die Hausherrin in einem typischen *Truth Amnesia*-induzierten Laberflash gefangen war. Sie erzählte altbekannte und unbekannte Geschichten von ihrem Bruder und hatte darüber immerhin schon mal aufgehört zu weinen. Schall hatte das alles genau registriert und sah seine Pflegepflicht in kurzen Nachfragen, die dafür sorgten, dass Susannes Laberflash nicht abriss. Und wer weiß – vielleicht würde ja doch noch etwas Neues ans Licht kommen.

Schall hatte dabei nur ein kleines Problem: Aus sozialen und hedonistischen Gründen hatte auch er einen guten Teil des genossenen *Truth Amnesia*-Joints inhaliert, was seine Empathie steigerte, seine Konzentrationsfähigkeit aber deutlich reduzierte. Schließlich bewirkte der Genuss dieser Sorte eine hochgradige geistige Entspannung, die es dem Konsumenten kaum noch erlaubte, etwas anderes als die Wahrheit von sich zu geben. Lügenkonstrukte aufrechtzuerhalten war in diesem Zustand viel zu kompliziert.

Nicht, dass Schall hier hätte lügen wollen, aber so richtig professionell fand er sich gerade auch nicht. Höchstens halbfit – was lag da näher, als spontan seine bessere Ermittlungshälfte anzurufen und sie dazu zu bitten?

Susanne war zunächst wenig begeistert, als aus der trauten Zweisamkeit unvermutet eine irritierende Dreisamkeit wurde. Immerhin mochte sie den eigenbrötlerischen Rausch, und ihr erhöhter Mitteilungsdrang hatte auch immer weniger ein Problem damit, dass nun sogar vier Ohren ihren Ausführungen aufmerksam lauschten.

Die erste Stunde verging ohne neue Erkenntnisse, obwohl Schall das Thema immer wieder geschickt zurück in die jüngste Vergangenheit und zu den letzten Treffen der beiden Geschwister lenkte. Schließlich rollte Susanne genervt mit den Augen: „Viel mehr haben wir echt nicht besprochen. Ich habe euch wirklich schon alles erzählt, was irgendwie relevant sein könnte."

„Dann versuch's doch mal mit dem Irrelevanten!", konterte Rausch kühl, woraufhin Schall, sehr um den Haus- und Seelenfrieden bemüht, schnell noch ein „Bitte" und ein „Schatz" hinzufügte.

„Okay", reagierte Susanne ein wenig gereizt, „dann wollt ihr jetzt vermutlich alle Details über Andys Sichtweise auf Covid-19, den Papst und atheistische Impfgegner hören, oder was? Denn das ist so ziemlich das Einzige, was ich euch bisher noch nicht erzählt habe, weil es ja kaum etwas mit seinem Tod zu tun haben kann."

Schall, der gerne auf jegliche Spritzen verzichtete, ohne dabei ein Impfgegner zu sein, schaute interessiert auf: „Das kann man nie wissen. Und wenn es wirklich das Letzte ist, was du uns noch nicht erzählt hast, dann kannst du danach zumindest sicher sein, dass wir dich nicht weiter löchern werden."

Susanne zuckte mit den Schultern. Ihr war's recht, denn ihre ungewohnte Plauderlaune konnte und wollte sie eigentlich gar nicht unterdrücken. Und wenn die beiden jetzt solche Belanglosigkeiten hören wollten, dann würden sie sie kriegen.

„Okay, Andy fand es bemerkenswert, dass Papst Franziskus in der Corona-Krise alle Staatsoberhäupter und Unternehmen aufgefordert hatte, die Kooperation und nicht die Konkurrenz zu fördern und eine Lösung für alle zu finden. Damit meinte er Covid-Impfstoffe für alle, insbesondere für die Schwächsten und Bedürftigsten. Andy amüsierte sich in gewisser Weise darüber, dass der Papst in der Corona-Krise vernünftiger als zahlreiche Atheisten agierte, die ihrerseits nicht an ein neuartiges Virus oder seine Gefährlichkeit glaubten. Er wunderte sich, wie man gleichzeitig an Gott UND an Impfstoffe glauben kann – denn wenn Gott alles erschafft und bestimmt, dann muss er auch das Covid-Virus erschaffen haben. Früher galten Seuchen ja als die Strafe Gottes und viele Gläubige sehen das heute noch so. Wenn nun der Papst ausreichend Impfstoffe für alle fordert, dann hat er damit ja in gewisser Weise dazu aufgerufen, gegen die göttliche Schöpfung und damit gegen seinen überirdischen Chef vorzugehen. Und da haben wir uns dann gefragt, ob der Papst überhaupt so richtig an Gott glauben kann. Ich war schon der Meinung, aber Andy war sich da nicht so sicher."

Susanne hatte sich in Rage geredet, was Rausch wenig zielführend fand: „Das mag ja bei einer Flasche Côtes du Rhône eine passende Tischkonversation sein, aber hier bringt uns das wirklich nicht weiter."

Schall setzte trotzdem nach: „Wie seid ihr eigentlich auf dieses Thema gekommen?"

Susanne überlegte kurz, dann fiel es ihr wieder ein: „Andy hatte sowas gesagt wie: ‚Mir ist ein kiffender Drogenfahnder lieber, als ein Prohibition predigender Hippie'. Damit versuchte er seine oft verkündete These zu stützen, wonach es nicht darauf ankommt, wer man ist, sondern wie man handelt. So kam er dann auch auf das Papst/Corona-Beispiel."

Schall nickte und blieb am Ball: „Kannte Andy denn irgendwelche kiffenden Drogenfahnder?"

Susanne schüttelte resolut ihren Kopf: „Niemals, wie soll das denn gehen? Das war doch nur ein Beispiel. Wie mit dem Papst, den er übrigens auch nicht persönlich kannte."

„Okay, okay – und worüber habt ihr davor gesprochen?"

„Sorry, das weiß ich echt nicht mehr."

„Komm, streng dich an! Denk nochmal genau nach!"

„Hm, ich weiß nicht. Ich glaube, davor hatte ich ihn gefragt, was er in Zukunft so vorhat. Aber das habe ich euch doch alles schon erzählt!"

Ganz überraschend schaltete sich auch Rausch wieder ein: „Okay, dann lass uns noch ein letztes Mal über dieses Gespräch reden. Du meintest vorhin, Andreas hätte sowas gesagt, wie ‚Meine Zukunft liegt in den Sternen' und dass du nicht so richtig verstanden hast, was er damit meinte. Wie war er denn drauf, als er das sagte? War er niedergeschlagen oder eher euphorisch?"

Susanne brauchte wieder ein paar Sekunden, bevor sie sich erinnern und antworten konnte. „Eher euphorisch, er war ja guter Dinge, dass sich sein Leben in absehbarer Zeit noch deutlicher verbessern wird. Genaueres wollte er dazu aber am Telefon nicht sagen."

Schall blieb dran: „Könnte das vielleicht ein versteckter Hinweis gewesen sein? Hast du vielleicht Sachen von ihm, auf denen irgendwelche Sterne abgebildet sind?"

Susanne klappte die Kinnlade runter. Wie ein Tsunami kam ihr die Erleuchtung: „Na klar, seinen alten Laptop – den hatte ich schon fast vergessen. Vor etwa drei Monaten hatte er sich das neueste Model gekauft und seinen alten Laptop bei mir gelassen. Er meinte dazu nur, dass eigentlich jeder ein digitales Backup seiner wichtigsten Daten außerhalb der eigenen vier Wände deponieren sollte."

Susanne erhob sich und lief aus dem Zimmer: „Augenblick, ich hole ihn mal."

Schall und Rausch blickten ihr erwartungsvoll nach.

Wie sie bald feststellten, war der Akku sogar noch halbvoll. Der Rechner fuhr hoch, doch als er bereit war, wollte er etwas, was heutzutage fast alle digitalen Arbeits- und Kommunikationsmittel verlangen: ein Passwort.

Schall schaute den vor dem Laptop sitzenden Rausch erwartungsvoll an, doch der ließ alle Hoffnungen direkt wieder platzen: „Bei PCs hätte ich sicher was tricksen können, doch bei diesem Teil muss ich passen. Vor drei, vier Jahren war das noch State of the Art."

Er griff sich verlegen an die Brille. Die Existenz dieser Sehhilfe begründete zwar bereits ihre Notwendigkeit, trotzdem war es Rausch unangenehm, sich damit zu zeigen.

Schall wandte sich derweil behutsam an seine Freundin: „Du hast nicht zufällig eine Ahnung, wie Andys Passwort lauten könnte?"

Susanne war sich nicht sicher: „Nur, wenn er auch noch unser altes Familienmuster für Passwörter benutzt."

Schall und Rausch wurden hellhörig und direkt wieder deutlich optimistischer, während Susanne etwas auf einen kleinen Klebezettel kritzelte.

„Versucht es mal damit", sagte sie und reichte Rausch das gelbe Zettelchen, auf dem „tdrahcroB(4991)7€" stand.

„Was soll das denn für ein Muster sein?", wunderte sich dieser, während er die Zeichenfolge sorgfältig abtippte.

Susanne hielt das für eine Frage und antwortete: „Das ist unser Nachname rückwärts. Danach kommt, auch rückwärts, das Geburtsjahr in Klammern, dann die Lieblingszahl und zum Schluss noch das Euro-Zeichen als obligatorisches Sonderzeichen und gutes Omen für die finanzielle Zukunft."

Rausch machte alle Hoffnungen direkt zunichte: „Falsches Passwort – das wäre aber auch zu schön gewesen".

„Vielleicht hat Andy ja nur ein Detail geändert", überlegte Schall laut, „sein Nachnahme und das Geburtsjahr werden es sicher nicht sein, aber vielleicht steht er ja nicht mehr so auf die sieben. Oder er hat ein anderes Sonderzeichen am Ende gewählt. Schließlich hatte er ja zum Schluss schon ziemlich viel Geld."

Rausch runzelte die Stirn: „Und hast du auch irgendeinen konkreten Vorschlag? Ich kann ja nicht alle anderen Zahlen und Sonderzeichen ausprobieren."

Schall trommelte unwillkürlich auf seinen Oberschenkeln, was immer ein Zeichen dafür war, dass er intensiv nachdachte.

„Versuch's mal mit dem Dollar- statt dem Euro-Zeichen", schlug er vor, „vielleicht hat Andy ja ein Währungszeichen gewählt, was auf der Tastatur einfacher zu finden ist."

Rauschs Gesichtsausdruck informierte ihn kurz darauf unmissverständlich, dass der Computer das derart modifizierte Passwort auch nicht akzeptieren wollte. Erneut begann Schall mit seinem unbewussten Schlagzeug-Spiel während er sich wieder Susanne zuwandte: „Hat Andy in letzter Zeit vielleicht mal zu erkennen gegeben, dass die 7 nicht mehr seine Lieblingszahl ist?"

Susanne zuckte mit den Schultern: „Keine Ahnung, er wurde ja am 7. Mai geboren, daher hielt er die 7 früher immer für seine Glückszahl."

Als sie bemerkte, dass diese Antwort weder Schall noch Rausch zufriedenstellte, wurde sie etwas grantig: „Mein Gott, tut mir leid, dass ich mit meinem Bruder nie ausführlich über seine Lieblingszahl gesprochen habe. Das war halt nie ein Thema. Bei Andy ging's ja meistens eh immer nur um das Eine: ums Abharzen und sein ach so tolles Gras!"

Schall konnte es sich nicht verkneifen: „Sorry, Schatz, aber wie du weißt, ist sein Gras wirklich der Hammer."

Susanne zog kritisch die Augenbrauen hoch und auch Rausch konnte dieser Schwärmerei im Augenblick nichts abgewinnen. Aber sie inspirierte ihn zu der entscheidenden Frage: „Gibt es vielleicht irgendeine Zahl, die für Cannabis oder das Kiffen steht?"

Er blickte Schall fragend an, dessen Hanfkompetenz nun gefragt war. Schalls zunächst leichtes Nicken steigerte sich bald in einem nahezu irritierenden Ausmaß: „Na klar, die gibt's: Four/Twenty! Einer urbanen Legende zufolge haben sich in den frühen 70er Jahren Studenten einer kalifornischen High School immer um 4:20 p.m. zum Kiffen getroffen, woraufhin die 420 mit der Zeit zu einem Code für Hanffreunde wurde. So erzählt man es sich zumindest."

Schall hatte seinen Kurzvortrag noch gar nicht richtig abgeschlossen, da signalisierte Rauschs Physiognomie schon, dass auch diese Idee nicht zum richtigen Passwort geführt hatte. Trotzdem schaute er ihn weiter ermunternd an. Ganz so, als ob da noch etwas kommen müsste. Aber mehr als „Hast du's auch schon mal mit der 420 UND dem Dollar-Zeichen probiert?" kam da nicht mehr. Rausch zuckte wenig optimistisch mit den Schultern und tippte „tdrahcroB(4991)420$" ins Password-Feld.

Ein Klick auf „Enter" und siehe da: Sie waren drin.

Wie sie bald feststellten, hatten sie dank der im Rechner gespeicherten Passwörter nun auch Zugang zu den Emails, den Social-Media-Konten und dem Terminkalender des Verblichenen. Die digitale Spurensuche konnte beginnen.

Kapitel 28

„Bist du dir sicher, dass wir das wirklich alles brauchen?"

Schall klopfte gegen Rauschs Jackentasche, in der sich ein Reizgas-Spray und ein altes Springmesser befanden. Zudem ließ eine kleine Ausbuchtung der Jacke auf die Anwesenheit seines kleinen Trommelrevolvers schließen.

Rausch nickte düster und entschlossen, bevor er aufmerksam durch seinen kleinen Feldstecher schaute, den er anschließend Schall hinhielt: „Schau ihn dir doch selbst an! Bei einem Typen wie dem ist äußerste Vorsicht geboten."

Hin und wieder nervten Schall die altklugen Sprüche seines Geschäftspartners und Freundes, der überall Gefahren lauern sah und damit manchmal sogar recht hatte. Trotzdem: alleine der Gedanke an die kleine, aber hocheffektive und unter Umständen tödliche Handfeuerwaffe verursachte Schall Bauchschmerzen, da er Gewalt kategorisch ablehnte. Aber er musste einsehen, dass Waffen bei ihrem Beruf gelegentlich dazugehörten.

Schall blickte konzentriert durch das Fernglas.

„Alles, was ich sehe, ist eine übertrieben fette Schwabbelbacke, die sich gerade feinstes libanesisches Fast-Food reinzieht. Der Typ ist so adipös, dass er schon lange keine Fliege mehr fangen kann – wozu brauchen wir da dein komplettes Waffenarsenal?"

„Nun“, entgegnete Rausch trocken, „mangelnde Beweglichkeit ist nicht alles, vermutlich hat dieser Bursche eine ganze Menge Kraft. Wenn der dich erst mal am Schlafittchen hat, dann möchte ich nicht mit dir tauschen – zumindest nicht ohne Waffen.“

Er grinste Schall düster an, der das aber gar nicht wahrnahm, da er weiter gespannt durch das Fernglas starrte.

„Hmmm“, brummte er schließlich unzufrieden, was Rausch zum Anlass nahm, nachzulegen: „Hör mal, der einzige Bruder deiner Holden ist erschossen worden und wir haben keinen Schimmer, wer es war. Die Bullen, ein Clan-Vollstrecker oder eine andere, uns noch völlig unbekannte Person. Die Auswertung der Spuren, die Andreas Emails und sein Terminkalender enthielten, hat uns nun mal hierher gebracht. Die Adresse dieses abrissreifen Hauses tauchte mindestens so oft in seinem Kalender auf wie die Spitznamen Fat Mike und Stulle.“

Schall schwieg. Wenn Rausch laut denkend in seinen Monolog-Modus verfiel, dann hatte sich Schweigen als der beste Weg erwiesen, diese Vorträge zeitlich zu begrenzen.

„Aber du hast schon recht, Michael Kowalski könnte tatsächlich Fat Mike sein. Bei so einem massiven Körper passt der Name jedenfalls wie die Faust aufs Auge“, gab Rausch versöhnlich zu und sein Redefluss endete abrupt.

Schall nutzte die günstige Gelegenheit und stellte fest: „Deine Analyse der aktuellen Gefahrenlage teile ich aber trotzdem nicht. Was kann denn Schwabbelbacke schon machen, wenn wir einfach zu ihm rübergehen und ein paar Fragen stellen? Dich in Humus ersäufen? Oder mich mit einer brutalen Frontalattacke seiner Wampe in die ewigen Jagdgründe schicken? Lassen wir die Kirche“, wie immer, wenn ihm Schall mit Sprichwörtern kam, die einen religiösen Bezug aufwiesen, verdrehte Rausch genervt die Augen,

„doch mal im Dorf. Dein unserer Zunft unwürdiges Ach-was-hab-ich-Schiss-und-kompensiere-das-mit-Waffen ist hier wirklich fehl am Platz."

„Schscht!", zischte Rausch die unbequeme Wortschöpfung seines analytischen Partners erleichtert ins Nirwana, „er steht auf – oder versucht es zumindest."

Schlagartig änderte sich Schalls Miene, denn er wusste durchaus, wann es an der Zeit war, Spiegelfechtereien abzubrechen und sich professionell an vereinbarte Abläufe zu halten. Schließlich war das für ihre Detektei seit Jahren die Grundlage für eine halbwegs erfolgreiche Existenz.

Schon vor der Observierung des Lichtenberger Altbaus hatten die Zwei herausgefunden, dass der einzig verbliebene Mieter Michael Rudolf Kowalski hieß. Sicherheitshalber wollten sie ihn lieber außerhalb seiner eigenen vier Wände befragen, also bezogen sie vor dem Haus Stellung und warteten.

Irgendwann würde er es ja mal verlassen.

Nach zwei ereignislosen Tagen in Lauerstellung war die Zielperson nun aufgetaucht und hatte den orientalischen Futtertempel angesteuert.

Zufrieden, und mit einem Plastikbeutel voller in Alufolie eingeschlagener Fast-Food-Errungenschaften, schien sich das Übergewicht wieder auf den Heimweg zu machen.

„Warum muss ich eigentlich immer den bösen Bullen mimen?", ärgerte sich Schall, während sie ihr Zielobjekt in sicherem Abstand verfolgten. „Das haben wir wirklich oft genug ausdiskutiert – du bist einfach größer und breiter. Und manchmal kannst du auch ganz schön fies werden", entgegnete Rausch bemüht sachlich und bedeutete Schall etwas schneller zu gehen.

„Da vorne am Park stoppen wir ihn", flüsterte Rausch, dessen Augen zu schmalen Schlitzen geworden waren.

„Klar, aber entspann dich erst mal", erwiderte Schall, dem dieser Rat auch oft erteilt wurde.

Zunächst schien Kowalski die Zwei gar nicht zu bemerken. Als sie ihn eingeholt und in ihre Mitte genommen hatten, beschloss er, sie erst mal zu ignorieren.

Schall griff in seine Jackentasche, in der sich eine ziemlich gut gemachte Kopie einer Polizei-Dienstmarke befand. Für umgerechnet 20 Euro hatte Schall die Attrappe vor Jahren auf einer Asien-Rundreise gekauft und es nie bereut, denn die durchaus fachmännische Kopie war für kleine Ganoven bisher ausreichend beeindruckend gewesen. Doch noch bevor er seine Fälschung präsentieren konnte, ging Kowalski in die Offensive: „Hey, ihr Spacken, bringen wir es am besten ganz schnell hinter uns!"

Seine überraschend hohe, zu seinem Körperumfang überhaupt nicht passende Stimme konnte nicht über sein unterschwelliges Aggressionspotenzial hinwegtäuschen. Wie ein Schutzschild hielt ihm Schall die Polizei-Marke unter die Nase und stellte sich knapp und so selbstbewusst wie möglich mit „Kriminalkommissar Schalke, LKA Berlin" vor.

Kowalski grinste nur verächtlich: „Sowas wie euch hab ich ja schon lange nicht mehr gesehen."

Das Schwergewicht musterte Schall und Rausch mit geringschätzigen Blicken und baute sich schließlich vor Schall auf, den es offensichtlich als die etwas größere Bedrohung empfand. Dieser überdachte kurz seine zuvor gemachten Bemerkungen über das geringe Gefahrenpotenzial der Befragung, konnte damit an der aktuellen Situation aber auch nichts mehr ändern.

„Wir haben nur ein paar Routinefragen", erklärte Schall möglichst gelassen und versuchte dabei, sich seinen rasenden Puls nicht anmerken zu lassen, „vielleicht können wir uns ja kurz hinsetzen, dann ist alles ganz schnell geklärt."

Schall war es aufgrund der körperlichen Ausmaße Kowalskis unmöglich, seinen Freund dahinter zu entdecken, aber er hoffte inständig, dass Rausch bereits irgendeine seiner vielen Waffen gezogen hatte. Der starre, gefühlskalte Gesichtsausdruck seines Gegenübers löste bei ihm zunehmend Beklemmung aus. Wirkte der Typ aus der Ferne noch wie ein gemütlicher, behäbiger Fettklops, so versprühte er bei direktem Kontakt erschreckend lebensgefährliche Vibes, eine beängstigende Unberechenbarkeit und zudem unverhohlenen Hass gegenüber staatlichen Repräsentanten.

„Ich sage das nur einmal", flüsterte Kowalski drohend, „wenn dein Kollege mit dem billigen Klappmesser hinter mir irgendetwas versucht, dann bekommt er ruck-zuck meinen Ellbogen in die Fresse. Und zwar noch bevor ich dich halbes Hemd mit der anderen Hand packe, um mal zu testen, wer von uns beiden den größeren Dickschädel hat."

Während der darauffolgenden kurzen Pause war es Schall kaum möglich, seine Angst vor der Realisierung dieser Option zu unterdrücken. Offensichtlich handelte es sich bei Kowalski um einen mit allen Wassern gewaschenen Gangster, der selbst vor einer physischen Konfrontation mit Beamten nicht zurückschreckte.

„Das wird nicht nötig sein", schmiss Rausch plötzlich aus dem Off das vereinbarte Skript über den Haufen, „da wir gar keine Bullen sind."

Langsam, aber ohne die Gesamtsituation aus den Augen zu verlieren, drehte sich der böse Adipöse zu ihm um: „Das war mir längst klar – so dilettantisch, wie ihr vorgegangen seid. Hoffentlich seid ihr nicht allzu hungrig geworden, als ihr mich wie zwei Großwildjäger beim Mittagessen studiert habt."

Einige vorbeihuschende Passanten betrachteten interessiert das ungewöhnliche Trio, das da wie angewurzelt herumstand. Das bemerkte auch Kowalski und legte kurzerhand fest: „Okay, ihr kriegt fünf Minuten."

Auf dem Weg zur nächstgelegenen Parkbank war Kowalski aber unverändert auf Krawall gebürstet. „Hat dein Kumpel eigentlich ’ne Sprachbehinderung oder stammt der Arme aus Schwaben?“, fragte er Rausch, als er zwischen den beiden auf der Parkbank Platz genommen hatte. Schall schluckte leicht verunsichert, während in Rauschs Augen der Schalk aufblitzte.

„Gut erkannt, das ist wirklich ein hoffnungsloser Fall. Oder wie heißt es doch so schön: Man kann zwar einen Mann aus dem Schwabenland holen, aber nie das Schwabenland aus einem Mann.“

Der Spruch zündete und Kowalski lachte kurz und erstaunlich hell auf. Schall juckte es in den Fingern – nur allzu gerne hätte er seinem Partner jetzt eine gezimmert, aber Kowalski saß wie ein Felsmassiv zwischen ihnen und sein vorübergehendes Gelächter vermittelte zudem den Eindruck, als sei das Eis nun gebrochen.

„Trotz seiner so offensichtlichen Behinderung ist unser Zugereister gerade ein wenig traurig.“, erklärte Rausch verständnisheischend. „Sein Mädchen hat vor Kurzem ihren einzigen Bruder verloren.“

Kowalski verzog keine Miene und deutete mit seinen Schultern eine Aufwärtsbewegung an. „So was passiert“, erklärte er einsilbig. „Jeder verliert ständig irgendetwas – aber was hab ich damit zu tun?“

„Der Bruder meiner Freundin hieß Andreas Borchardt“, erklärte Schall und hielt Mike sein Handy mit einem Foto unter die Nase. Erneut zeigte Kowalski keine erkennbare Regung: „An jeder Ecke hängen hier mindestens fünf Typen rum, die so oder so ähnlich aussehen.“

„Und der Name sagt dir auch nichts?“, fragte Rausch, der bei dieser Gelegenheit unauffällig zum vertraulicheren „Du“ wechselte.

Noch während Kowalski den Kopf schüttelte, gab Schall bereits den unendlich Geknickten: „Oh Mann, diese ganz Scheiße zieht mich richtig runter."

Er zückte zerknirscht sein Zigarettenetui, das nach dem Öffnen ein paar prächtige, unverkennbar konisch gerollte Joints offenbarte. Mit einem tiefen Seufzer nahm er einen der Joints, zündete ihn an, und hoffte, dass Kowalski anbeißen würde.

„Was'n das für'n Kraut?", wollte dieser wissen.

Während Schall mit finsterer Miene bereits die erste fette Rauchwolke ausstieß, wedelte er abwehrend mit dem Zeigefinger: „Das willst du gar nicht wissen."

Schall nahm erneut einen tiefen Zug und erklärte verheißungsvoll und dabei Rauch ausstoßend: „Dieses Zeug kann einen manchmal regelrecht umhauen – das knallt noch heftiger als das derzeit so beliebte *Berlin High*. Ich rauche das jetzt nur, weil's mir dabei hilft, meine Nerven zu beruhigen."

Kowalskis Mienenspiel wechselte nahtlos zwischen Ärger und Unglauben. „Gib nicht so an, du Schwabenratte!", drohte er, während sich seine rechte Hand wie ein Schraubstock um Schalls Handgelenk schloss und er ihm mit der linken die qualmende Tüte abnahm. „Du willst mich wohl verarschen!?"

Trotzdem inhalierte Kowalski zunächst recht vorsichtig, doch dann schien es ihm immer besser zu schmecken und er zog sich die geraubte Tüte komplett allein rein. Schall kritisierte das halbherzig, woraufhin ihm Kowalski seinen Bockwurst-großen Mittelfinger zeigte und ihn nicht ganz zu Unrecht darauf hinwies, dass er noch genug Vorgerollte dabei habe.

„Und DAS soll jetzt so überkrass reinhauen?", wunderte sich der massive Riese wenige Minuten später. „Da hab ich ja mit 16 schon stärkeres Zeug geraucht, als diesen Scheiß hier."

Nichtsdestotrotz entspannte sich Kowalskis Mimik zunehmend, und schließlich umspielte sogar die Andeutung eines Lächelns seine wulstigen Lippen.

„Hm, auch wenn ich kaum was davon merke, macht's doch irgendwie gute Laune“, gestand er und fragte anschließend ehrlich interessiert: „Was is'n das für 'ne Sorte?“

„*Northern Haze*“, antwortete Schall einer plötzlichen Eingebung folgend, „das ist eine Kreuzung aus *Northern Lights* und *Silver Haze*.“

Der Blick, mit dem Kowalski ihn daraufhin taxierte, drückte in erster Linie Skepsis aus. Doch anstatt einen weiteren herablassenden Kommentar abzufeuern, senkte Mike seinen Blick zu Boden. Fast so, als habe er dort irgendetwas verloren. Auch Schall und Rausch schwiegen jetzt lieber.

„Das ist schon ein echt merkwürdiges Kraut“, meinte Kowalski schließlich überraschend zurückhaltend, „aber wenn ihr ernsthaft behauptet, dass irgendein Strain besser ist als *Berlin High*, dann hau ich euch die Köpfe einfach mal so kräftig zusammen, dass nur noch rote Grütze übrig bleibt.“

Schall zweifelte keine Sekunde an seinen Worten, denn er wusste, dass der aggressive Riese gerade ganz unwillkürlich die Wahrheit sprach. Und obwohl er nur zweimal an seiner vorgerollten *Truth Amnesia*-Tüte gezogen hatte, spürte auch Schall einen gewissen Rededrang. Ihm war klar, dass er nun höllisch aufpassen musste, um sich nicht seinerseits zu verplappern. Am besten würde er nur Fragen stellen und ansonsten die Klappe halten. Schließlich wollten sie ein paar sensible Informationen aus Kowalski herauskitzeln, ohne dass er und sein Partner danach direkt auf der Intensivstation landeten.

„Okay“, begann Schall deshalb ausgesprochen versöhnlich, „ich gebe es ja gerne zu: *Berlin High* ist der absolute Hammer. Das Stöffchen ist das beste der Stadt. Ich war wohl etwas ZU stolz auf meine Eigenkreation und hoffe, du zeigst etwas Verständnis für einen passionierten Homegrower.“

Ein unmerkliches Lächeln huschte über Kowalskis rundliches Gesicht: „Da hast du aber echt Glück, Alter, dass du weißt, wann du zu weit gegangen bist. *Berlin High* ist und bleibt schließlich das beste Gras der Stadt – daran gibt's einfach nichts zu rütteln."

Schall und Rausch nickten artig.

„Ich muss allerdings zugeben, dass dein Kraut auch irgendwie speziell ist. Das kann ich gar nicht so richtig einordnen. Also lass mal ruhig noch einen rüberwachsen!"

Schall zückte umgehend sein silbernes Etui, öffnete es und hielt es Kowalski generös hin. Dieser griff sich ungeniert den voluminösesten Joint und zündete ihn direkt an: „Okay, die Zeit läuft. Falls ihr noch etwas loswerden wollt, dann habt ihr Zeit, bis ich mit der Tüte fertig bin. Danach sind wir hier fertig, klar?"

Er starrte Schall wieder mit einem bedrohlichen Blick an, der diesen direkt ein paar Nuancen bleicher werden ließ.

„Wir wollen doch nur herausfinden, warum der Bruder seiner Freundin sterben musste", meldete sich Rausch vorsichtig zu Wort und versuchte, dabei möglichst devot zu klingen. Kowalskis Reaktion war enttäuschend beziehungsweise nicht existent. Wie ein kurz vor der Erleuchtung stehender Buddhist saß er in sich versunken da, allein seine Augen bewegten sich noch. Obwohl er nur noch in der Lage war, die Wahrheit (und nichts als die Wahrheit) zu sagen, war sein sonstiges Verhalten nicht vorhersehbar. Zu ihrem Bedauern konnten ihn Schall und Rausch auch nicht dazu zwingen, die gewünschten Informationen auszuspucken – schließlich hatte keiner der beiden Lust auf eine körperliche Auseinandersetzung mit diesem überaus selbstbewussten kriminellen Schwergewicht.

Schall erkannte, dass sie jetzt aufs Gas drücken mussten, da Kowalski den zweiten Joint wie ein schwarzes Loch absorbierte und sich Tüte und Audienz somit ihrem Ende näherten. Also feuerte Schall einen Schuss ins Blaue: „Auch Andreas liebte *Berlin High* über alles. Das war sein Leben. Auf seinem Grabstein sollte BERLIN HIGH FOREVER stehen."

Kowalski taxierte den knappen Rest der Tüte.

„Ihr labert nur Müll und habt von nichts 'ne Ahnung", erklärte er schließlich, während ihm der Rauch wie nebenbei entwich. „Klar liebte Andy *Berlin High.* Aber auch nur so, wie man seinen Hund liebt. Oder seine Lieblingsserie."

Rausch erkannte, dass sie entschlossener vorgehen mussten, wenn sie aus diesem Menschenfleischbrocken noch etwas herausholen wollten: „*Berlin High* hin, *Berlin High* her – für mich ist dieses grüne Kraut nur gequirlte Scheiße. Dafür einen umzulegen, egal, ob's nun ein Zivi-Bulle oder ein Clan-Vollstrecker war, ist einfach nur unverhältnismäßig und krank!"

Kowalski beeindruckte diese Ansprache nicht im Geringsten.

Genüsslich zog er ein letztes Mal an der Tüte, trat sie dann fein säuberlich aus und erhob sich schwerfällig, wobei er einen Großteil des zuletzt eingeatmeten Rauchs noch in der Lunge behielt.

„Ihr seid ja solche Trottel", gab er dem Rauch schließlich die Gelegenheit, mit seinen Worten zu entweichen, „dabei ging's doch um etwas ganz anderes, um einen richtig fetten Deal. Einen Millionen-Deal."

Kowalski nickte wissend und gleichzeitig irgendwie verunsichert. Schall und Rausch erkannten, dass die ihnen zugestandene Zeit nun abgelaufen war.

„Danke für die Joints, die helfen mir gleich prima beim Kacken. Aber wenn ich einen von euch nochmal in meinem Kiez entdecke, dann ist es aus, dann gibt's keinen netten Plausch mehr, dann seid ihr dran!"

Diese unmissverständliche Drohung hatte Kowalski erstaunlich gut gelaunt und fast schon erleichtert ausgesprochen, bevor er sich vergnügt trollte.

Schall und Rausch blieben noch ein paar Minuten auf der Bank sitzen und ließen das soeben Erlebte

Revue passieren. Vorbei hastende Beobachter sahen in ihnen nur zwei unauffällige Männer mittleren Alters, die unterdrückt atmeten und starr ein sich entfernendes Schwergewicht fixierten.

„Das also war dein berühmt-berüchtigtes Zauberkraut", flüsterte Rausch schließlich vorwurfsvoll.

„In manchen Fällen hilft selbst *Truth Amnesia* nicht direkt weiter", musste Schall eingestehen.

„Das hab ich gemerkt", stimmte Rausch sarkastisch zu, dessen Herz immer noch raste und der jetzt gerne ein Gläschen Montepulciano zur Beruhigung getrunken hätte.

„Immerhin ...", gab Schall zu bedenken, „... konnten wir unseren Verdacht bestätigen. Kowalski ist Fat Mike. Und der Mord an Andy scheint irgendetwas mit einem ominösen Millionen-Deal zu tun zu haben. Das könnte uns vielleicht weiterhelfen."

Rausch war davon nicht sonderlich beeindruckt: „Vielleicht ...", er gestikulierte ausschweifend, „... irgendwas ... ich dachte, mit deinem Kraut ist man praktisch gezwungen, die Wahrheit zu sagen. Oder liege ich da falsch?"

Schall stöhnte.

Wie oft hatte er schon versucht, diesem Nichtkiffer die Wirkungsweise von *Truth Amnesia* zu erklären. Aber anstatt es einfach selbst mal zu probieren und danach genau Bescheid zu wissen, stellte Rausch immer wieder dieselben unqualifizierten Fragen. Und nervte Schall damit gehörig.

„Ich habe nie behauptet, dass jemand nach dem Genuss von *Truth Amnesia* immer gleich das erzählt, was wir von ihm wissen wollen. Die Freiheit sich auszusuchen, was man sagt und was nicht – die hat man ja noch. Aber man kann halt nicht mehr gut lügen, weil das in diesem Zustand einfach zu anstrengend ist."

Rausch blieb skeptisch: „Na ja, so richtig überfordert erschien mir dieser Kowalski aber nicht. Der hat sich ja sogar noch eine zweite Wahrheitstüte reingezogen und blieb dann immer noch ganz cool."

Darüber hatte sich auch Schall gewundert, der bereits zu einem anderen Schluss gekommen war: „Vermutlich ist das ein super abgebrühter Hardcore-Stoner, der bereits eine hohe Toleranz gegenüber Cannabinoiden aufgebaut hat. Oder sein unglaubliches Körpergewicht macht ihn unempfindlicher. Aber letztendlich ist das doch völlig egal, denn er hat ja geplaudert. Wenn auch nicht so viel und ausführlich, wie wir gehofft hatten."

„Das kannst du laut sagen", stimmte ihm Rausch zu und erinnerte an Teil zwei ihres Plans: „Jetzt sollten wir aber zusehen, dass wir vor Schwabbelbacke in seinem Haus ankommen. Ich wette, dass wir in irgendeiner der leerstehenden Wohnung eine von Andys Plantagen finden."

In Nullkommanix hatte Rausch auf seinem Smartphone den schnellsten Weg zu Kowalskis Wohnhaus gefunden und trieb Schall zur Eile. Unterwegs konnte er sich ein „Sagst du jetzt eigentlich auch gezwungenermaßen die Wahrheit, weil du vorhin was von deinem Stoff mitgeraucht hast?", nicht verkneifen.

Schall lächelte vieldeutig: „Ich hab ja nur zweimal dran gezogen, aber wer weiß – du kannst es ja mal testen. Frag mich doch einfach etwas Unangenehmes!"

„Okay", entgegnete Rausch, „dann lass mich mal eine These überprüfen: Du bist doch sicherlich schon ganz heiß darauf, in einer dieser Bruchbuden eine größere Menge Cannabis zu finden, oder?"

Schall nickte betreten.

Das war ja kein großes Geheimnis.

Würden sie im Fall eines ermordeten Weinhändlers ermitteln, hätte Rausch sicherlich ähnliche Hoffnungen. Aber im Hier und Jetzt hatte Schall nur eine Frage: „Wie viel Gras braucht man eigentlich für so einen Millionen-Deal?"

Nun war Rauschs körpereigenes Rechenzentrum gefragt, das auch direkt lieferte: „Hm, grob überschlagen schätze ich mal so um die 500 Kilo."

Doch noch bevor sich Schall eingehender mit der Frage beschäftigen konnte, wie man zehn Zentner Gras auf einen Schlag verkaufen kann, brachte ihn der stechende Blick seines Partners zur Vernunft. Dieser Blick besagte, dass es hier vor allem darum ging, einen Mörder zu fassen. Und die Zwei waren nach ihrer Begegnung mit Kowalski der Meinung, dass ihm ein Mord durchaus zuzutrauen war.

Kapitel 29

Rauschs Dietrich-Set hatte schon oft weitergeholfen, diesmal erwies es sich beim Öffnen der leerstehenden Wohnungen in dem von Kowalski bewohnten Lichtenberger Altbau als nützlich. Im vierten Stock hatten sie ohne Probleme zwei Wohnungen öffnen und abhaken können, die Türen waren nicht einmal richtig abgeschlossen. Die dritte Tür war da schon etwas kniffeliger, was bedeutete, dass Rausch sie nicht innerhalb von Sekunden mit seiner Metallkarte öffnen konnte, sondern über eine Minute und Spezialwerkzeug dafür brauchte. Als sich die Wohnungstür dann öffnete, mussten die Zwei zunächst über die Trümmer einer voluminösen Growbox steigen, deren ursprüngliche Funktion für sie ein Rätsel blieb.

Kurz darauf hatten sie in alle Räume geschaut und die Lage erfasst: Ganz offensichtlich hatten sie eine der gesuchten Grow-Wohnungen gefunden, allerdings hatten bereits andere die Ernte eingefahren und abtransportiert – offensichtlich in dem Bewusstsein, dass die Zeit knapp war und diese Wohnung nie wieder dermaßen zweckentfremdet genutzt werden würde. Schall konnte anhand der überall herumliegenden Töpfe zumindest die Anbaumethode identifizieren und Rausch ein bewunderndes „Die haben hier aeroponisch gegrowt“ zurufen, obwohl dieser gar nicht so recht wusste, was er mit dieser Information anfangen sollte. Schall dagegen nötigte diese Erkenntnis einen gewissen fachlichen Respekt ab. An die Aeroponik hatte er sich bisher noch nicht herangetraut, auch wenn diese Anbaumethode die mit Abstand höchsten Erträge versprach. Aber sie benötigte auch ein großes Fachwissen und eine ganz spezielle Grow-Ausrüstung, deren Reste sie hier vorfanden. Offensichtlich hatten die Heim(lich)gärtner neben der letzten Ernte nur die verwendeten LED-Leuchten und die großen Ventilatoren mitgenommen. Schall überlegte kurz, ob er sich ein paar Aero-Pots mitnehmen sollte, verwarf diese Idee aber direkt wieder, da er keine geeigneten Taschen dabei hatte. Mit solchen Töpfen unter dem Arm aus dem Haus zu spazieren – das war ihm in Anbetracht der letzten Begegnung mit Kowalski doch zu riskant.

Rausch war da gedanklich schon weiter: „Ich glaube, hier ist nichts mehr zu holen, die haben längst ihre Zelte abgebrochen.“ Er schaute Schall schelmisch an, dem das Wortspiel jedoch entgangen war. Und auch beim Verlassen der Wohnung fiel keinem der Zwei ein vernünftiger Grund ein, warum man die große und offensichtlich unbenutzte Growbox im Flur dermaßen zusammengetreten hatte.

„Es könnte doch sein, dass Andy die Ernte noch vor seinem Tod selbst eingefahren und irgendwo gebunkert hat. Am besten begeben wir uns auf direktem Weg in seine Wohnung und schauen uns dort mal genau um“, schlug Schall vor, nachdem sie Kowalskis Haus verlassen hatten und wieder auf der Straße standen.

Mit „Das ist aber eine ganz andere Nummer“, meldete Rausch seine Bedenken an und verwies darauf, dass es das eine sei, ein paar leerstehende Wohnungen in einem nahezu unbenutzten Haus mit seinem feinfühligen Einbrechertalent zu öffnen, aber etwas ganz anderes, dies in einem voll belegten Mietshaus mit der Bude eines unlängst Ermordeten zu versuchen. Und dass die Wohnung vermutlich längst von der Polizei versiegelt worden sei. Schall hörte dabei jedoch etwas ganz anderes heraus: Vielleicht war die Wohnung ja doch noch nicht versiegelt. In dem Fall durften sie keine Zeit mehr verschwenden. Wie Schall wusste, hatte Andreas bei seiner Schwester nicht nur seinen alten Laptop, sondern auch einen Zweitschlüssel für seine Bude deponiert. Nur für den Fall der Fälle - und das war ja so ein Fall. Er tippte auf seinem Handy eine Nachricht an Susanne, die schon kurz darauf beantwortet wurde.

„Und nu?"

Rausch hasste es, wenn ihn Schall im Unklaren darüber lies, was als Nächstes anstand.

„Jetzt treffen wir uns erst mal mit Susi in Andys Wohnung. Sie hat einen Zweitschlüssel und ist damit schon auf dem Weg. Du musst dir also keine Sorgen machen, dass dich da jemand beim Einbrechen erwischt."

Rausch hätte das zwar nie zugegeben, aber er war tatsächlich erleichtert.

Auch Schall war guter Dinge, als sie eine knappe Stunde später vor der Wohnungstür des Erschossenen standen und daran keine behördlichen Siegel entdeckten. Die Tür war unbeschädigt, solide und wartete nur darauf, von Susanne geöffnet zu werden.

„Na, haste Puls?"

Rausch schielte Schall schräg an, der nicht verstand.

„Pawlowscher Speichelreflex, wa?"

Auch das half nicht weiter.

Rausch erkannte, dass er noch deutlicher werden musste: „Du hoffst doch bestimmt darauf, hier irgendetwas Rauchbares zu finden, oder? Warum nur habe ich das Gefühl, dass du hier mal wieder ganz falsche Prioritäten setzt?“

Schall schüttelte vehement, wenn auch wenig überzeugend, den Kopf: „Wie genau die Spuren beschaffen sind, die wir hier vielleicht finden, ist natürlich schwer zu sagen. Also erübrigt sich dazu auch jede Spekulation.“

Schall bemühte sich um einen besonders sachlich-seriösen Ton, obwohl ihm grüner „Beifang“ natürlich immer willkommen war.

Noch bevor sich das Detektiv-Duo darüber ernsthaft streiten konnte, traf Susanne ein. Schalls Herz klopfte vor Aufregung, als sie schließlich die Tür aufschloss, er hatte tatsächlich „Puls“, und Schall ärgerte sich innerlich, dass Rausch seine Gefühlsregung so unverblümt exakt vorhergesagt hatte.

Fuck!

War er wirklich so durchschaubar?

Und Doppel-Fuck!

Wie sah es denn hier aus?

Ungläubig blickten sich die Drei in der kleinen Wohnung um, die komplett verwüstet zu sein schien. Alle möglichen Sachen lagen kreuz und quer herum, und ein paar abgerückte Schränke ließen zudem vermuten, dass ihnen hier jemand zuvorgekommen war. Die Wohnung war ebenso gründlich wie rücksichtslos durchsucht worden.

Nach ein paar Sekunden fassungslosen Schweigens brach es aus Susanne heraus: „Was ist denn hier los? Wer war das? Und wie sind die hier reingekommen?“

„Das sind wirklich ausgezeichnete Fragen, mein Schatz“, bemühte sich Schall gleichzeitig professionell und liebevoll zu wirken, „die Wohnungstür war schließlich unbeschädigt. Das lässt vermuten, dass die Eindringlinge einen Schlüssel hatten. Hast du eine Ahnung, ob Andy noch weitere Wohnungsschlüssel besaß?“

Susanne überlegte kurz: „Nein, soweit ich weiß, hatte er nur zwei Schlüssel - seinen und meinen. Das heißt dann ja", sie erhob sich und begann im Zimmer herumzulaufen, „dass die Einbrecher Andys Schlüssel hatten. Aber wer, außer Andys Mörder, könnte seinen Schlüssel besessen haben?"

Schall zuckte ratlos mit den Schultern, während es sich Rausch nicht verkneifen konnte, Susanne etwas auszubremsen: „Immer schön langsam, das mag ja alles stimmen, aber eigentlich ist es ja unser Job, solche Vermutungen anzustellen. Schließlich sollten wir DIR helfen – und nicht umgekehrt."

Schall sah sich erneut genötigt, vermittelnd einzuschreiten: „Bitte keinen unschönen Neid, mein Lieber, der steht dir so gar nicht. Sechs Augen sehen nun mal mehr als vier. Und nur dank ihr sind wir jetzt hier."

„Fang jetzt bloß nicht auch noch an zu reimen!", grunzte Rausch Schall an, dem die zufällige Reimstruktur seiner letzten Worte komplett entgangen war. Er beschloss, auf einen weiter eskalierenden Kommentar zu verzichten und sich lieber wieder Susanne zuzuwenden: „Wann warst du eigentlich das letzte Mal hier?"

„Etwa eine Woche vor seinem Tod. Er wollte mir irgendetwas Wichtiges erzählen, aber er kam dann doch nicht, weshalb ich nach gut einer Stunde wieder gegangen bin. Am Telefon erzählte er später nur, dass er es nicht geschafft habe, das Treffen aber schnellstmöglich nachholen wolle. Aber dazu kam es dann nicht mehr."

Susanne erstarrte kurz, sie hatte den Tod ihres Bruders noch nicht verwunden und verfiel immer wieder in Phasen tiefer Trauer.

„Setz dich mal lieber hin, wir schauen uns nur kurz um", schlug Schall vor. Susanne nickte apathisch und ließ sich auf einen Stuhl fallen. Währenddessen war Rausch schon dabei, die Wohnung gründlich zu durchsuchen, indem er immer nur einen Ausschnitt des aufgefundenen Chaos wie durch ein Fenster betrachtete, das er mit seinen Händen bildete. Schall empfand diese Methode seines Partners als überaus seltsam, hatte aber oft genug feststellen müssen, dass er damit überraschend erfolgreich war. Und wer weiß – vielleicht fand er ja auch hier irgendetwas Nützliches.

Eine gute halbe Stunde später kam Rausch zu einem ernüchternden Ergebnis: „Ich fürchte, das bringt nichts. Falls es hier etwas zu finden gab, dann wurde es bestimmt schon gefunden."

Wie Schall längst festgestellt hatte, war nicht einmal in den beiden Grow-Schränken, in denen Andreas praktisch immer eine Pflanze stehen hatte, noch irgendetwas Grünes zu finden. Nicht nur die Pflanzen fehlten, sondern auch die Töpfe, was darauf schließen ließ, dass es den rabiat Suchenden nicht um ein paar Hanfblüten, sondern um die zwei lebenden Pflanzen gegangen war.

Was hatte es damit auf sich?

In Lichtenberg hatten die Unbekannten doch schon genug Gras abgesahnt – es musste den Einbrechern folglich um etwas anderes als ein paar mehr Gramm Weed gegangen sein. Denn zwei lebende Hanfpflanzen in ihren voluminösen 15-Liter-Töpfen aus dem Haus zu schleppen, war weder leicht noch unauffällig. Doch man war dieses Risiko eingegangen, was Schall dazu brachte, eins und eins zusammenzuzählen und seine Schlussfolgerung zur Diskussion zu stellen: „Ich glaube, es ging den Einbrechern gar nicht um die versteckte Ernte. So viel Gras hätte Andy auch gar nicht vernünftig verstecken können. Dafür fehlt hier einfach der Platz."

Schall machte eine kurze Kunstpause und stellte mit einer gewissen Genugtuung fest, dass ihm Susanne und Rausch aufmerksam zuhörten.

„Ich glaube, Andy hatte mit der übereilten Ernte in Lichtenberg nichts zu tun. Das waren bestimmt dieselben Leute, die hier alles auf den Kopf gestellt haben."

Rausch wollte die Ausführungen seines Kollegen beschleunigen, da er um die hohe Wahrscheinlichkeit wusste, mit der Schall sonst noch etwas um den heißen Brei herumreden würde, bevor er endlich auf den Punkt kam: „Schon klar, und was haben die nun gesucht?"

„Tja, genau das ist die Millionen-Dollar-Frage."

Schall lächelte wissend, was auf Rausch immer ziemlich hochnäsig wirkte und ihn gelegentlich verärgerte.

„Nun spuck's schon aus!"

Auch Susanne hatte die Faxen dicke und brachte das so lautstark und unvermittelt zum Ausdruck, dass Schall unwillkürlich zusammenzuckte und parierte: „Okay, okay, ich vermute, es ging den Dieben um seine Genetik und alle möglichen Informationen dazu. Deshalb haben sie neben den Pflanzen auch Andys neuen Laptop mitgenommen, aber die neue Spielekonsole und den teuren Flatscreen dagelassen. Ich sag mal so: Wenn die sein Passwort nicht genauso schnell knacken wie wir, dann könnten wir erst mal einen gewissen Vorsprung haben."

Schall hatte es kurz und knapp halten wollen, erkannte aber in den Gesichtern seiner Gegenüber, dass noch ein paar Details vonnöten waren. Also lieferte er sie: „Vielleicht hatte Andy ja zwei Mutterpflanzen, von denen er ganz nach Belieben Stecklinge abschneiden konnte. Wenn es also um eine Mutterpflanze von *Berlin High* ging, dann macht es schon Sinn, hier zwei lebende Pflanzen in riesigen Töpfen raus zu schleppen und das Risiko einzugehen, dabei gesehen zu werden. Aber vielleicht waren die Einbrecher ja nachts hier, als alle schliefen."

Rausch war (wie so oft) nicht vollständig zufrieden mit Schalls Analyse: „Mag sein, aber warum sieht es dann so aus, als ob hier eine Bombe eingeschlagen hätte? Wenn sie nur die Pflanzen wollten, warum dann dieses ganze Durcheinander? Offensichtlich waren sie noch hinter etwas anderem her."

Schall nickte und bot sogleich eine Erklärung an: „Vielleicht hatte Andy hier ja *Berlin High*-Samen produziert, die könnten dann eine Menge wert sein."

Rausch blieb skeptisch, also fuhr Schall mit seinen Spekulationen fort: „Und wenn die vielleicht doch nicht gefunden haben, wonach sie suchten? Vielleicht haben die den Laptop und die Pflanzen ja nur mitgenommen, um nicht mit leeren Händen zu gehen. Aber du hast schon recht, die Möglichkeit besteht. Und auch ich habe mich schon gefragt, wie viel so ein Beutelchen *Berlin High*-Seeds auf dem freien Markt wert sein könnte."

Eine derartige Vorlage konnte Rausch natürlich nicht ungenutzt lassen: „Ich frage mich auch gerade eine ganze Menge, aber das bringt uns leider nicht weiter. Oder glaubst du ernsthaft, dass ein paar Seeds eine Million und mehr einbringen können?"

Schall nickte überzeugt: „Klar, wenn in dem Päckchen der genetische Grundstock für eine neue, hochwirksame Sorte wie *Berlin High* ist und Andy die weltweiten kommerziellen Nutzungsrechte gleich mitverkauft – dann könnte das schon hinkommen."

Rausch blieb gewohnt skeptisch: „Aber wer sollte denn so viel Geld für ein paar Seeds hinblättern? Und wie hätte Andreas einen so wohlhabenden Abnehmer finden sollen? Etwa über Facebook?"

Schall konnte sich ein Grinsen nicht verkneifen: „Du glaubst ja gar nicht, was über Facebook alles geht. Aber jetzt mal im Ernst: Wer sagt denn, dass Andy seinen Strain hier in Deutschland verkaufen wollte? Vor ein paar Wochen konnte ja noch keiner ahnen, dass auch bei uns eine Legalisierung immer wahrscheinlicher wird. Warum sollte er also nicht nach Spanien oder Portugal verkaufen? Oder nach Nordamerika? Heutzutage kann man doch alles weltweit verticken, dank dieser tollen neuen Erfindung, dem Internet. Ich war der Meinung, du hättest schon davon gehört."

Rausch grunzte verächtlich, wie er es immer tat, wenn ausgerechnet Schall versuchte, IHN von den Vorzügen des World Wide Web zu überzeugen. Also ob ihm dieser Zugereiste auf dem Gebiet irgendetwas erklären konnte. Diese Technik-Niete.

„Hey, Leute!"

Susanne schaltete sich energisch in das detektivische Partner-Geplänkel ein: „Ich glaube, ich hab da was! Andy war ja kein großer Leser und hatte kaum Bücher – aber die hier sind ganz neu. Und die lassen doch auf einiges schließen, oder? Ich glaube, ich kann mir jetzt schon denken, worüber Andy mit mir sprechen wollte."

Triumphierend hielt sie zwei Bücher hoch, die tatsächlich nagelneu aussahen. In einem, dem „Ratgeber für Auswanderer" in der „Kanada Edition", steckte ein behelfsmäßiges Lesezeichen. Das andere, „Aktien für Einsteiger" von 2021, erschien noch gänzlich unberührt.

Rausch verdrehte, halb spöttisch und halb anerkennend, die Augen: „Du findest wohl langsam Gefallen daran, uns alt aussehen zu lassen?"

Susanne ging nicht weiter darauf ein: „Wieso? Ich kannte Andy nun mal am besten. Deshalb habe ich auch das hier gefunden", sie hielt eine Cola-Dose hoch, „damit gab Andy schon mal vor einem knappen Jahr an, nachdem er die Dose auf irgendeiner Hanfmessc gekauft hatte."

Rausch war seine Irritation noch deutlich anzusehen, während Schall schon verstanden hatte: „Du meinst, da ist gar keine Cola drin?"

Susanne nickte, nur Rausch war immer noch ahnungslos. Und das gefiel ihm ganz und gar nicht: „Könnte mich mal jemand aufklären?"

Wie er daraufhin verblüfft feststellte, ließ sich die vermeintlich unter Druck stehende Getränkedose ganz einfach aufdrehen – man musste nur wissen, wo und wie. Susanne genoss die Spannung, mit der sie Schall und Rausch anblickten, als sie dem auch „Geheimcontainer“ genannten Fake-Döschen einen kleinen, grünen USB-Stick entnahm und lächelnd präsentierte.

Kapitel 30

Nach Susannes beeindruckender USB-Stick-Präsentation waren die Drei direkt zu Rausch gefahren, dem es gefiel, dass seine fachliche Expertise mal wieder dringend benötigt wurde. Nicht nur bei technischen und elektronischen Fragen war seine Wohnung „the place to be“ und gleichzeitig ein schier endloser Quell von Wissen und Einzelteilen.

Wie sich herausstellte, war der kleine, grüne USB-Stick passwortgesichert. Nach einigen bangen Sekunden war klar, dass Andreas zur Freude aller Anwesenden nicht auf den Rat von Sicherheitsexperten gehört und für den USB-Stick das gleiche Passwort wie für seinen Laptop verwendet hatte.

Kurz darauf erschienen auf Rauschs Computermonitor zwei Ordner, die beide mehrere Dateien enthielten. Einer hieß „Wallet“, der andere „Email“. Während Rausch schon ahnte, was das zu bedeuten hatte, war Susanne ahnungslos: „Was soll denn ‚Wallet‘ bedeuten? Und was sind das für Emails? Haben wir die nicht schon alle gecheckt?“

„Diese hier nicht“, antwortete Rausch, während er sich bereits durch die einzelnen Dateien der beiden Ordner klickte, „diese Email scheint er sich extra für die Eröffnung seines Auktions-Accounts und die Cyberwallet-Einrichtung zugelegt zu haben."

„Geht das auch auf Deutsch?"

Susanne schaute Rausch herausfordernd an, dessen Finger jedoch weiterhin über die Tastatur hüpften, während sein Blick starr auf den Monitor gerichtet blieb. Erst Sekunden später lenkte er ein und erklärte wie nebenbei: „Ein Cyberwallet ist eine Art digitale Geldbörse, darin kann man Bitcoins, Ethers oder Ripples aufbewahren. Inzwischen gibt es Hunderte solcher Kryptowährungen, wobei Bitcoin nach wie vor die mit Abstand bekannteste und verbreitetste ist."

„Und wie kommen die Bitcoins auf so einen USB-Stick?"

Susanne war mit der Materie längst nicht so vertraut wie Rausch, der diese Chance gerne nutzte, um mit seinem Fachwissen zu punkten: „Gar nicht, letztendlich ist da ja nicht wirklich was auf dem USB-Stick – von dem kryptischen Passwort mal abgesehen, welches einem den Zugang ermöglicht. Allein dieses Passwort dient der Legitimation des Inhabers, und wer immer dieses lange, kaum knackbare Passwort besitzt, kann frei über die digitale Kohle in dem Wallet verfügen, die irgendwo auf einem geschützten Online-Server abgespeichert ist, auf den man von jedem Ort der Welt aus zugreifen kann. Zum Beispiel mit seinem Smartphone. Kein Wunder, dass viele Staaten diese alternativen Währungen fürchten, die sich so effizient den herkömmlichen Kontrollmaßnahmen entziehen."

Susannes Grunzen vermittelte Rausch deutlich, dass sie auf weitere Ausführungen verzichten konnte. Und als hätte es tatsächlich derartige Urlaute gebraucht, kam dieser nun direkt auf den Punkt: „Jedenfalls haben wir mit dem Wallet nun alle Trümpfe in der Hand, denn darauf wird der Auktionserlös überwiesen, auf den der Mörder von Andreas bestimmt ganz scharf sein wird."

Rausch hatte sich in neuen Browser-Fenstern längst in den hinterlegten Email-Account und das Auktions-Profil eingeloggt. Gleichzeitig entwich ihm ein rauschender Redefluss in der Erwartung, dass Susanne und Schall jede Veränderung auf seinem Computermonitor direkt registrierten: „Hier, der Post-Ausgangsordner belegt eindeutig, dass Andreas diese Email-Adresse bisher nur genutzt hat, um ein Verkäuferkonto bei dieser Versteigerungsplattform anzulegen und fünf persönliche Emails mit ähnlichen, auf Englisch verfassten Texten zu verschicken, welche auf die geplante Auktion hinweisen und vorab eine Kostprobe seiner Genetik offerieren. Offensichtlich erhielt er daraufhin von drei großen pharmazeutischen Konzernen interessierte Antworten. Er hat dann drei Kostproben von seinem Gras verschickt und anschließend die Auktion gestartet. Wie ihr hier seht ...“, Rausch klickte im Browser ein neues Fenster an, das eine prächtige Cannabispflanze und alle möglichen Biodaten zeigte, „... gibt es von Andreas nur eine einzige Auktion – und die läuft noch. Erst morgen gegen 20 Uhr wird sie nach 10 Tagen ausgelaufen und mit der Zahlung und dem Versand der hinterlegten Ware abgeschlossen sein. Und schaut mal! Schon 13 Gebote. Der aktuelle Preis liegt bei etwas über 24 Bitcoin, das sind umgerechnet mehr als 1,3 Millionen.“

„Euro?“, fragte Schall ehrfürchtig.

„Nee, US-Dollar“, gab Rausch zurück, der inzwischen sein Antlitz vom Monitor gelöst hatte und triumphierend in die Runde blickte.

Kapitel 31

Alina erwies sich von Beginn an als der erhoffte Gewinn für die Detektei Schall & Rausch. Wie vereinbart war sie pünktlich um 9 Uhr im Büro erschienen. Schon wenig später fand sie den auf ihrem Rechner befindlichen Mustervertrag und studierte ihn eingehend. Sorgfältig setzte sie alle Daten, Zahlen und Namen so ein, dass er ihre neuen Arbeitgeber fortan ermächtigte, für Susanne Borchardt im Fall ihres ermordeten Bruders tätig zu werden. Damit waren Schall und Rausch juristisch rundum abgesichert, sollten sie in dieser Sache Probleme mit der Staatsmacht bekommen. Zudem waren sie dank des Vertrages ermächtigt, Aussagen gegenüber Behörden zu verweigern, ohne dies vorher mit ihrer Auftraggeberin abklären zu müssen. Nur bezüglich des anzusetzenden Honorars waren sich Schall und Rausch noch uneins. Alina hatte dazu ganz unterschiedliche Aussagen vernommen und versucht, diese Stereo-Beschallung irgendwie unter einen Hut zu bringen. Während Schall, ganz entgegen seinem sonstigen Geizkragen-Naturell, für ein Pauschalhonorar von gerade mal 750 Euro plädierte, wies Rausch nicht zu Unrecht darauf hin, dass eine derart geringe Summe nicht einmal ansatzweise die zu erwartenden Spesen decken würde. Ein kurzes, aber heftiges Wortgefecht zwischen den beiden hatte keinen eindeutigen Sieger hervorgebracht und es Alina somit unmöglich gemacht, den Vertrag zu komplettieren.

Alina seufzte und sah die erste dunkle Wolke am Horizont ihrer neuen und bisher so interessanten Arbeit aufziehen. Dabei konnte sie beide verstehen: Für Schall war es eine Herzensangelegenheit, die Klientin war schließlich seine langjährige Freundin. Andererseits verstand sie auch Rausch, der keine private Beziehung zu der Klientin unterhielt und daher zumindest auf den minimalen Tagessätzen bestand. Aber Schall wollte es aus Liebe tun – und die war eh unbezahlbar. Gedankenverloren tippte Alina „750 €" in den Vertrag. Wenn sich Rausch entgegen ihrer Vermutung doch durchsetzen würde, könnte sie die Summe ja immer noch ändern.

Unwillkürlich wanderten ihre Gedanken wieder zu Quang.

Liebe war ein solch hohes Gut, dass Geld dabei eigentlich keine Rolle spielen durfte. Kaum gedacht, wurde ihr sofort die Zweideutigkeit dieses Gedankengangs bewusst: Schließlich hatte Quang ihre kompletten Ersparnisse abgeräumt.

Weshalb sie nun hier saß.

Alina druckte drei Exemplare des Vertrags aus und platzierte sie fein säuberlich auf dem Konferenztisch. Anschließend kochte sie Kaffee und stellte Zucker, Sahne und etwas Gebäck bereit. Als dies erledigt war, tat sie das, was eine gute Angestellte machte, sobald alles Essentielle erledigt war: Sie zog sich an ihren Arbeitsplatz zurück und harrte dort geduldig der Aufgaben, die sie als Nächstes erreichen würden.

Gegen 11 Uhr war die Runde komplett. Wenig überraschend hatte es Schall direkt nach seiner Ankunft kurz auf den Bürobalkon gezogen, um seine aufsteigende Nervosität mit einer kleinen Tüte zu bekämpfen. In solchen Fällen fügte er dem Tabak nur eine, wie Schall immer sagte, „homöopathische Menge" Gras hinzu. Das beruhigte etwas, ohne dabei seine Konzentrations- und Denkfähigkeit nachhaltig zu beeinträchtigen, wie das einige seiner sogenannten „fetten Tüten" durchaus vermochten. Mentale Aussetzer wollte Schall nicht riskieren – schließlich ging es um Susanne, der er sich über alle Maßen verpflichtet fühlte.

Kurz darauf hatten es sich das Trio am Konferenztisch gemütlich gemacht. Schall tat reichlich Zucker und Sahne in seinen Kaffee, Rausch hingegen ignorierte das bereitgestellte Heißgetränk stoisch. Vormittags trank er fast ausschließlich Tee und kannte sich damit ähnlich gut aus wie mit Wein. Nur, dass er viel lieber sein Wein-Wissen präsentierte als seine Tee-Bildung. Doch darum ging es gerade nicht, sondern um die Unterzeichnung des vorbereiteten Dienstleistungsvertrags, dessen wichtigstes Detail noch nicht abschließend geklärt war.

„Das hat das Fräulein Sommer aber ganz hervorragend gemacht", schaltete Schall als erster, um seinem Partner von vornherein den Wind aus den Segeln zu nehmen.

Nun musste Rausch reagieren. Und er tat es in umgänglichem Ton: „Wie du weißt, verfügen wir nur über minimale Rücklagen. Auch wir müssen unsere Miete und die Nebenkosten regelmäßig zahlen. Sonst war's das bald mit uns. Deine Worte, nicht meine."

„Okay", lenkte Schall ein, „du hast ja recht, die nächste Auftragsflaute könnte das Ende unserer Detektei bedeuten. Aber, und das musst du einfach verstehen, ich kann es einfach nicht übers Herz bringen, Susi mehr abzuknöpfen. Deshalb mein Vorschlag: Wir lassen Susis Vertrag so, wie er ist und holen uns das fehlende Geld von der alten Freiberger. Da trifft's keine Arme und moralisch müssen wir uns auch nichts vorwerfen."

Schall hatte sein letztes Ass aus dem Ärmel gezogen und hoffte inständig, dass der Trumpf stach.

Rausch seufzte theatralisch.

„Okay", gab er sich geschlagen, „aber dann hab ich was gut bei dir. Vergiss das nicht! Außerdem werde ich mich immer an meine unglaubliche Kompromissbereitschaft in dieser Sache erinnern. Und dich bei Bedarf auch. Und da möchte ich dann keine Widerworte hören. Nicht mal ein Einziges! Klar?"

Nun war es an Schall ergeben zu nicken – dabei war Rausch noch gar nicht fertig: „Und die Freiberger-

Nummer hatten wir auch schon längst beschlossen, nachdem wir Tyson so schnell gefunden hatten."

Schall nickte überraschend widerspruchslos, atmete tief durch und sagte dann mit betont warmer Stimme: „Alles klar, ich danke dir, Bruder."

Einem zweiten tiefen Atemzug Schalls folgten wieder (wie gewohnt) ganz viele Worte: „Ich schlage vor, dass wir der Freiberger noch mindestens drei zusätzliche Tage berechnen, an denen wir angeblich eifrig ermittelt haben. Und zwei Tage davon waren wir in Neukölln – denn da gibt's 'ne saftige Brennpunkt-Zulage. Die allein beträgt schon 200 Steine pro Nase und Tag. Und wer weiß? Vielleicht wird das reinrassige kleine Kraftpaket ja auch noch irgendwie entführt, und wir müssen es unter höchster Gefahr heldenhaft befreien. Dann würde das überglückliche Frauchen bestimmt noch ein paar große Scheine extra drauflegen."

Schall fixierte Rausch beschwörend.

„Du wirst schon sehen: Deine Großzügigkeit Susi gegenüber wird dir nicht nur auf der Karma-Bank gutgeschrieben, sondern es wird uns auch gelingen, bei der Freiberger ein so großes Plus zu generieren, dass unsere Unkosten auf absehbare Zeit gedeckt sind."

Rauschs Miene hatte sich während Schalls Monolog und trotz dessen übertriebenem Enthusiasmus etwas aufgehellt. Offensichtlich war er dabei, den Rest seiner Bedenken erfolgreich zu überwinden. Das registrierte Schall und setzte gekonnt nach: „Da wir jetzt finanziell für Frau Sommer mitverantwortlich sind, sehe ich es praktisch als unsere Pflicht an, diese verschrumpelte Nazi-Erbin ordentlich auszunehmen. Ihre Eltern waren schließlich stramme Parteimitglieder, die nicht nur Bomben für Hitler bauen ließen, sondern dabei auch massenhaft Zwangsarbeiter ausgebeutet und so viele Millionen gemacht haben. Eine Schande ist das!"

Rausch nickte ergriffen. Der sonst wenig emotionale Berliner hatte im Laufe seines Lebens eine ungewöhnlich starke Aversion gegen Faschisten entwickelt.

„Okay, meinetwegen“, sagte er leicht zerknirscht, was vor allem daran lag, dass er prinzipiell ungern nachgab. „Aber ich knüpfe eine Bedingung an meine Zustimmung: Alina sollte von uns mehr als nur eine symbolische Aufwandsentschädigung für ihren Tierbetreuungsservice erhalten. Schließlich hütet sie gerade unseren Goldesel – das müssen wir einfach angemessen honorieren.“

Schall nickte. Wo Rausch recht hatte, hatte er recht.

Alina und Tyson hatten sich vom ersten Augenblick an blendend verstanden. Und glücklicherweise hatte sich Alina direkt bereit erklärt, der kleinen Bulldogge für ein paar Tage Asyl zu gewähren.

Etwas fand Schall allerdings bemerkenswert: „Trügt mich mein Gefühl oder bist du an unserer neuen Mitarbeiterin auch ganz persönlich interessiert?“

Rausch reagierte auf diese ebenso unangenehme wie zutreffende Bemerkung mit einem nichtssagenden Schulterzucken. Manchmal hasste er es, dass sein Partner eine so feine Spürnase besaß.

Kapitel 32

Schall und Rausch hatte es erneut in Kowalskis abrissreifes Haus gezogen, da sie in einigen der hier leer stehenden Wohnungen Andreas’ zurückgelassene Hanfplantagen vermuteten. Und so standen sie nun vor einer Wohnungstür, die sie nicht rechtmäßig zu öffnen gedachten.

„Mir war so, als hätte ich da gerade ein Geräusch gehört. Aber jetzt herrscht da drin wieder Totenstille“, flüsterte Rausch verunsichert.

Schall blieb optimistisch: „Dann lagen deine Zauberohren halt mal daneben, halb so wild."

Schalls Stichelei verwandelte Rauschs Stirn vorübergehend in ein kleines Faltengebirge, während er sich mit einem Dietrich an der Wohnungstür zu schaffen machte. Die war einmal mehr ein Kinderspiel, Türen solchen Kalibers konnten sogar von halbwegs begabten Kleinkindern im Handumdrehen geknackt werden.

Die beiden betraten die Wohnung gespannt, aber ohne dabei besonders vorsichtig zu sein. Das sollte sich umgehend rächen: Kaum hatten sie zwei Schritte in die Wohnung gesetzt, da ertönte auch schon ein lautes: „Hände hoch! Landeskriminalamt Berlin! Keine Bewegung oder wir schießen!"

Schall spürte kaltes Eisen auf seinem Nacken, das ihn unwillkürlich flach atmen ließ. Rausch hingegen hatte die Pistolenmündung an der Schläfe und erstarrte zur Salzsäule, um bloß keinen Anlass für den angedrohten Schusswaffengebrauch zu liefern. Mit kräftigen Händen wurden beide an die Wand geschoben und erkennbar professionell durchsucht. Dabei wurden alle gefundenen Gegenstände auf den Boden gelegt.

„Der ist ja bewaffnet, als ob er es mit einer ganzen Bande Tschetschenen aufnehmen müsste", sagte die eine Stimme, die Schall irgendwie bekannt vorkam, „entweder will der sich wichtigmachen oder das ist tatsächlich ein ganz übler Bursche."

War ja klar, dachte Rausch, das hab ich nun davon, dass ich immer die alleinige Verantwortung für unsere Bewaffnung übernehme. Ihm war aber durchaus bewusst, wie sein Arsenal auf Dritte wirken musste.

„Reizgas, Springmesser und – aha, jetzt wird's richtig interessant – ein Revolver", verkündete die andere, auch nicht ganz unbekannte Stimme.

„Ich bezweifle, dass das alles legal ist. Aber das werden wir ja schnell herausfinden und dann ..."

Zur Überraschung aller Anwesenden hatte es Rausch mitnichten die Sprache verschlagen: „Ich kann Ihnen gerne meinen Waffenschein und meine Waffenbesitzkarte zeigen."

Er hatte mit erstaunlich kühl klingender Stimme gesprochen, nur Schall erkannte eine gewisse Unsicherheit darin. Nach kurzer Stille verkündete die Stimme, deren Inhaber für die Bewachung Schalls zuständig war: „Die kennen wir doch."

Kurz darauf ertönte der Befehl: „Langsam umdrehen, aber wirklich ganz langsam – sonst haben wir ein Problem!"

Das Ermittler-Duo gehorchte der Anweisung aufs Wort und blickte überrascht in die Gesichter von Kriminaloberkommissar Ullstein und Kriminalkommissar Dinkelmann.

„Man sieht sich wohl immer zweimal im Leben", erklärte Ullstein trocken und bedachte Rausch mit einem besonders fiesen Bullen-Blick. „Aber jetzt wird's für euch brenzlig, Jungs. Bisher dachten wir ja, dass wir auf der gleichen Seite stehen. Aber dass ihr nun ausgerechnet in einer von Borchardts Grow-Buden auftaucht, ist schon äußerst verdächtig. Was habt ihr hier überhaupt zu suchen?"

„Wir gehen hier nur unserer Ermittlungsarbeit nach", versuchte sich Schall möglichst unbeeindruckt zu geben. „Kann es sein, dass Sie nur irgendeinen Schuldigen suchen, damit Sie den Fall schnellstmöglich abhaken können?"

Schall hatte geschickt improvisiert, doch Dinkelmann hielt unbeirrt dagegen: „So ein Quatsch, die durchgeführten ballistischen Untersuchungen haben längst bewiesen, dass Borchardt nicht durch eine unserer Dienstwaffen zu Tode kam. Folglich muss jemand anderes den tödlichen Schuss abgegeben haben. Bisher ist die Tatwaffe unbekannt, aber wer weiß", Dinkelmann deutete auf Rauschs Revolver,

„vielleicht ist es ja diese Knarre hier. Der Paraffin-Test verspricht jedenfalls höchst interessant zu werden."

Die beiden Kriminalbeamten schwiegen kurz, während sie ihre Verdächtigen prüfend betrachteten. Dann wiederholte sich Ullstein: „Also nochmal von vorne: Was habt ihr hier zu suchen?"

Schall und Rausch waren von dem gerade so überraschend erhobenen Mordverdacht dermaßen geplättet, dass ihnen zunächst die Worte fehlten. Doch diese Funkstille sorgte nicht gerade für gute Vibes bei den ungeduldigen Beamten.

„Wir können auch anders!", donnerte Ullstein plötzlich los. „Wir haben euch hier auf einer illegalen Cannabis-Plantage in flagranti erwischt, nachdem der Bruder deiner Freundin im Zusammenhang mit irgendeinem groß angelegten Deal ermordet wurde. Und diese Plantage hier wurde definitiv von Borchardt betrieben – das ergibt für mich nicht nur EIN Fragezeichen, sondern gleich einen ganzen Haufen. Also, wo wollen wir anfangen?"

Schall hielt seinen Blick verlegen gesenkt und auch Rausch schien irgendetwas auf dem Fußboden zu suchen.

„Das hier ist ja nicht Borchardts Privatwohnung, also was zur Hölle macht ihr hier? Woher wisst ihr von dieser Wohnung? Wart IHR vielleicht seine Partner? Dann habt ihr die Ernte wohl schon eingefahren und wolltet jetzt nur noch ein paar letzte Kleinigkeiten mitnehmen, richtig?

Schall und Rausch schwiegen stoisch.

Solche Vorwürfe verdienten einfach keine Reaktion, selbst wenn sie früher oder später etwas sagen mussten. Rausch drehte seinen Kopf langsam zu seinem Freund und legte den Zeigefinger auf die Lippen, was absolut überflüssig war, da Schall ohnehin nichts einfiel, was die aktuelle Situation entschärfen konnte. Wenn die beiden Kriminalbeamten der Meinung waren, dass sie Andreas umgebracht hatten, dann konnten sie nichts dagegen tun.

Am meisten beunruhigte Schall die immer wahrscheinlicher werdende Möglichkeit, dass dieser Verdacht den Anlass für eine Hausdurchsuchung liefern könnte. Auf ihr weiteres Schicksal und die Ermittlungen hätte es vermutlich katastrophale Auswirkungen, wenn dabei neben dem USB-Stick und dem Laptop von Andreas auch Schalls illegalisierte Schrankbewohner gefunden würden.

„Wir ermitteln hier lediglich im Auftrag einer Klientin“, brach Rausch das Schweigen und war froh, dass sie am Morgen den Vertrag mit Susanne unterschrieben hatten.

„Und um die Interessen unserer Klientin zu schützen, wollen wir derzeit noch keine Aussagen machen“, ergänzte Schall, dankbar für Rauschs Gedankenblitz. „Natürlich sind wir grundsätzlich kooperativ, aber wir müssen erst mit unserer Auftraggeberin sprechen und festlegen, welche Informationen wir weitergeben dürfen und welche nicht. Das verstehen Sie sicherlich.“

„Ihr Witzfiguren glaubt wohl, uns aufs Kreuz legen zu können“, vermutete Ullstein lakonisch und konnte seinen aufkommenden Ärger kaum verhehlen, „aber ich kann euch nur warnen: Das rächt sich meistens!“

„Wie gesagt, wir sind den Behörden gegenüber immer möglichst kooperativ“, betonte Schall erneut und nun fast schon genüsslich, „das geht aber erst nach Rücksprache mit unserer Klientin. Schließlich sind Diskretion und Vertrauen das A und O in unserer Branche. Wenn wir unseren guten Ruf verlieren, können wir den Laden auch gleich dicht machen.“

„Das ist nicht unser Problem“, erklärte Dinkelmann gleichgültig, „wir sammeln jetzt erst mal die Waffen ein und bringen sie zur Untersuchung ins Landeskriminalamt.“

„Und wenn die Ergebnisse der ballistischen Untersuchung vorliegen, werden wir ja sehen, ob ihr tatsächlich so unschuldig seid, wie ihr behauptet“, fügte Ullstein hinzu.

Nachdem Ullstein alle Waffen und verdächtigen Gegenstände eingetütet hatte, machte er eine unmissverständliche Handbewegung in Richtung Wohnungstür: „Abmarsch!“

Noch während sie die alten Treppen polternd hinabstiegen, flüsterte Rausch in Schalls Ohr: „Wir müssen unbedingt herausfinden, wie die beiden die Wohnung gefunden haben.“

Schall nickte unmerklich. Sie waren mal wieder einer Meinung.

Kapitel 33

Der Übergewichtige war professionell an einen roten Holzstuhl gefesselt, sein Kopf wegen der unablässigen Befreiungsversuche knallrot. Arme, Torso und Beine waren sorgfältig und separat festgebunden, daher gelang es Kowalski trotz erheblicher Kraftanstrengung nicht einmal ansatzweise, seine Fesseln zu lockern. Neben dem Stuhl lag ein zusammengeknüllter brauner Stofffetzen auf dem Boden, der dazu gedacht war, ihn bei Bedarf zum Schweigen zu bringen.

„Du kannst es auch gerne auf die harte Tour haben“, zischte Didi und schüttete bereits den dritten doppelten Espresso in sich hinein, den er sich aus Kowalskis erstaunlich edlem Vollautomaten in der Küche gezogen hatte. Trotz der oberflächlichen Müdigkeit fühlte er eine starke innere Unruhe, die ihn ganz kribbelig machte. Er bewegte sich erneut in Richtung Kaffeemaschine und zündete auf dem Weg dahin eine kräftige Filterzigarette an, die während der nächsten Minuten lässig in seinem Mundwinkel hing.

„Hey!“

Didi trat gegen den Stuhl.

„Fat Mike!"

Didi trat nochmal zu.

„Hat's dir die Sprache verschlagen oder findest du das alles langweilig?", fragte Didi sarkastisch, während der Automat in der Küche schon wieder geräuschvoll Kaffeebohnen zerkleinerte und kurz darauf tiefschwarzen Espresso in eine kleine Tasse fließen ließ.

„Mach mich los, Mann", jammerte Kowalski verzweifelt. „Ich war doch immer loyal!"

Didi schüttelte langsam und stur den Kopf. Ihm schien es, als sei der Gefesselte ein Kleinkind, das sich ahnungslos der Lebensrealität verweigerte.

Wie sollte er darauf reagieren?

Zunächst trank er einen weiteren Espresso.

Als er davon Sodbrennen bekam, beschloss er, erst mal keinen Kaffee mehr zu trinken. Fünf Doppelte waren schließlich eine nicht zu unterschätzende Dosis Koffein - nicht, dass ihm davon noch schlecht würde. Dabei war das im Augenblick seine geringste Sorge, denn hier passte gerade gar nichts mehr zusammen. Aber er musste auch solche Jobs durchziehen, komme was da wolle. Nur so hatte er noch eine Chance auf das ganz, ganz große Geld, von dem er schon so lange träumte.

Aus heiterem Himmel spürte Didi eine neue, überraschend heftige Schmerzwelle, die seinen unteren Rückenbereich überrollte. Das war nun schon das zweite Mal an diesem Tag. Ein deutlich vernehmbares „Ah!" gefolgt von einem etwas leiseren „Verdammt!" konnte er sich nicht verkneifen. Sofort ärgerte er sich, seinem so professionell festgebundenen Opfer Zeichen der eigenen Schwäche zu offenbaren. Aus einem Blister klickte er zwei hochdosierte, rezeptfreie Schmerztabletten und spülte sie mit etwas Leitungswasser hinunter.

„Didi, Mensch, was ist denn mit dir los?“, erkundigte sich Kowalski mit weinerlicher Stimme. „Ich war doch immer loyal ... Digga! ... Bruder! ... Warum behandelst du mich hier wie einen ...“

Langsam wandte sich der so Angesprochene mit eiskaltem Blick seinem Opfer zu, dem es daraufhin die Sprache verschlug.

„Geschäft ist Geschäft“, flüsterte der Folterknecht düster, „da muss man auch manchmal die Samthandschuhe ausziehen. Sorry Kumpel, aber bei so viel Geld hört die Freundschaft einfach auf!“

Ein kurzer Fausthieb in den Bauch unterstrich diese Botschaft unmissverständlich. Kowalskis Augen weiteten sich in ausufernder Panik. Auch ohne diesen kräftigen Hieb war ihm klar, wie ernst Didi jedes seiner Worte meinte. Diese Erkenntnis half ihm jedoch nichts, so ahnungslos, wie er war. Er hätte seinem Peiniger gerne alles erzählt, aber er wusste nicht mal, was der eigentlich von ihm wollte.

Didi zog aus der Seitentasche seiner schwarzen Cargo-Hose ein massives Jagdmesser, das einen wahrlich martialischen Eindruck vermittelte. Er wusste um die Außenwirkung des tödlichen Stahls, mit dem er schon mehrmals renitente Dealer in ihre Schranken verwiesen hatte.

„Hör mal ...“, seine rechte Hand glitt beinahe liebevoll über das eiskalte, silbrige Metall, „... du weißt doch ganz genau, was ich von dir will: Die *Berlin High-Seeds* und die Zugangsdaten zur Wallet. Oder glaubst du ernsthaft, dass du hier als Einziger groß absahnen kannst?“

Kowalski wimmerte und schüttelte seinen schon arg lädierten Kopf.

„Aber nicht mit mir, mein Freund!“

Didi schrie die letzten Worte regelrecht heraus.

„Dafür habe ich schon viel zu viel ... investiert!“

Seine aufbrausende Aggression verfehlte nicht ihre Wirkung, Kowalski saß schweißgebadet da und erwartete das Schlimmste. Er hatte schon ein paarmal Andeutungen über Didis blutige „Sessions“ aufgeschnappt, konnte sich bisher aber nicht vorstellen, dabei selbst auf dem „Ehrenplatz“ zu sitzen.

„Es ist doch ganz einfach“, versuchte es Didi, sich zur Ruhe zwingend, aufs Neue, „du sagst mir, wo die Seeds sind, und schon sind wir hier fertig. Ich binde dich los und verspreche dir sogar, dass du auch ein paar anständige Krümel vom großen Kuchen abbekommst. Mein Wort darauf - du wirst es nicht bereuen!“

Er zwinkerte Kowalski verschwörerisch zu, obwohl dieser wusste, dass das alles bedeuten konnte und er noch lange nicht aus dem Schneider war.

Währenddessen zündete sich Didi eine weitere Zigarette an und spürte ein innerliches Kribbeln, das immer mächtiger wurde. Er hatte das Gefühl, ganz schnell irgendetwas unternehmen zu müssen. Als liefe er Gefahr, sonst zu explodieren. Gleichzeitig fing Kowalski schon wieder an herumzujammern: „Ich hab dir doch schon alles über Andreas und *Berlin High* erzählt. Das war wirklich alles, was ich weiß.“

Didi nickte verächtlich.

„Klar, das Gras ließ sich gut verticken, aber bei unserer Session hier geht’s um was anderes - das weißt du auch ganz genau. Du willst mir doch nicht ernsthaft erzählen, dass du so gar nichts über den anstehenden Deal mit den Amis weißt. Schließlich kann jeder, der über einen simplen Internetzugang verfügt, selbst sehen, dass die Seeds gerade online versteigert werden. Inklusive ihrer kommerziellen Nutzungsrechte. Heute Abend läuft die Auktion aus und der endgültige Verkaufspreis wird feststehen. Das bringt mich zurück zu der Frage, wo Andreas die Seeds versteckt hat. Irgendetwas musst du doch wissen, komm schon, mach endlich das Maul auf!“

Kowalski schüttelte den Kopf wie ein Schamane in Trance: „Davon weiß ich nichts, das musst du mir glauben. Und wenn ich, was ich nie machen würde, die Seeds wirklich abgegriffen hätte, dann wäre ich doch längst damit abgehauen. Glaubst du wirklich, dass ich die Seeds geklaut und dann in meiner eigenen Wohnung auf deinen Besuch gewartet habe?"

Tatsächlich glaubte Didi das nicht.

Aber er wusste, was für eine mächtige Triebfeder die Gier insbesondere unter Gangstern war. Und wie übertrieben selbstsicher die dann immer noch auftraten, obwohl ihnen der Arsch eigentlich längst auf Grundeis gehen müsste. Zudem hatte sich Kowalski in der Vergangenheit schon öfter mal grenzwertige Aktionen geleistet, die mit herkömmlicher Logik einfach nicht zu erklären waren. Folglich musste er wohl etwas nachhelfen.

Didi legte seinen Oberarm um Kowalskis Hals und drückte langsam zu. Die Gesichtsfarbe des Gefesselten nahm schnell immer ungesündere Farbnuancen an. Didi war kein Arzt, konnte aber durchaus erkennen, dass Kowalski langsam die Puste ausging. Also ließ er wieder locker, auch wenn er extrem gestresst war und lieber früher als später die erhofften Informationen zutage fördern wollte.

Während Kowalski noch japsend um Luft rang, zündete sich Didi eine weitere Kippe an und stellte dabei zu seiner großen Verwunderung fest, dass er vor Anspannung zitterte. Nachdem er ein paarmal tief inhaliert hatte, stieß es ihm sauer auf. Vielleicht war ja die aktuelle Kombination aus reichlich Koffein, Nikotin und rezeptfreien Schmerzmitteln doch nicht so vorteilhaft. Didi spürte eine unaufhaltsame Übelkeit in sich aufsteigen, beschloss aber, sie schön für sich zu behalten. Beziehungsweise in zielführende Aggression umzuwandeln.

„Nun pack endlich aus!", brüllte er Kowalski unvermittelt an, der heftig zusammenzuckte. „Oder ich säble dir die kleinen Finger ab!"

Für den Bruchteil einer Sekunde sah Kowalski ehrlich irritiert aus, doch nachdem er das Gesagte vollumfänglich begriffen hatte, wechselte seine Gesichtsfarbe von einem feurigen Herzinfarkt-Rot ins Aschfahle.

Didi trat hinter den Stuhl: „Na, mit welchem Finger wollen wir anfangen?"

Kowalski wollte darüber nicht nachdenken und fing an zu röcheln. Dann folgte Schnappatmung, bis er fast hyperventilierte – bei seiner Gesamtkonstitution ein ernstzunehmendes Alarmsignal, welches Didi aber geflissentlich ignorierte.

„Spar dir dein Gewinsel und benimm dich wie ein Mann!", befahl er ungerührt. „Wir sind hier schließlich nicht im Kindergarten. Wenn in Japan ein Yakuza Scheiße baut, dann säbelt er sich selbst seine Finger ab – und zwar ohne mit der Wimper zu zucken. Und du jammerst hier rum wie der letzte Schisser! Dabei nehme ich dir den unangenehmsten Teil sogar ab."

Didi war nun richtig in Fahrt, er spürte, wie das hoch konzentrierte Koffein der letzten Espressi gerade wie ein ICE auf Höchstgeschwindigkeit in sein Hirn einfuhr. Er beugte sich zu Kowalski runter, untersuchte akribisch dessen Hände und murmelte irgendwas von „ganz krassen Wurstfingern".

„Aber ich weiß doch wirklich nichts weiter", bäumte sich Kowalski noch einmal verzweifelt auf, wobei sich sein Gesicht rötlich verfärbte, „und ich habe immer alles gemacht, was ihr von mir wolltet: Leute einschüchtern, Plantagen hüten, Blüten trimmen oder was auch immer beschaffen. Noch vor einer Woche war ich für dich in Andys Wohnung, die zwei Pflanzen und sein Laptop haben dich da noch mega-happy gemacht. Und mehr habe ich da wirklich nicht gefunden, da waren keine Seeds oder weitere Pflanzen. Oder ein Wallet, was immer das auch ist. Das musst du mir einfach glauben!"

Doch Didi blieb bei seiner Strategie, sich völlig unbeeindruckt und knallhart zu geben: „Ich glaube, wir nehmen einfach den rechten Kleinen. Der fehlende Finger wird dich vielleicht ein bisschen beim Wichsen irritieren, aber du kannst dann ja immer noch auf links umsatteln."

Der festgeschnürte Dicke schnaubte wie eine Dampflokomotive, aber gegen die Ausdauer und Muskelkraft des anderen hatte sein kleiner Finger keine Chance. Er wurde ohne Rücksicht auf Verluste gerade gebogen und gegen die massive hölzerne Armlehne gepresst.

„Sei froh, ich hab hier ein endgeiles Teil, ein besonders scharfes japanisches Messer", erklärte Didi in einem Ton, der uneingeschränkte Anerkennung einforderte, „das sollte durch deine Bockwurst-Griffel wie durch Butter schneiden."

Aber ganz so einfach war es nicht.

Didi musste mehrmals ansetzen und höllisch aufpassen, dass er sich seine Kleidung nicht mit dem wild herumspritzenden Blut versaute.

Kowalski hatte derweil die klassische menschliche Kommunikation aufgegeben und sonderte nur noch laute, durchdringende Schmerzensschreie ab. Didi legte das Messer beiseite und hob den auf dem Boden liegenden Lappen auf: „Sorry, Digga, aber wenn du nicht mal ansatzweise deine Fresse halten kannst, dann muss ich dir halt den Lappen reinstopfen."

Kowalski schüttelte panisch den Kopf und versuchte krampfhaft ruhiger zu werden, was ihm aufgrund der starken Schmerzen und der unbefriedigenden Gesamtsituation aber nicht so recht gelang: „Ich krieg keine Luft mehr ... bitte ... meine Nase ..."

Didi war sich nicht sicher, ob Kowalski bluffte oder tatsächlich kurz davor war, den Geist aufzugeben. So oder so, irgendwie musste er einfach an die Informationen gelangen, die ihm ein sorgenfreies Leben auf der Karibikinsel seiner Wahl ermöglichen würden. Ohne weiter darüber nachzudenken, riss er den Mund seines ehemaligen Angestellten mit beiden Händen auf und stopfte den blutigen Stofffetzen mit einer Wucht hinein, die einem leichten Faustschlag glich.

Das gewünschte Ergebnis trat direkt ein: Von Kowalski waren nur noch gedämpfte Geräusche zu hören. Obwohl er etwas neben sich stand, war Didi klar, dass er sich nun beeilen musste. Er wandte sich wieder dem blutigen Finger zu, und mit einiger Anstrengung gelang es ihm schließlich, den Knochen komplett zu durchtrennen. Dann suchte er nach einem Taschentuch, fand eins in seiner Hosentasche und hob damit angeekelt das abgetrennte Körperteil auf.

Vielleicht würde er es ja vorzeigen müssen.

Didi baute sich noch einmal demonstrativ vor Kowalski auf und schwenkte triumphierend den kleinen Finger vor dessen Nase umher. Doch der buchstäblich Gefesselte verdrehte nur seine Augen und machte schon wieder einen auf Panikattacke.

Didi zog gelangweilt die Augenbrauen hoch: „Kannste dir sparen, die Nummer zieht bei mir nicht."

Allerdings konnte Didi durchaus erkennen, dass Kowalski große Probleme damit hatte, durch seine Nase zu atmen, und ganz plötzlich waren auch noch seine Augäpfel nach hinten geklappt.

Didi trat einen Schritt zurück und kam ins Grübeln. Gleichzeitig bemerkte er, dass sich der frisch Beschnittene kräftig eingenässt hatte. Und dem Geruch zufolge nicht nur das.

„Alter! Hast du dir etwa in die Hose geschissen?!"

Didi trat gegen den Stuhl, woraufhin Kowalskis Kopf abrupt nach vorne kippte.

„Hey, Mike!"

Didi musterte Kowalski misstrauisch, der nun ganz unbeweglich dasaß. Er konnte nicht einmal mehr irgendwelche Atembewegungen feststellen.

„Fuck!", fluchte er unwillkürlich und riss mit einem heftigen Ruck den Lumpen aus Kowalskis Mund, woraufhin sich der mittlerweile völlig geist- und lappenbefreite Kopf damit begnügte, leblos zur linken Seite herunterzuhängen.

„Ach du Scheiße!“

Didis Kreislauf wurde schlagartig von einer hohen Dosis Adrenalin geflutet. In der Küche füllte er in panischer Eile einen Eimer mit kaltem Wasser, um ihn anschließend Kowalski ins regungslose Gesicht zu schütten. Doch der gewünschte Wiederbelebungseffekt trat nicht ein – ganz im Gegenteil: Die Spülmittelreste im Eimer schäumten beim Ausschütten leicht auf und erzeugten einen fein schimmernden Seifenfilm zwischen „Fat Mike“ Kowalskis leicht geöffneten Lippen, der Didi überaus anschaulich verdeutlichte, dass er hier vor einem atemlosen Toten stand.

„Oh Fuck!“, schrie Didi in ohnmächtiger Wut. So hatte er das alles nicht geplant, aber nun musste er sich der unerfreulichen Wahrheit stellen. Und die beschäftigte ihn noch ein paar Minuten.

Klar war ihm eigentlich nur, dass er den Folterunfall verschweigen und Kowalskis Tod irgendwie anders begründen müsste. Allein schon, um sein Gesicht zu wahren.

Der nach seinem Verständnis einzig logische Ausweg drängte sich ihm geradezu auf, und er beschloss, die so abrupt beendete Session einfach weiterzuspinnen. Man würde die Leiche dann als unmissverständliche Warnung verstehen, sich nicht mit ihm anzulegen.

Kurzentschlossen baute er sich hinter dem Toten auf und überlegte, ob er ihm nur die Kehle durchschneiden oder gleich den ganzen Kopf absäbeln sollte. Was würde die gewünschte Botschaft besser vermitteln?

Kapitel 34

„Wetten, dass ich der Freiberger noch mindestens 500 Euro extra aus der Tasche leiere, wenn ich ihr eine besonders ergreifende Geschichte erzähle, nach der wir den todgeweihten Tyson unter akuter Lebensgefahr befreit haben?“

Schall machte sich bereits erste mentale Notizen, um diesen Plan zu verwirklichen, während Rausch völlig unbeeindruckt blieb.

„Hast du etwa heute schon gekifft, obwohl wir das anders vereinbart hatten?“, fragte er mit ironischem Unterton und ohne näher auf Schalls neues Wettangebot einzugehen. Dieser verschränkte seine Arme vor der Brust und rang sich ein Lächeln ab.

„Nein“, antwortete er wahrheitsgemäß, „aber ich wette, dass ich das mit der Freiberger tatsächlich hinkriege - vorausgesetzt, du hältst, während ich ihr meine Story auftische, deine verdammte Berliner Schnauze und funkst mir nicht wieder dazwischen.“

Den mitunter etwas rüden Umgangston war Rausch von Schall längst gewöhnt. Er selbst nahm ja auch kein Blatt vor den Mund. Und er wusste, dass es sein Freund nie persönlich meinte. Das gehörte einfach zu seiner direkten Art.

„Okay, Wette angenommen“, antwortete Rausch schließlich, damit Schall endlich Ruhe gab. Sie besiegelten die neue Bürowette mit einem Handschlag, wobei Schall erfreut feststellte, dass auch Rauschs Hand ein klein wenig feucht geworden war. Ganz so sicher schien er sich also doch nicht zu sein.

Kurz darauf wanderte die Aufmerksamkeit der beiden Detektive von ihren Händen zu Rauschs Fake-Gips.

„Musste das wirklich sein?“

Rausch bewegte seinen bis zur Schulter eingegipsten linken Oberarm soweit es ihm möglich war. Das war nicht viel.

Schall nickte überzeugt: „Auf jeden Fall, auf dich ist schließlich geschossen worden. Und wenn wir der Freiberger schon was vormachen, dann gleich richtig."

Er blinzelte Rausch verschmitzt an.

„Und warum bist DU nicht angeschossen worden?"

Rausch erschien wenig überzeugt.

„Ich muss doch der Freiberger unsere Fantasy-Story verkaufen. Und das geht mit einem dezenten Verband nun mal viel besser als dermaßen eingegipst – sonst könnte ich ja nur einarmig gestikulieren. Und bei dem Riesenbär, den wir ihr aufbinden wollen, brauche ich schon beide Arme."

Rausch grunzte unzufrieden, verzichtete aber auf eine Erwiderung und kratzte sich mit einem Stift unter der Gipsattrappe, was Schall zu einer anerkennenden Bemerkung inspirierte: „Der Gips sieht ja richtig authentisch aus, den hat Alina echt gut hingekriegt."

Rausch nickte wortlos, was Schall die Gelegenheit gab, noch etwas weiterzusprechen: „Unsere neue Sekretärin war übrigens auch ein Grund, warum DU jetzt den Gips trägst, denn so hattet ihr heute Morgen bereits ein gemeinsames Stündchen und sogar schon ersten Körperkontakt. Wenn auch nur im linken Schulterbereich."

Schall blickte Rausch frech grinsend an.

„Und du wirst mir doch nicht erzählen wollen, dass dir das nicht gefallen hat."

Rausch stöhnte genervt.

Auf vorlaute Bemerkungen über sein Privatleben konnte er gut und gerne verzichten. Was Schall offensichtlich nicht begreifen konnte. Oder wollte.

„Was Alina und mich betrifft, will ich dir gar nichts erzählen, denn das geht dich einfach nichts an! Wenn ich gewusst hätte, was für ein Schwachsinn du hier laberst, hätte ich dir nie verraten, dass sie mir gefällt."

Schall erkannte, dass er zu weit gegangen war, also ruderte er zurück: „Sorry, Bro – du hast ja recht. Und natürlich wünsche ich dir viel Glück bei Alina. Wenn ich dir dabei irgendwie helfen kann, lass es mich einfach wissen."

Doch Rausch wollte nur eins: endlich das Thema wechseln.

„Mach dir mal nicht meinen Kopf, ich bin schon erwachsen. Außerdem haben wir gerade ganz andere Sorgen. Ist dir eigentlich aufgefallen, dass auch Ullstein und Dinkelmann von Borchardts großem Weed-Deal wussten? Mir ist das gestern Abend nochmal durch den Kopf gegangen, denn das bedeutet doch, dass sie mit den Personen in Verbindung stehen müssen, die bei Borchardt eingebrochen sind. Die Infos über den Online-Deal können doch nur von Andys gestohlenem Laptop stammen, das heißt, die Einbrecher müssen ihn geknackt und ausgewertet haben. Vielleicht haben Ullstein und Dinkelmann die Einbrecher ja längst geschnappt und überführt."

Schall runzelte grüblerisch die Stirn: „Aber warum sollten sie uns das verheimlichen und stattdessen uns verdächtigen?"

Rausch hatte auch darauf eine Antwort: „Wer weiß, vielleicht konnten sie die Einbrecher als Borchardts Mörder ausschließen. Und wenn sie uns wirklich verdächtigen, dann macht es durchaus Sinn, ganz gezielt bestimmte Informationen zu streuen. Wie die, dass sie von dem Millionen-Deal wissen. Denn wären wir die Täter, würde das den Druck auf uns enorm erhöhen."

Schall lehnte sich nachdenklich zurück und wollte schon darauf antworten, als das Telefon klingelte.

Es war kurz vor 11 Uhr vormittags, dem traditionell frühesten Termin der Detektei für Klientengespräche. In den Räumen der Detektei hatte der Tag allerdings schon zwei Stunden zuvor begonnen. Alina hatte zunächst Rausch sorgfältig eingegipst und war danach, während ihr beeindruckend authentisches Werk an

Rausch trocknete, auf eine ausdrücklich erwünschte Abschieds-Gassi-Runde mit Tyson gegangen, der ihr in den vergangenen Wochen ziemlich ans Herz gewachsen war. Die Begeisterung des kleinen Wesens über neue Orte, Gerüche und unbekannte Mahlzeiten übertrug sich oft auf Alina, die in solchen Momenten nicht mehr an Quang denken oder weinen musste.

Und nun berichtete sie ganz aufgeregt am Telefon, dass sie mit Tyson durch die Hasenheide spaziert war und eigentlich mit dem Bus zurückkommen wollte, der aber einfach nicht kam. Sie entschuldigte sich für die zu erwartende Verspätung und versprach, sich zu beeilen. Schall hatte kaum aufgelegt, da schrillte auch schon die Türklingel.

„Sie kommt“, verkündete Schall, nachdem er ihrer Klientin die Haustür über die Gegensprechanlage geöffnet hatte. Er und Rausch standen im Flur und erwarteten nervös die steinreiche, derzeit hundelose Erbin.

„Hoffentlich haben wir es mit unserer Rechnung nicht übertrieben.“

Rausch drängte es offensichtlich, letzte Bedenken zu äußern. Schall fand den Zeitpunkt denkbar ungünstig, versuchte aber trotzdem, sie direkt wieder zu zerstreuen: „Keine Angst, das ist für die kein nennenswerter Betrag. Außerdem hat sie ja regelrecht darum gebettelt, abgezockt zu werden. Hätte sie, so wie wir, erst mal beim zuständigen Tierheim nachgefragt, hätte sie uns gar nicht erst beauftragen müssen. Aber sie wollte ja das große Drama und hat auch gleich das Allerschlimmste vermutet. Und das bestätigen wir ihr jetzt einfach, damit ihre Welt nicht allzu sehr ins Wanken gerät. Außerdem haben wir ja eh schon gewettet, ob sie freiwillig noch mindestens 500 Euro oben drauflegt.“

Rausch nickte, hatte aber noch eine Frage: „Wie kamst du eigentlich auf diese Summe?“

Er konnte sich beim besten Willen nicht vorstellen, dass die Freiberger einen so hohen Bonus zahlen würde, nachdem sie ihr die aufgeblasene Rechnung präsentiert hatten. Schall sah das anders und blieb optimistisch: „Vormittags hat sie bestimmt nur 500er-Scheine dabei, weil sie noch gar nichts ausgeben konnte. Darunter geht es dann praktisch nicht.“

Im Gegensatz zu Rausch wirkte Schall wesentlich entspannter, als Frieda von Freiberger mit einem ungeduldigen „Na, wo issa denn?“ die Räume der Detektei betrat und sich irritiert umsah, als das erwartete freudige Gebell ausblieb.

„Was ist denn mit Ihnen passiert?“, fragte sie nach einem flüchtigen Blick auf Rauschs eingegipste Schulter, war aber nicht wirklich an einer Antwort interessiert. Sie hatte erwartet, dass ihr Tyson direkt in die Arme gesprungen kam und war nun sichtlich enttäuscht.

„Guten Morgen, Frau Freiberger“, bemühte sich Schall die traditionellen Umgangsformen zu wahren und lotste die alte Dame ins Sprechzimmer, „bitte kommen Sie herein und setzen Sie sich. Tyson wird in Kürze bei uns sein.“

„Das glaube ich erst, wenn ich ihn sehe“, entgegnete die Freiberger misstrauisch, „eigentlich waren wir ja um 11 Uhr verabredet.“

Sie schaute auf ihre goldene, mit Edelsteinen versetzte Armbanduhr und blickte triumphierend in die Runde.

Tatsächlich war es genau 11 Uhr.

Schall reagierte souverän und ohne zu zögern: „Aber gnädige Frau, wir sind doch hier. Und Ihr Hündchen wird es auch gleich sein, unsere Sekretärin ist nur nochmal kurz mit ihm Gassi gegangen. In fünf bis zehn Minuten sind die beiden wieder da – seien Sie ganz unbesorgt. Vielleicht dürfen wir Ihnen in der Zwischenzeit etwas anbieten? Vielleicht einen Kaffee oder einen Tee?“

Die Freiberger setzte sich mittig auf das Sofa im Sprechzimmer: „Nein danke, aber wir können in der Zwischenzeit ja schon mal das Finanzielle erledigen. Ich vermute, Sie haben eine Rechnung für mich?“

Schall nickte, holte die künstlich aufgeblähte Rechnung vom Schreibtisch und übergab sie der unschön gereiften Frau, die sich daraufhin anschickte, ihre Lesebrille aus der Handtasche zu kramen.

Es folgten für Schall und Rausch äußerst unangenehme Sekunden, in denen sie beobachten mussten, wie ihre Klientin mit hochgezogenen Augenbrauen und kritischer Miene die zweiseitige Rechnung studierte.

Rausch fixierte Schall, von dem er erwartete, dass er nun endlich mit seiner versprochenen Show beginnen und die Alte ordentlich bequatschen würde. Doch Schall schwieg mit einem fein eingefrorenen Verkäuferlächeln im Gesicht, aufmerksam die Mimik der Freiberger verfolgend.

Schließlich legte sie die Rechnung wieder ab und kommentierte: „Das ist aber ganz schön happig. Rein rechnerisch scheint zwar alles zu stimmen, aber ich verstehe einige der Einzelpositionen nicht. Für mich sind hier nur die vereinbarten Tagessätze klar erkennbar, die Spesenabrechnung und einige weitere Teilsummen verdienen wohl noch ein paar Erläuterungen.“

Wie immer hatte die betagte Dame von ihrem unverkennbar hohen Ross herab gesprochen und dabei ein feudales Selbstverständnis präsentiert, das seinesgleichen sucht. Und genau darauf hatte Schall gewartet, der nun sein Stichwort erhalten hatte: „Das erläutere ich Ihnen natürlich gerne.“

Er trat von hinten an das Sofa heran und beugte sich zu seiner hochnäsigen Klientin herunter: „Am besten gehen wir die Rechnung Punkt für Punkt durch und ich erläutere Ihnen die einzelnen Posten. Aber lassen Sie mich vorausschicken, dass es wirklich nicht einfach war, Tyson zu finden und zu befreien. Das hat uns schon einiges abverlangt."

Wie auf Kommando kratzte sich Rausch, der gegenüber Platz genommen hatte, unter seinem Gips und simulierte dann über den Juckreiz hinausgehende Schmerzen, die er vermeintlich tapfer ertrug. Schall gab der Freiberger noch ein paar Sekunden, damit sie auch seinen täuschend echten Unterarmverband registrieren konnte und fuhr dann mit Blick auf die Rechnung fort: „Okay, los geht's mit unseren regulären Tagessätzen. Insgesamt waren wir zwar über zehn Tage für Sie tätig, aber das haben wir großzügig abgerundet. Dazu kommen allerdings noch einige Aufschläge, Spesen und die Erstattung der Kosten, die wir hatten. Am besten erzähle ich Ihnen kurz, wie unsere Ermittlungen verliefen, dabei ergeben sich dann alle weiteren Kostenfaktoren automatisch und stehen auch gleich im richtigen Kontext."

Die Freiberger nickte, das leuchtete ihr ein. Schall konnte nun mit seiner fantastischen Geschichte über die heldenhafte Befreiung der kleinen französischen Bulldogge beginnen: „Unser Ausgangspunkt war ja die Hasenheide, wo Ihnen Tyson, wie Sie selbst schon ganz richtig vermuteten, von heruntergekommenen Kriminellen geraubt wurde. Diese hatten es auf ein sechsstelliges Lösegeld abgesehen und wollten erst mal ein paar Tage warten, bevor sie sich mit ihrer Lösegeldforderung bei Ihnen melden. Wir aber haben diese Tage gut genutzt und intensiv ermittelt – so fanden wir nach einigen Befragungen heraus, dass die Entführer zwei obdachlose Alkoholiker aus dem Böcklerpark waren. Allerdings erhielten wir den entscheidenden Tipp von einem unserer Informanten, der selbst ein guter Bekannter der Täter war. Daher verriet er den beiden, dass wir ihnen bereits dicht auf der Spur waren, was sie dermaßen in Panik versetzte, dass sie ihren ursprünglichen Plan verwarfen und Tyson nur noch so schnell wie möglich loswerden wollten. Als wir sie schnappten, war Tyson bereits weg, aber wir konnten noch in Erfahrung bringen, dass sie ihn an eine zwielichtige Tierhandlung in einem Neuköllner Hinterhof verkauft hatten. Wie wir bald feststellten, stand dieser Laden nicht nur im Verdacht, mit osteuropäischen Welpen-Fabriken zu kooperieren, er war auch dafür bekannt, dass man dort ungeliebte Haustiere loswerden und sogar noch etwas Geld für sie einstreichen konnte. Also verwanzten und observierten wir den Laden zwei Tage lang, was die Gefahrenzulage und die Technikpauschalen auf unserer Rechnung erklärt. Wir betraten das Geschäft erst, als wir sicher sein konnten, dort nur den immer blanken Juniorchef anzutreffen. Wie wir durch unseren Lauschangriff wussten, ist er immer sehr an finanziellen Zuwendungen interessiert, also marschierten wir da rein und legten 1.000 Euro auf den Tresen. Auf der Rechnung ist dieses Bestechungsgeld als ‚BG-Pauschale Neukölln' vermerkt. Jedenfalls erfüllten die Scheine ihren Zweck, denn der Junior bekam ganz große Augen und fing direkt an zu plaudern. Wie wir so erfuhren, wurden alle Tiere, die keiner mehr wollte oder die entlaufen oder gestohlen waren, an eine Münchener Adresse verschickt. Diese ominösen Münchener waren praktisch immer interessiert – und sie zahlten gut. Auch Tyson wurde nach München gebracht, was für uns bedeutete, dass wir uns nun auch auf den Weg nach Bayern machen mussten."

Die Freiberger nickte gespannt, offenbar kaufte sie ihnen die Story soweit ab. Rausch nutzte Schalls Kunstpause, um auf ein weiteres imaginäres Detail zu verweisen: „Was mein Partner vergaß zu erwähnen: Kurz bevor wir die Befragung des Juniorchefs abgeschlossen hatten, kam der Seniorchef mit seinem Handlanger fürs Grobe zurück und vermutete in uns die verhasste Konkurrenz. Die Situation eskalierte und der Handlanger zog ein Messer, mit dem er uns nicht nur bedrohte, sondern auch angriff. Der Verband an Schalls Unterarm spricht ja eine deutliche Sprache.“

Rausch hatte seine Sache gut gemacht und den Ball geschickt zurück an Schall gespielt. Dieser machte eine bescheiden-abwehrende Geste und erklärte: „Zum Glück hab ich nur zwei Stiche abgekriegt, das hätte auch viel schlimmer kommen können.“

Schall rieb sich den verbundenen Unterarm und bemühte sich, gleichzeitig möglichst leidend UND tapfer auszusehen.

„Jedenfalls gelang es uns aus dem Laden zu fliehen, und wir machten uns auf den Weg nach München, was die Kosten für die Bahntickets erklärt.“

Schalls Finger wies auf den entsprechenden Rechnungsposten. „Wir blieben dann drei Nächte im Old Royal, das war das erstbeste Hotel, das wir in Bahnhofsnähe fanden. Und 100 Euro pro Nacht und Nase sind in München ja ein echtes Schnäppchen. Wir sind dann immer mit dem Taxi zu der in Neukölln ermittelten Münchener Adresse gefahren, die wir an den ersten beiden Tagen nur observierten. Daher die gesammelten Taxi-Quittungen.“

Während die Teilsummen der Rechnung damit fast alle geklärt waren, ging Schalls fiktive Geschichte ihrem Höhepunkt entgegen: „Wie gesagt: Die verdächtige Münchener Adresse führte uns zu einer großen, abgelegenen Lagerhalle am Münchener Stadtrand, die wir zwei Tage lang beobachteten. Wie wir dabei feststellten, verschwanden morgens immer ein paar Leute in der Halle, und mittags kamen alle möglichen Postabholer vorbei. Wir haben an diesen Tagen zahlreiche Mitarbeiter von Versanddienstleistern dabei beobachtet, wie sie etliche Pakete entgegennahmen. Aber nur einmal pro Tag wurde auch etwas angeliefert: Immer so gegen 21 Uhr fuhr ein voll beladener Kleintransporter in die Halle und kam kurz darauf wieder leer heraus. Etwa eine Stunde später waren dann alle gegangen und die Lagerhalle blieb bis zum nächsten Morgen unbewacht. In der dritten Nacht haben wir uns dort mal etwas genauer umgesehen, da das nicht ganz legal war, möchte ich auf weitere Details lieber verzichten. Aber letztendlich rechtfertigte der Zweck die Mittel, denn was wir in der Halle entdeckten, können Sie sich gar nicht vorstellen.“

Schall machte eine kurze, dramaturgisch Pause und stellte mit Befriedigung fest, dass die alte Dame gebannt an seinen Lippen hing.

„Wie wir schnell erkannten, wurden in der Lagerhalle Hunderte von Haustieren in kleinen Käfigen gehalten, die meisten so sediert, dass sie sich kaum rühren konnten. Wir entdeckten auch eine Verpackungsanlage, die offensichtlich darauf ausgerichtet war, sedierte Tiere so geschickt in Pakete zu verpacken, dass sie darin ein paar Tage überleben und dem Postboten keine Verdachtsmomente liefern konnten, dass hier, entgegen den gesetzlichen Bestimmungen, betäubte Haustiere verschickt wurden.“

Angewidert schüttelte Schall den Kopf.

Rausch und die Freiberger taten es ihm gleich.

„Nachdem wir in der Lagerhalle Hunderte von Käfigen vorfanden, mussten wir uns etwas einfallen lassen, wie wir Tyson unter all den anderen Hunden finden konnten. Rausch entdeckte schließlich in der Nähe der Verpackungsanlage einen alten PC. Wie wir bald feststellten, war das der einzige Computer in der ganzen Halle. Und darauf lief zum Glück noch Windows XP – also war es für Rausch nur eine Frage von Minuten, bis er uns Zugang verschafft hatte. Über das Verzeichnis auf dem Rechner fanden wir schließlich auch die Lieferung der Neuköllner Kleintierhandlung, die an besagtem Tag nur drei Tiere nach München geschickt hatte. Und darunter war nur ein einziger Hund: Ihr Tyson.“

Erneut gönnte Schall sich und der Freiberger eine kurze Verschnaufpause, bevor er zum finalen Showdown kam: „Nachdem Rausch auf dem Computer

Tysons Käfignummer gefunden hatte, lief ich los und suchte in der riesigen Lagerhalle nach dem passenden Käfig. Rausch stieß derweil auf zahlreiche Haustier-Bestellungen aus dem Darknet, dem völlig anonymen Internet, wo man praktisch alles kaufen kann. Dort tummeln sich auch viele Schwerkriminelle, Perverse und Gestörte – und mit genau solchen hatten wir es hier zu tun. Rausch entdeckte auf dem Computer zahlreiche Beweise für das Geschäftsmodell der kriminellen Lagerhaus-Betreiber, die voll auf die Gelüste von Sadisten setzten, denen man per Expresslieferung alle möglichen Haustiere zuschickte, die in Osteuropa nur dafür gezüchtet wurden, damit sie von solventen Koksnasen im Allmachtsrausch oder von religiösen Eiferern bei abstrusen Ritualen getötet werden konnten. Als Rausch das klar wurde, rief er sofort die Polizei, doch die brauchte eine gute halbe Stunde, bis sie kam. Die Gangster waren leider schneller da. Wie wir später von den ermittelnden Beamten erfuhren, hatte der Rechner beim Hochfahren irgendein Sub-System aktiviert, welches den Kriminellen unsere Anwesenheit verriet und sie in Echtzeit alarmierte.“

Schall machte ein sorgenvolles Gesicht und erneut übertrug sich dieser Ausdruck direkt auf das Antlitz der Lauschenden.

„Ich hatte Tyson gerade gefunden und befreit, da hörte ich vereinzelte Schüsse. Ich lief zurück und sah, wie mir Rausch ziemlich mitgenommen entgegen gewankt kam. Er hielt seinen Revolver in der Hand und meinte nur, wir müssten uns irgendwo verschanzen und dass die Polizei jeden Augenblick kommen müsste. Erst jetzt sah ich, dass er angeschossen worden war und stark blutete. Fast zeitgleich fielen weitere Schüsse und wir bangten um unser Leben. Wir versteckten uns im Labyrinth der Käfige und durchlitten einige Minuten Todesangst, bis die Polizei schließlich eintraf und nach einem kurzen Feuergefecht die lebensbedrohliche Situation bereinigte. Rausch wurde dann erst mal ins örtliche Krankenhaus gebracht, wo die Kugel aus seiner Schulter entfernt wurde, während ich der Polizei ausführlich von unseren Ermittlungen berichtete. Wie ich dabei erfuhr, hatten die IT-Experten der Polizei diese skrupellose Tierhändler-Bande schon lange im Visier, konnten aber nie feststellen, von wo aus die Tiere verschickt wurden. Zumindest bis Rausch anrief und es ihnen erzählte."

Schall deutete anerkennend auf Rausch, der seinerseits ganz bescheiden reagierte: „Natürlich kooperieren wir immer mit der Polizei, wenn es angebracht ist. Und hier war es angebracht. Denn lange hätten wir das nicht mehr überlebt."

Rausch nickte überzeugt und Schall setzte zum Schlussspurt an: „Letzten Endes ist ja zum Glück nochmal alles gut gegangen. Man könnte sogar argumentieren, dass all diese Tiere nur dank Tyson und seiner hartnäckigen Halterin gerettet werden konnten. Denn hätten Sie sich die Kosten und wir uns die Mühen gespart, dann würde Tyson jetzt nicht mehr leben. Und das gilt auch für all die anderen unschuldigen Tiere in dieser Todeshalle."

Schall und Rausch konnten kaum glauben, was sie nun sahen: Der alten Freiberger lief doch tatsächlich eine Träne über die runzelige Wange. Fast zeitgleich ertönten Schließgeräusche und ein vorfreudiges Bellen deutete darauf hin, dass Tyson sein Frauchen längst gewittert hatte.

Damit brachen bei der Freiberger alle Dämme. Unter Tränen und der Zunge ihres vierbeinigen Lieblings brachte sie nur unvollständige Satzfetzen hervor: „Ja, fein ... ach du ... mein kleiner Schatz ... hab ich dich endlich wieder ... was für ein Glück."

Nachdem Tyson genug rückversichernden Körperkontakt mit seiner überglücklichen Versorgerin genossen hatte, ließ er wieder von ihr ab und begann die Räumlichkeiten der Kanzlei mit seiner Nase zu erkunden. Das war der perfekte Moment, um die nun überglückliche Klientin noch einmal ganz gezielt anzusprechen. Dachte Schall und tat es: „Ich weiß, unsere Rechnung hat sich ganz schön summiert, aber Tysons Leben ist doch letztendlich unbezahlbar, oder?"

Die Freiberger nickte ergriffen und zückte entschuldigend ihr Portemonnaie: „Wenn ich das eher gewusst hätte, wäre ich vorhin nochmal beim Geldautomaten vorbeigegangen. Denn was Sie beide für Tyson durchgemacht haben, das schreit ja förmlich nach einem saftigen Trinkgeld."

Sie öffnete ihre Geldbörse und stellte zerknirscht fest: „Leider habe ich nur zwei Scheine dabei."

Sie legte dankbar zwei 500-Euro-Scheine auf den Tisch. Für den Bruchteil einer Sekunde blitzte unverkennbarer Triumph in Schalls Augen auf, bevor er (scheinbar bescheiden) entgegnete: „Aber gnädige Frau, das ist wirklich nicht nötig. Unsere Rechnung ist ja bereits deutlich höher ausgefallen, als wir anfangs geschätzt hatten. Und wer konnte schon ahnen, in was für ein Abenteuer uns der gute Tyson da führt?"

Schall tätschelte demonstrativ den Rücken der französischen Bulldogge, die seinen linken Schuh gerade sehr interessant fand und ausführlich beschnüffelte.

„Meine Herren, ich bestehe darauf! Sie haben Leib und Leben für meinen Liebling riskiert, das kann ich eh nie wieder gut machen."

Man sah der Freiberger an, dass sie es ernst meinte. Schall und Rausch waren für sie nun echte Helden. Helden, von denen es zu berichten galt: „Ich werde all meinen Freundinnen von Ihrem heldenhaften Einsatz erzählen und gegebenenfalls auch gerne Ihre Kontaktdaten weitergeben."

Schall dankte artig und die alte Dame erhob sich: „Komm Tyson, bei Fuß!"

Die kleine Dogge glotzte sie nur unbeeindruckt an und setzte die versuchte Befruchtung von Schalls linkem Schuh fort.

„Pfui, Tyson! Wie oft hab ich dir schon gesagt, dass du das lassen sollst!"

Tyson verstand die Laute seiner wiedergefundenen Versorgerin nicht. Und wie immer waren sie ihm auch völlig egal. Er hatte sich zwar aufrichtig gefreut sie wiederzusehen, aber im Hier und Jetzt, in dem er lebte, war die Penetration von Schalls Schuh unvergleichlich reizvoller als das ewige Rätselraten, was Frauchen nun schon wieder von ihm wollte.

„Ach herrje, und schon ist er wieder der Alte. Komm Tyson, jetzt geht's ab nach Hause! Da gibt's dann dein Lieblingsfresschen."

Den ersten Satz hatte die Freiberger bedauernd zu Rausch gesagt, sich dann aber direkt an ihren Hund gewandt. Dieser ließ nur ungern von Rauschs Wade ab, musste sich aber der angelegten Leine und überlegenen Kraft seines Frauchens beugen.

„Meine Herren, nochmals vielen Dank für Ihren mutigen Einsatz. Gehen Sie davon aus, dass Ihre Rechnung in Kürze beglichen sein wird. Auf Wiedersehen!"

Mit diesen letzten Worten hatte die rüstige alte Dame die Türschwelle überschritten und eilte, von Tyson ungeduldig gezogen, davon.

Nachdem ihre Schritte im Treppenhaus verhallt waren, schloss Rausch grinsend die Tür und Schall improvisierte ein kurzes Freudentänzchen, an dessen Ende er strahlend verkündete: „Na, das lief doch bestens! Die Alte hat sogar 1.000 Euro oben draufgelegt und hätte wahrscheinlich noch mehr ausgespuckt, wenn sie mehr dabei gehabt hätte."

Rausch war derweil das Grinsen schon wieder vergangen: „Klar, das ist ja auch typisch für Kriegsgewinnler wie die Freiberger-Sippe: Menschenleben sind denen völlig egal – aber für Tiere haben sie ein riesengroßes Herz."

Kapitel 35

Frieda von Freiberger war gerade erst mit ihrem vierbeinigen Liebling entschwunden, als Alina zu Schall und Rausch in den Flur kam: „Ich wollte nur fragen, ob Sie noch Kaffee oder sonst etwas benötigen - aber wie ich sehe, ist Ihre Klientin schon gegangen."

Noch bevor Rausch Alina für ihren Scharfsinn loben und einen Tee bestellen konnte, unterbrach die Haustürklingel das gerade begonnene Geplänkel der beiden. Schrill und ungeduldig ertönte gleich eine ganze Serie von Klingeltönen.

„Da wird die Freiberger wohl was vergessen haben", vermutete Schall und eilte ins Sprechzimmer, um nach liegen gebliebenen Utensilien Ausschau zu halten. Rausch folgte ihm leicht verunsichert und ließ Alina einfach im Flur stehen. Eine ihrer Aufgaben war es schließlich, die Tür zu öffnen.

Eine gute Minute später kam Alina mit düsterer Miene ins Sprechzimmer, in dem Schall und Rausch keinerlei Freibergersche Überbleibsel gefunden hatten.

„Da sind zwei Herren vom Rauschgiftdezernat des Landeskriminalamts Berlin", verkündete Alina mit gedämpfter Stimme. „Ullstein und Dinkelmann, glaube ich", fügte sie hinzu und zitterte dabei leicht, aber unübersehbar, am ganzen Körper.

„Alles in Ordnung mit Ihnen?", fragte Rausch fürsorglich.

„Ja, ich komm klar", antwortete sie, obwohl ihre Körpersprache das Gegenteil vermuten ließ, „aber ich muss Ihnen nachher noch etwas Wichtiges erzählen."

„Okay", brummte Rausch irritiert, während Schall ergänzte: „Lassen Sie die beiden Herren in etwa zwei Minuten rein, wir sind gleich soweit."

Alina nickte tapfer und begab sich wieder ins Vorzimmer.

„Was sollte das denn?“, wunderte sich Rausch. „Wieso lässt du die beiden warten?“

Schall grinste breit: „Um ein Statement abzugeben. Wer uns ficken will, der muss sich gefälligst hinten anstellen und auch mal warten. Vor ein paar Tagen wollten die uns ja noch wegsperren – auch wenn sie uns dann wieder gehenlassen mussten.“

Rausch kicherte beifällig: „Was waren die überrascht, als ich für alle Waffen die notwendigen Papiere vorweisen konnte. Die glauben wohl, dass wir zwei passende Opfer sind, denen sie die ganze Scheiße einfach anhängen können.“

Bevor sich das Ermittler-Duo in weiteren Mutmaßungen ergehen konnte, klopfte es vorsichtig an der Tür und Alina kündigte nun ganz offiziell den eintretenden Besuch an. Schall und Rausch setzten sogleich ihr professionellstes Lächeln auf.

„Meine Herren, womit haben wir denn diesmal ihr Interesse geweckt? Ich hoffe, sie wollen uns nicht wieder mit aufs Revier nehmen“, versuchte es Schall auf die umgängliche Art und deutete freundlich auf die Besucherstühle. Die beiden Polizeibeamten setzten sich, ihre Mienen blieben jedoch undurchdringlich wie eine Londoner Nebelwand.

„Vielen Dank“, erwiderte Ullstein betont geschäftsmäßig. „Leider zwingen uns neue Ermittlungsergebnisse zu Ihnen.“

„Aha, dann liegen wohl endlich die Ergebnisse der ballistischen Untersuchungen vor“, versuchte Rausch den behördlichen Besuchern Paroli zu bieten, „aber das hätten Sie uns doch auch telefonisch mitteilen können, dass wir aus dem Schneider sind.“

Ullstein zeigte sich von dieser Ansprache wenig beeindruckt: „Sobald unsere Kollegen vom Mord-Dezernat die ballistischen Untersuchungen abgeschlossen haben, werden wir Sie natürlich umgehend informieren.“

Schall runzelte die Stirn: „Dann sind wir umso mehr gespannt, was der Anlass Ihres heutigen Besuches ist."

Dinkelmann räusperte sich bedeutungsschwer und musterte die Detektive abwechselnd mit einem durchdringenden Blick.

„Meine Herren", begann dann aber Ullstein mit anklagender, fast schon staatsmännisch klingender Stimme, „langsam, aber sicher wird es ziemlich eng für Sie. Zunächst haben wir Sie dabei ertappt, wie Sie eine Wohnung betraten, die zuvor als illegale Marihuana-Plantage genutzt wurde. Da wir zu diesem Zeitpunkt noch davon ausgingen, dass wir auf derselben Seite stehen, haben wir Sie ohne großes Aufsehen wieder laufen lassen und lediglich eine entsprechende polizeiinterne Aktennotiz verfasst. Gleichzeitig hatten wir gehofft, dass Sie uns im Gegenzug ein paar Hinweise zu Borchardts Komplizen geben würden. Denn in dem Umfang, in dem der Bruder Ihrer Lebensabschnittsgefährtin ...", hier lastete sein Blick zentnerschwer auf Schall, „... Marihuana angebaut hat, MUSS er einfach Komplizen gehabt haben. Denn das schafft keiner allein."

Ullstein blickte Schall durchdringend an, der längst beschlossen hatte, sich davon nicht aus der Ruhe bringen zu lassen.

„Leider zeigten Sie sich bisher, ganz entgegen Ihren vorherigen Ankündigungen, keineswegs kooperativ. Oder haben Sie auch nur ein einziges Mal angerufen, um uns einen sachdienlichen Hinweis zu geben?"

Schall und Rausch schwiegen betroffen, tatsächlich hatten sie ihre diesbezügliche Zusage nicht eingehalten. Aber was hätten sie schon erzählen können? Sie tappten ja selbst noch weitgehend im Dunkeln.

Ullstein empfand das gemeinsame Schweigen als lautlose Zustimmung und fuhr ermutigt fort: „Wir haben unsere Ermittlungen inzwischen ausgeweitet und dabei herausgefunden, dass auch Susanne Borchardt vor ein paar Jahren gegen das BtMG verstoßen hat. Sie hatte fünf Gramm Marihuana dabei und kam nur deshalb relativ glimpflich davon, weil sie bis dato noch nicht strafrechtlich in Erscheinung getreten war.“

Schall staunte und stellte fest, dass diese ihm bis dato unbekannte Information dafür sorgte, dass er seine Freundin nun sogar NOCH attraktiver fand. Ein Lächeln huschte über sein Gesicht, was Ullstein irritierte und zu einer weiteren Verbalattacke inspirierte: „Und auch Sie, Herr Schall, haben uns so einiges verschwiegen. Wie wir von den Kollegen aus Baden-Württemberg erfuhren, wurden Sie einst mit neun Gramm Haschisch in Stuttgart aufgegriffen. Das hatte zwar kein großes juristisches Nachspiel, aber seit der Digitalisierung geht uns kaum was verloren, was sich später noch als nützlich erweisen könnte.“

Beinahe schämte sich Rausch für seinen Partner, dem gerade buchstäblich die Kinnlade runterfiel. Und genau wie dieser fragte sich Rausch, ob es überhaupt legal war, dass die Polizei solche Daten so lange speicherte. Gab es da nicht so etwas wie eine Verjährungsfrist? Das sollte jeder halbwegs fitte Rechtsanwalt in kürzester Zeit aushebeln können.

„Ich verstehe nicht, in welchem Zusammenhang ...“, versuchte es Schall spontan, kam aber nicht weiter, da ihm Ullstein direkt ins Wort fiel: „Wir gehen davon aus, dass SIE mit Borchardt und dessen Schwester eine kriminelle Vereinigung mit dem Ziel gegründet haben, Marihuana in nicht geringer Menge anzubauen und in Verkehr zu bringen. Das sahen unsere Vorgesetzten genauso und ordneten daraufhin Ihre Überwachung an. Und jetzt raten Sie mal, was dabei herausgekommen ist?“

Weder bei Schall noch bei Rausch fiel der Groschen. Beide waren sich keiner nennenswerten gesetzwidrigen Handlungen bewusst – geschweige denn der Mitgliedschaft in einer kriminellen Vereinigung. Dinkelmann griff in seine Hemd-Tasche und zog ein Foto heraus, das die beiden Privatermittler zunächst sprachlos machte.

Das Foto zeigte sie zusammen mit Michael „Fat Mike“ Kowalski auf einer Parkbank. Jener Lichtenberger Parkbank, auf der sie gemeinsam gesessen und mehr schlecht als recht versucht hatten, ihn nach allen Regeln der Verhörkunst auszuquetschen. Und als ob das noch nicht genug wäre, zeigte die Aufnahme ganz deutlich, wie Schall gerade genüsslich einen Joint anzündete. Jenen Joint, den Kowalski kurz darauf nahezu alleine aufgeraucht hatte.

Schall erwachte als erster aus der temporären Erstarrung und hielt den Beamten in gespielter Unterwürfigkeit seine gekreuzten Hände hin.

„Dann müssen Sie jetzt wohl Ihrer Pflicht nachgehen und mich wegen des Verdachts auf Cannabiskonsum festnehmen. Aber, warten Sie mal – ist der Konsum an sich nicht sogar straffrei?“, spöttelte er im Wissen, dass dem so war. Ein gewisses Flattern in der Stimme konnte er aber trotzdem nicht unterdrücken.

„Ihnen wird das Herumalbern noch vergehen“, erwiderte Ullstein, „denn die eigentliche Frage ist doch: Wer sitzt da zwischen Ihnen?“

Schall zwang sich zur Gelassenheit: „Das wissen Sie vermutlich ganz genau.“

Ullstein nickte: „Richtig, das ist Michael Kowalski. Er war einer der wichtigsten Geschäftspartner von Borchardt. Und dass sie drei hier auf diesem Foto so kumpelhaft nebeneinander sitzen, entkräftet unseren Verdacht nicht gerade, sondern lässt uns vermuten, dass auch er zu Ihrer kriminellen Truppe gehörte.“

Schall schüttelte entschieden den Kopf: „Moment mal, auf Herrn Kowalski sind wir erst im Rahmen unserer Ermittlungen im Fall Borchardt gestoßen, die wir, wie Sie bereits wissen, im Auftrag seiner Schwester aufgenommen haben“, erwiderte Schall geistesgegenwärtig und in leicht verständlichem Beamten-Deutsch.

„Leider konnte Herr Kowalski keine belastbaren Aussagen über die Umstände des Todes von Herrn Borchardt machen – sonst hätten wir Sie natürlich umgehend informiert“, fügte Rausch süffisant hinzu, was Kriminalkommissar Dinkelmann spontan lospoltern ließ: „Ihnen wird die Klugscheißerei bald vergehen! Die Kollegen von der Mordkommission haben Sie nicht nur im Fall Borchardt im Visier, auch Michael Kowalski wurde vorgestern ermordet. Und zwar in ebenjenem Haus mit den verlassenen Plantagen-Wohnungen, in dem wir Sie letzte Woche angetroffen haben.“

Während sie diese überraschende Information verarbeiteten, kämpften Schall und Rausch gleichermaßen darum, ihre professionellen Fassaden aufrechtzuerhalten, was die beiden Beamten mit sichtlichem Vergnügen registrierten.

„Die Vorladung zum Abgleich Ihrer DNA, Ihrer Fingerabdrücke und so weiter werden Sie demnächst von unseren Kollegen per Post erhalten. Wir sind ja nicht von der Mordkommission, sondern nur von der Drogenfahndung“, ergänzte Ullstein ironisch, woraufhin Dinkelmann den Gesprächsfaden übernahm und sich umgänglich gab: „Uns geht es doch nur um die Drogen, daher machen wir Ihnen ein einmaliges Angebot, wenn auch nur inoffiziell: Sollten Sie es annehmen, wären Sie damit komplett aus dem Schneider.“

Während sich Rauschs Augen zu misstrauischen kleinen Schlitzen verengten, blinzelte Schall nervös.

„Wenn Sie sich bereit erklären, dauerhaft als unsere Informanten zu fungieren ...“, setzte Ullstein seine Ausführungen bedeutungsschwanger fort, „... können wir Ihnen im Fall Borchardt vollumfängliche Immunität gewähren. Allerdings sind die Kollegen von der Mordkommission im Fall Kowalski ziemlich angefressen. Einerseits wird niemand diesen unverbesserlichen Gewohnheitskriminellen vermissen, aber die Art und Weise, wie er gefoltert und dann buchstäblich enthauptet wurde, setzt auch den abgebrühtesten Ermittlern gehörig zu."

Schall und Rausch schwiegen beharrlich. Bisher hatte sich das als gute Strategie erwiesen, da ihnen die beiden Kriminalbeamten auch so wertvolle neue Informationen lieferten.

„Hier ist der Deal", ließ Dinkelmann die Katze aus dem Sack, „wir wissen von der Online-Versteigerung und den dabei angebotenen Marihuana-Samen der Marke *Berlin High.* Mit diesem Zeug hatten wir schließlich schon oft genug zu tun. Das ist so stark, dass es einfach verschwinden muss! Zumindest von den Straßen Berlins, denn für die sind wir zuständig."

Schall und Rausch wurde langsam einiges klar. Allerdings auch, dass sie immer noch zu keiner Antwort bereit waren.

Dinkelmann glaubte die Detektive inzwischen durchschaut zu haben: „So ist's recht, schweigen Sie lieber. Für Ausreden ist es eh schon zu spät. Und – hey – letztendlich haben Sie Glück, denn SIE interessieren uns gar nicht. Wir wollen nur an die Großen ran. Aber dafür brauchen wir diese Marihuana-Samen, die sind quasi unsere Eintrittskarte."

Schall bemerkte den rückversichernden Blick, den Dinkelmann seinem Kollegen zuwarf, bevor er fortfuhr: „Wenn Sie mit uns kooperieren und die Samen beschaffen, dann sind Sie danach auf der sicheren Seite. Schließlich hat der V-Mann-Schutz in Deutschland immer noch höchste Priorität, unsere Informanten müssen nicht mal vor parlamentarischen Untersuchungsausschüssen aussagen. Und auch Sie wären damit praktisch unantastbar."

Ullstein nickte beifällig und erhob sich: „Okay, Sie wissen, was zu tun ist. Und vergessen Sie nicht wieder uns anzurufen!"

Auch Dinkelmann war nun aufgestanden, beide Polizisten verließen schnurstracks und ohne ein weiteres Wort zu verlieren das Zimmer.

Schall und Rausch trotteten ihnen wortlos bis in den Hausflur hinterher, wo sich Ullstein noch einmal umdrehte und kurz zu überlegen schien.

„Dieses Angebot hat genau 24 Stunden Gültigkeit", verkündete er schließlich ebenso ruhig wie bedrohlich, „die Uhr tickt also."

Er schenkte den Zurückbleibenden noch einen finsteren Blick und polterte die Treppe hinunter.

Rausch schaute auf seine Armbanduhr, stellte den integrierten Countdown auf 24 Stunden und schlurfte dann zurück ins Sprechzimmer. Schall folgte ihm kurz darauf. Beide hingen für einige Zeit ihren Gedanken nach, bis die Stille für Rausch zu überwältigend wurde: „Wenn die Beweislage wirklich so eindeutig und ich der Staatsanwalt wäre, dann hätte ich uns doch längst verhaften lassen. Irgendetwas stimmt da nicht."

Schall sah das genauso: „Die haben uns hier ganz schön mit Müll gefüttert, denn bei Mord hilft einem auch kein V-Mann-Schutz. Sowas lässt sich nicht einfach unter den Teppich kehren, also wissen die vermutlich längst, dass wir es nicht waren."

Rausch nickte: „Aber sie versuchen auf Teufel komm raus an die Seeds zu gelangen. Ganz so, als ob da noch was ginge."

Schall nahm den Gedanken auf: „Ja, echt komisch, dabei taten die ja so, als ob sie über die Auktion komplett Bescheid wüssten. Immerhin wissen wir nun, was die beiden NICHT wissen: Dass die Seeds längst hinterlegt sind und automatisch nach der Zahlung vom Auktionshaus verschickt werden."

Rausch lächelte hintergründig: „Und genau das sollten wir ausnutzen!"

Schall wollte gerade etwas erwidern, da stürmte Alina ins Zimmer und nahm die ganze Aufmerksamkeit ihrer neuen Arbeitgeber in Beschlag. Insbesondere die von Rausch, der sie sogleich freundlich-interessiert fragte: „Sie wollten uns ja noch etwas Wichtiges erzählen, richtig?"

Schall schickte diesen (wie er fand, übertrieben höflichen) Worten noch ein ungehobeltes „Ich hoffe, es ist wichtig" hinterher.

Alina nickte, holte tief Luft ... und ließ die Bombe platzen: „Ich habe einen der beiden wiedererkannt. Das ist einer der Typen, die Quang so zugesetzt haben."

Sie fischte ihr Handy aus der Handtasche, tippte und wischte kurz darauf herum und zeigte dann den beiden so unvermittelt Unterbrochenen das leuchtende Display. Das Handy-Foto hatte nicht die beste Qualität, zeigte aber eindeutig Kriminaloberkommissar Ullstein in mausgrauer Zivilkleidung auf einem Berliner U-Bahnsteig. Alina gab den beiden ein paar Sekunden zur Verarbeitung der bereitgestellten Bildinformation, bevor sie ergänzte: „Quang erzählte mir, das sei einer der Dealer, die ihn gezwungen haben, das Gras gleich kiloweise zu verticken."

Langsam zeichnete sich ein Lächeln auf Schalls Gesicht ab, es war so ein Lächeln, das alles bedeuten konnte.

„Danke, Frau Sommer. Das war wirklich sehr hilfreich."

Schall schaute sie dankbar an, was Rausch bemerkte und ein spontanes Loblied anstimmte: „Ich hab's ja gleich gesagt: Unsere neue Mitarbeiterin ist ein wahrer Schatz und bei uns goldrichtig."

Alinas Gesicht nahm nach dieser Charme-Offensive langsam wieder eine gesündere Farbe an, was auch auf die wieder einsetzende Durchblutung ihrer Wangen zurückzuführen war. Gleichzeitig schwirrten ihr etliche Fragen durch den Kopf, die sie leider nicht alle gleichzeitig stellen konnte.

Kapitel 36

„Wie jetzt? Nur 35,28 Bitcoin?"

Schall war enttäuscht, nachdem sich Rausch eingeloggt hatte und beide auf den Monitor starrten.

„Wie viel sind die denn wert?"

Rausch hatte schon den Taschenrechner auf seinem Smartphone geöffnet und kalkulierte: „Derzeit sind das summa summarum etwa 1,8 Millionen US-Dollar."

Schall wollte oder konnte es nicht glauben: „Kein Scheiß? 1,8 Millionen? Und wie viel ist das in Euro?"

Auch dieses Ergebnis konnte Rausch innerhalb von Sekunden präsentieren: „Aktuell knapp 1,55 Millionen."

Das mussten die Zwei erst mal sacken lassen, als sie in der Mittagspause bei Rausch daheim zusammensaßen, um sich über den Ausgang der Online-Auktion zu informieren. Der erfahrene Computerexperte hatte sich direkt wieder als solcher bestätigt und erläuterte Schall die Einzelheiten der Online-Versteigerung: „In letzter Sekunde hat die kanadische Tylrai Corporation den Zuschlag bekommen und sollte nun innerhalb von drei Tagen den kompletten Kaufbetrag in Bitcoin überweisen."

Schall konnte nicht anders, er musste einfach fragen: „Und was passiert, wenn die nicht bezahlen?"

„Dann gehen die Samen wahlweise zurück oder an den zweithöchsten Bieter."

„Und was hat der geboten?"

„35,2 Bitcoin."

„Das ist ja so ziemlich das Gleiche."

„Naja, nach dem aktuellen Tageskurs sind das über 4.000 Euro weniger, aber bei der Gesamtsumme fällt das wirklich nicht weiter ins Gewicht."

„Na dann hoffen wir mal, dass die Digitalkohle bald kommt und der Kurs nicht zwischenzeitlich in den Keller rauscht."

„Das ist tatsächlich die größere Gefahr, als 4.000 Euro mehr oder weniger abzustauben."

„Hast du dieses Cyberwallet-Ding schon gecheckt?"

„Ja, da ist aber noch nichts drauf."

„Wie lange dauert denn so eine Bitcoin-Überweisung?"

„Normalerweise nur wenige Sekunden."

„Wahnsinn! Kein Wunder, dass klassische Banken Kryptowährungen als größte Konkurrenz ansehen."

„Apropos Konkurrenz: Wir müssen noch bei Ullstein anrufen, unsere 24-Stunden-Frist läuft in knapp drei Stunden ab."

Schall erstarrte: „Stimmt ja, das hatte ich fast vergessen. Wie wollen wir das konkret angehen?"

„Am besten lassen wir ihn erst mal in dem Glauben, dass wir die Seeds haben und bereit sind, sie ihm zu übergeben. Dann können wir dafür die versprochene Immunität einfordern. Mal sehen, was dann passiert."

Schall stand auf dem Schlauch: „Welche Seeds denn? Die sind doch längst weg."

Rausch lächelte schelmisch: „Ein Kilo Bio-Hanfsamen kostet im Supermarkt nur circa 15 Euro. Das sollten wir uns gerade noch leisten können."

Schall verstand: „Ach so, du willst denen ein Kuckucksei unterschieben. Beziehungsweise gleich einen ganzen Beutel. Clever!"

Schall nickte anerkennend, während Rausch schon die Nummer von Kriminaloberkommissar Ullstein herausgekramt und in sein Telefon getippte hatte. Er stellte auf Freisprechen und das Rufzeichen ertönte.

„LKA Berlin, Abteilung 43, Ullstein am Apparat. Mit wem spreche ich?"

„Rausch hier, von der Detektei Schall & Rausch. Wir wollten Ihnen sagen ..."

Weiter kam er nicht, denn Ullstein grätschte direkt dazwischen: „Sorry, es ist gerade ungünstig, ich muss hier noch was Dringendes erledigen und rufe dann gleich zurück."

Ohne eine Antwort abzuwarten, legte er auf.

„Nachtigall, ick hör dir trapsen."

Rausch hatte sich seinen Reim darauf gemacht und lächelte still in sich hinein. Auch Schall blickte es langsam und rannte ins Vorzimmer: „Bitte notieren Sie die Nummern von allen Anrufen, die heute noch reinkommen, okay?"

Alina verstand zwar die ganz Aufregung nicht, nickte aber brav und machte sich eine entsprechende Notiz.

Kurz darauf hörte man bereits im Vorzimmer das Telefon klingeln. Kriminaloberkommissar Ullstein hatte keine Minute für den Rückruf gebraucht und kam nun direkt auf den Punkt: „Also, was gibt's Neues?"

„Wie gesagt", setzte Rausch erneut an, „wir haben nachgedacht und wollten Ihnen sagen, dass wir Ihr Angebot gerne annehmen."

„Also habt ihr die Marihuana-Samen?"

„Wir können sie kurzfristig beschaffen."

„Alle?"

„Alle, die Borchardt versteckt hat."

„Wie viel sind das?"

„Wir haben sie nicht gezählt, aber ich schätze mal, dass es ein paar Hundert sind, vielleicht auch Tausend."

„Wie schnell könnt ihr sie besorgen?"

„Geben Sie uns einen Tag, dann bringen wir Ihnen die Seeds in Ihr Revier am Tempelhofer Damm."

„Das wird schwierig, morgen sind wir alle im Einsatz. Allerdings könnten wir uns abends im ‚Konsumtempel' treffen, da hab ich eh noch was zu erledigen. Kennen Sie diese Kneipe?"

„Klar, die ist ja mitten in unserem Kiez."

„Gegen 18 Uhr wäre gut. Passt das?"

„Das kriegen wir hin."

„Gut, wir sehen uns dort."
Und erneut wurde einfach aufgelegt.
Schall und Rausch eilten ins Vorzimmer, wo Schall als Erster fragte: „Und, haben Sie die Nummer notiert?"
Doch Alina starrte nur geistesabwesend auf ihr Handy, ihr Kopf bewegte sich wie in Zeitlupe und sie schien außerstande, sich von dem kleinen Screen lösen zu können. Rausch trat besorgt an sie heran und fragte in mitfühlendem Ton: „Alles okay?"
Erst jetzt schien Alina die Eingetretenen zu bemerken, und ganz offensichtlich war nicht alles okay, denn die Erdanziehungskraft zog mal wieder eine dicke Träne über ihre Wange nach unten.
„Was ist denn passiert?"
Rausch war ehrlich besorgt und hatte keine Ahnung, bis ihm Alina anstelle einer Antwort ihr Handy überreichte, auf dem eine geöffnete Email zu lesen war. Sie war von Quang, weshalb Rausch auch Schall dazu winkte, bevor er zu lesen begann:

„Meine liebe Alina,
ich hoffe, es geht dir gut und du kannst mir eines Tages verzeihen, was ich dir angetan habe. Bitte glaube mir, das ist mir wirklich nicht leicht gefallen, aber ich musste es tun. Meine Familie hatte sich für mich hoch verschuldet und ich musste diese Schulden einfach irgendwie begleichen, sonst wäre es ihnen sehr schlecht ergangen.
Nachdem ich in Berlin von diesen Gangstern bedroht wurde, habe ich lange versucht, irgendwie mit ihnen klarzukommen. Doch der Stress und die Gefahr wurden immer größer, sodass ich schließlich keine andere Möglichkeit mehr sah, als aus Europa zu verschwinden. Das tat ich dann mit so viel Geld wie möglich (auch Deinem Geld), um damit meine Familie retten zu können. Zumindest das ist mir gelungen.
Liebe Alina, ich habe in Berlin viele Sachen gemacht, auf die ich wirklich nicht stolz bin. Aber dich zu bestehlen, war das Schlimmste. Seitdem quält mich

mein Gewissen, denn ob du's glaubst oder nicht – ich liebe dich immer noch. Ich verachte mich dafür, was ich dir angetan habe. Das hast du einfach nicht verdient, so lieb und fürsorglich, wie du bist. Und nachdem ich dich so schwer enttäuscht habe, gibt es für uns vermutlich keinen Weg zurück. Aber vielleicht kannst du mir ja doch eines Tages verzeihen. Wenn ich eine Chance hätte, das alles wieder gutzumachen – ich würde sie ohne zu zögern nutzen. Das musst du mir einfach glauben!

Dein dich immer liebender Quang"

Rauschs Hand streichelte mitfühlend Alinas Rücken, nachdem er die Email aus Fernost gelesen und ihr das Mobiltelefon zurückgegeben hatte.

Schall war da weniger empathisch. Auch wenn diese Email seine Vermutungen in Sachen Quang bestätigte, beschäftigte ihn immer noch die zuvor an Alina gerichtete Frage: „Haben Sie die Nummer des letzten Anrufers notiert?"

Die Angesprochene wischte sich die Tränen aus dem Gesicht und schüttelte zaghaft den Kopf: „Das konnte ich nicht, die Rufnummernerkennung war deaktiviert, daher wurde keine Nummer angezeigt. Vielleicht war es ja ein Handy, da kann man das ganz einfach einstellen."

Das wussten auch Schall und Rausch. Und es passte in das Bild, das sie sich inzwischen von Ullstein gemacht hatten.

„Der Herr Kriminaloberkommissar wollte uns also ganz privat sprechen. Das lässt ja tief blicken", sinnierte Rausch.

„Immerhin spielt es uns in die Karten", ergänzte Schall.

Die beiden blickten sich dreckig grinsend an. Sie hatten einen Plan und konnten es kaum noch erwarten, dass es endlich losging.

Kapitel 37

Für Außenstehende sahen die beiden unauffällig gekleideten Männer wie zwei gewöhnliche Spaziergänger aus, die einträchtig nebeneinander her trotteten. Doch der Eindruck täuschte, zwischen den beiden herrschte eine kaum noch zu steigernde Spannung. Es waren zwei zu allem entschlossene Männer, die sich auch durch Mord und Totschlag nicht von ihrem Weg abbringen ließen, den sie viele Jahre gemeinsam gegangen waren. Dass sie unter so immensem Stress standen, war ihnen nicht anzusehen, beide hatten sich nach außen hin gut im Griff. Dennoch lagen vor allem die Nerven des Einen blank - dass sein Buddy und Geschäftspartner ein Mörder war, hatte er gerade erst herausfinden müssen. Weil er mit Behauptungen aufwartete, die gar nicht wahr sein KONNTEN. Da hieß es nun eins und eins zusammenzuzählen. Dass er einen Mörder und Lügner im Team hatte, bedeutete, dass sein Partner nicht mehr kontrollierbar war. Er entsprach einer defekten, mit Treibstoff gefüllten Rakete, die zwar abhob, aber jede Sekunde explodieren konnte.

Keine Frage, sein Partner war mittlerweile zu einer echten Gefahr geworden.

Auch für ihn.

Also musste er weg.

Es half ja nichts.

Dachte der Eine und befürchtete nicht zu Unrecht, dass dieses Treffen womöglich als Falle für ihn gedacht war und er dann nur ganz spontan reagieren konnte. Er würde daher auf der Hut und gewiss keiner sein, der sich widerstandslos aus dem Weg räumen ließ.

Der Andere redete sich fortwährend ein, dass ihn keine Schuld an dem Bevorstehenden traf. Er hatte fast immer mit offenen Karten gespielt, selbst von dem unglücklichen Vorfall hatte er seinem Partner sofort alles berichtet.

Sollte er dafür jetzt über die Klinge springen?

Das wäre nicht fair.

Das konnte und würde er nicht zulassen.

Keine Frage, sein Partner war mittlerweile zu einer echten Gefahr geworden.

Auch für ihn.

Also musste er weg.

Es half ja nichts.

Die Zwei hatten die stets von Touristen begaffte East Side Gallery längst hinter sich gelassen und näherten sich bereits dem weitläufigen Treptower Park. Beide trugen die Kapuzen ihrer Hoodys über den Köpfen und große, verspiegelte Sonnenbrillen. In der einsetzenden Abenddämmerung erschienen sie damit wie zwei Geister, die langsam in der Ferne verschwanden.

Kapitel 38

Die Sonne über Berlin war bereits im Begriff unterzugehen, aber noch spendeten ihre Strahlen etwas Licht und Wärme.

„Lass mal 'n Bier rüberwachsen, wenn wir hier schon so lange durch die Pampa marschieren müssen“, schlug Stulle vor, „erst sagst du, dass es etwas zu feiern gibt und du mir einen ausgeben willst, und jetzt latschen wir hier nur so durch die Gegend. Und ich weiß immer noch nicht, was diese ganze Geheimnistuerei eigentlich soll.“

Seine Worte klangen wie ein Vorwurf. Und das waren sie auch.

Didi lächelte bemüht freundlich.

„Saufen ist gerade nicht angesagt, Brudi, wir sind hier dicht am großen Jackpot. Da lenkt Bier nur ab."

Erneut versuchte sich Didi an einem Lächeln, das so echt war wie die Zähne eines 90-Jährigen. Dann zauberte er lässig einen dicken Joint aus der Brusttasche: „Aber ich hab natürlich etwas Marschverpflegung dabei."

Er blieb stehen, zündete die Tüte sorgsam mit seinem Sturmfeuerzeug an und reichte das konische Gebilde dem angefressenen Fußmarschkritiker.

„Es geht doch nichts über *Berlin High*", bekannte Stulle nach dem dritten Zug und ließ den Rauch langsam zwischen seinen Zähnen entweichen. Nichtsdestotrotz ging ihm Didis Geheimniskrämerei immer noch gehörig auf die Nerven.

„Digga, mal ganz ehrlich – langsam wird's Zeit, mich einzuweihen."

„Kein Problem, wir sind gleich da", entgegnete Didi, wobei seine Stimme neben einer gewissen Euphorie auch einen seltsamen Optimismus ausstrahlte, „nur noch die Treppen da runter und dann ein paar Meter nach links. Da soll Andys Depot angeblich sein."

„Da ist aber nur Gestrüpp", meckerte Stulle, „sonst sehe ich da gar nichts."

Didi wusste, dass er jetzt ganz ruhig bleiben und eine plausible Antwort liefern musste: „Andy wusste immer ganz genau, was er tat. Und wo sonst sollte er die Seeds versteckt haben? Wir haben doch schon überall gesucht. Ich sage dir: Es MUSS hier einfach irgendwo sein."

„Mann, ich glaube dir ja", erwiderte Stulle und betonte jedes Wort so feierlich, als läse er aus einer Bibel vor, „bisher hast du immer dein Wort gehalten. Ich habe allerdings gewisse Zweifel bezüglich deines Informanten."

„Du bist 'ne echte Nervensäge", erwiderte Didi gequält, „das war wirklich ein verlässlicher Tipp! Von einem IT-ler, dem es gestern gelungen ist, den Laptop von Andy zu knacken! Der Typ wollte dafür eigentlich 50 Prozent vom Kuchen, aber ich habe ihn auf 25 runtergehandelt.“

Stulle glotzte Didi ungläubig an, der sich an einem stolzen Lächeln versuchte.

„Und wieso macht der Scheißer das nicht alleine und kassiert 100 Prozent?“, fragte Stulle wie ein Grundschullehrer, der einem Dreikäsehoch seine offensichtlichen Fehler vorhält.

Didi versuchte alle Einwände mit einer Handbewegung wegzuwischen: „Das ist ein Sesselfurzer, der hat die Hosen gestrichen voll und will die gefährliche Drecksarbeit lieber Profis wie uns überlassen. Der hat halt Angst, selbst den Arsch hinzuhalten und dabei zu riskieren, überrascht und gefickt zu werden.“

Stulle hatte skeptisch zugehört, ein letztes Mal am Joint gezogen und ihn ausgetreten. Er war immer noch nicht von der Story seines Partners überzeugt, doch das durfte er sich nicht anmerken lassen. Sonst würde Didi womöglich Verdacht schöpfen, dass er längst durchschaut war.

„Apropos überraschend gefickt werden“, hakte Stulle unverbindlich nach, „wer garantiert uns eigentlich, dass hier nicht irgendwo ein Sondereinsatzkommando in den Büschen hockt und direkt herausgesprungen kommt, sobald wir das Depot öffnen? Überleg mal! Wollte dir der Typ vielleicht ’ne Falle stellen?“

„Bullshit! Der doch nicht! Das ist einfach ein Riesenschisser!“

Die beiden Männer musterten sich sekundenlang mit ebenso vertrauten wie analytischen Blicken.

„Bitteschön“, verkündete Didi schließlich galant und machte eine Handbewegung hin zu den vier zerbröckelten, ausbesserungsbedürftigen Stufen, die zum Spree-Ufer hinunterführten.

Stulle atmete schwer, in ihm machte sich eine nervöse Unsicherheit breit: „Nö, nach dir. Ich hab die Tüte ja fast alleine geraucht und bin gerade ’n bisschen wackelig auf den Beinen. Außerdem hab ich keine so festen Wanderschuhe an wie du. Und diese vorsintflutliche Treppe sieht auch nicht gerade sicher aus."

Didi seufzte und überlegte.

„Okay", lenkte er widerstrebend ein, „aber ich mach hier nicht die ganze Drecksarbeit allein. Wir buddeln das schon gemeinsam aus, okay?"

Stulle nickte und deutete mit der rechten Hand einen Schwur an: „Klar, versprochen!"

Didi zögerte kurz, gab sich dann aber einen Ruck und ging die steile Uferböschung vorsichtig hinunter. Um dabei keinerlei Verdacht zu erregen, drehte er sich nicht um. Früher oder später würde Stulle schließlich zu ihm herunterkommen müssen. Dann würde er handeln.

Ohne Skrupel.

Währenddessen entging dem Vorangegangenen, wie der hinter ihm stehende Stulle von einer üppigen Dosis Adrenalin geflutet und etwas zittrig wurde.

Aber es half ja nichts.

Da musste er jetzt durch.

Ein Verräter war dem Tode geweiht, ein Psychopath ein unkalkulierbares Risiko. Didi war gleich beides – und damit nicht länger tragbar. In ihrem Business galt schließlich das ungeschriebene Gesetz, das Risiko stets so weit wie möglich zu minimieren. Folglich fackelte Stulle nicht lange und holte, während Didi noch vorsichtig die Ufertreppe hinunter tapste, seine etwas in die Jahre gekommene Beretta heraus, die er in den 90er Jahren irgendeinem Kroaten in einer zwielichtigen Kreuzberger Kneipe abgekauft hatte. Nach eingehender Suche im Darknet hatte er dafür auch den passenden Schalldämpfer gefunden, der heute seine Premiere feiern sollte.

Stulle legte an und war seltsamerweise mächtig gespannt, wie gut der schallabsorbierende Aufsatz funktionieren würde. Er durfte jetzt nicht mehr allzu lange zögern, denn würde sich Didi umdrehen, dann müsste er ihm das Hirn von Angesicht zu Angesicht wegpusten. Ob er dazu in der Lage war, konnte Stulle nur vermuten. Also kniff er das linke Auge zu und ließ seinen Blick über Kimme und Korn zu Didis Hinterkopf wandern. Drei schnelle Schüsse, und Didi sank mit Treffern im Kopf- und Nackenbereich zusammen.

Der neue Schalldämpfer hatte seine Bewährungsprobe bestanden und nur unscheinbare Plopp-Laute von sich gegeben, bevor Didi sein unerfülltes Gangsterleben aushauchte. Seine rechte Hand hielt ein unauffälliges Springmesser umklammert, dessen stehende Klinge er nun nicht mehr überraschend hervorzaubern konnte.

Stulles Zittern legte sich langsam.

Es war vollbracht.

Irgendwie fühlte er sich seltsam befreit – als läge sein altes Leben nun hinter ihm. Das neue, goldene Zeitalter konnte beginnen. Fernab der alten Heimat, die plötzlich beschlossen hatte, Cannabis in den nächsten Jahren zu legalisieren. Es war wie ein Zeichen, hier besser die Zelte abzubrechen.

Misstrauisch näherte er sich dem von Didi angepriesenen Gebüsch, in dem er beim Näherkommen zwei Seile und, daran festgebunden, zwei massive Steine entdeckte.

„Das hast du aber schön vorbereitet“, murmelte er vor sich hin, „wolltest deinen alten Freund und Partner einfach so abstechen und in der Spree versenken. Tja, da bin ich dir wohl zuvorgekommen.“

Als wolle er sich selbst von der Rechtmäßigkeit seines Handelns überzeugen, sprach Stulle zu sich selbst, während er mit ungelenken Bewegungen und immer noch heftig pochendem Herzen die beiden Seile um die Beine des vor ihm liegenden Leichnams band. Ursprünglich wollte er den Leichnam nur in zwei große Müllsäcke packen und im Gebüsch verstecken, aber das hier war so viel besser. Super, dass sein Ex-

Partner direkt alles für seine Entsorgung bereitgestellt hatte.

Als Stulle fertig war, erhob er sich langsam und ließ einen aufmerksamen Blick über das Parkpanorama schweifen. Kurz schwindelte ihm bei dem Gedanken, dass, wenn es nach Didi gegangen wäre, er nun auf dem Boden liegen, verschnürt und versenkt werden würde.

Unter einigen Mühen zerrte er zunächst den leblosen Körper und anschließend die zwei verschnürten Steine ans Spree-Ufer. Nach einem weiteren vorsichtigen Rundumblick stieß er einen der Steine ins Wasser und setzte damit eine Kettenreaktion in Gang, in deren Folge die Leiche und Stein Nummer zwei lautstark ins Wasser plumpsten und überraschend schnell versanken.

Noch ein letztes Mal versicherte er sich, dass ihn niemand beobachtet hatte, dann atmete er tief durch und betrachtete nachdenklich die kleinen Luftbläschen auf der Wasseroberfläche, die davon kündeten, dass Didi nun auch buchstäblich die letzte Luft ausging.

Stulle deutete ein Salutieren an und musste direkt über seine affige Geste lachen. Das war eindeutig eine Übersprunghandlung. Auch wenn er Didi nicht groß nachtrauerte – vermissen würde er ihn schon irgendwie.

Jetzt musste er nur noch ungesehen vom Tatort verschwinden. Die Waffe würde er in angemessener Entfernung im Fluss entsorgen, er kannte da eine besonders tiefe Stelle. Stulles Schritte wurden zunehmend schwungvoller. Das Schwierigste hatte er nun erledigt. Und sollte Didis Leiche je wieder auftauchen, wusste er schon, wem er die Tat in die Schuhe schieben konnte.

Kapitel 39

Der mittelgroße Hinterraum der Altberliner Kneipe war leer, als ihn Schall und Rausch 15 Minuten vor der vereinbarten Zeit betraten.

„Perfekt", urteilte Schall, „am besten setzen wir uns in die Ecke da."

Er zeigte auf die Ecke am Fenster, die sich von den anderen Ecken praktisch nur in einem unterschied: Sie befand sich nicht in der Nähe der Eingangstür oder am Weg zu den Toiletten. Zufällige Mithörer konnten hier weitgehend ausgeschlossen werden.

Rausch nickte und setzte sich mit dem Rücken zur Wand auf einen der vier Stühle, die um den quadratischen Tisch herumstanden.

„Da wird aber vermutlich Ullstein sitzen wollen", orakelte Schall, der vor dem Tisch stand und die möglichen Sitzkonstellationen durchkalkulierte.

„Als trainierter Kriminalist achtet er bestimmt darauf, dass er immer mit dem Rücken zur Wand sitzt und einen guten Blick auf alle Ein- und Ausgänge hat."

Dieser Logik konnte Rausch nichts entgegensetzten. Er erhob sich schwerfällig und ließ sich mit einem übertriebenen Seufzer auf den gegenüberliegenden Stuhl fallen.

„Und was ist, wenn er Dinkelmann mitbringt oder sich doch nicht auf diesen Platz setzt? Hier ...", Rausch deutete auf den Stuhl zu seiner Rechten, „... hätte er ja auch die Wand im Rücken und einen ähnlich guten Blick."

Schall nickte lächelnd: „Richtig, aber dann hätte er das Fenster im Rücken, durch das er von hier aus gut sehen kann. Und von Dinkelmann war am Telefon gar nicht die Rede."

Er hatte sich neben Rausch gesetzt und schaute auf die Uhr: „Zehn vor sechs, er kann nun jeden Augenblick kommen. Am besten warte ich an der Theke auf ihn. Du kannst dich hier ja so lange mit deinem Handy vergnügen."

„Warte mal!"

Rausch war noch nicht fertig.

„Und was, wenn es ihm wichtiger ist, nicht gesehen zu werden und er sich hierhin setzt ...", er deutete auf den Stuhl zu seiner linken, „... mit dem Rücken zum Raum?"

Schall wehrte ab: „Das glaube ich nicht, er ist ja hier nicht undercover. Aber wenn er es doch macht, dann gehst du einfach nochmal kurz aufs Klo, und wenn du dann wiederkommst, winke ich dich zu mir heran und bugsiere dich so auf die optimale Position. Das klappt schon, mach dir mal keinen Kopf!"

Rausch war längst nicht überzeugt, sah aber von weiteren Nachfragen ab und stellte demonstrativ seinen Rucksack auf den Stuhl zu seiner Rechten. Schall gab ihm dafür einen Daumen nach oben und ging zur Theke.

„Zwei große Apfelschorlen bitte, eine davon ohne Kohlensäure."

Der Barkeeper nickte und nahm die für eine Altberliner Kneipe eher außergewöhnliche Bestellung mit der gewohnten Gleichgültigkeit auf.

„Macht fünf Euro."

Der Barkeeper verzog keine Miene, als Schall auf den kleinstmöglichen Geldschein noch eine Münze drauflegte. Klar, dachte Schall, für einen Euro Trinkgeld gab's in Berlin oft nicht mal mehr ein „Danke".

Bevor er sich weiter dem Trinkgeld-Gedanken widmen konnte, sah er Ullstein die Kneipe betreten und winkte ihn zu sich an die Theke.

„Hallo Herr Ullstein, wir haben uns schon mal was zu trinken geholt. Wollen Sie auch was bestellen?"

Dieser wehrte ab: „Nein, ich bin ja dienstlich hier."

„Und da darf man kein Wasser oder Saft trinken?"

Schall verfluchte sein freches Mundwerk, eigentlich wollte er Ullstein noch gar nicht provozieren. Zum Glück fühlte sich dieser nicht angegriffen. Eher inspiriert, denn er orderte und bekam ein Glas Wasser, bevor er Schall in den Hinterraum der Kneipe folgte.

Rausch erhob sich kurz zur Begrüßung und lud Ullstein ein, sich zu setzen. Wie von Schall prophezeit, wählte Ullstein den Stuhl vor der Wand. Und legte direkt los: „Ihr könnt euch gar nicht vorstellen, was ich hier für euch riskiere! Das könnte mich meinen Beamtenstatus kosten. Aber ich will mal daran glauben, dass ich meine Entscheidung nicht bereuen werde. Ihr könnt euch ja gleich mal revanchieren, indem ihr mit den Marihuana-Samen von Borchardt rüberkommt, die euch vermutlich nur rein zufällig in die Hände gefallen sind. Oder sehe ich das falsch?"

Ullstein sah erst Schall und dann Rausch prüfend an. Beide antworteten brav mit verneinenden Kopfbewegungen. Trotzdem konnte sich Schall eine bestimmte Nachfrage nicht verkneifen: „Aber wieso konnten wir die Samen nicht einfach zu Ihnen aufs Revier bringen? Dieses Treffen ist ja schon ziemlich konspirativ."

„Bist du verrückt?", wehrte Ullstein ab, „nachher willst du auch noch eine amtliche Quittung haben, oder was? Was glaubt ihr eigentlich? Natürlich ist das alles konspirativ! Als V-Leute DÜRFT ihr gar nicht aufs Revier kommen. Das fällt unter Quellenschutz, und den nehmen wir verdammt ernst. Außerdem dient das nur eurer eigenen Sicherheit."

Schall gab den Einsichtigen und nickte, während Rausch bereits ein Beutelchen aus seinem Rucksack zog.

„Alles klar, hier sind sie."

Rausch sprach emotionslos, als hätte er das Kapitel längst abgeschlossen. Ullstein ergriff das Beutelchen, blickte prüfend hinein und lächelte zufrieden: „Sieht gut aus – und das sind wirklich alle? Seid ehrlich!"

„Davon können Sie ausgehen", erwiderte Schall, „denn die interessieren eh keinen mehr. Wenn sich das neue *Berlin Haze* durchgesetzt hat, wird der Hype um *Berlin High* langsam, aber sicher abklingen. Alle werden dann nur noch das neue Zeug wollen, was zum einen potenter ist und zum anderen auch viel länger wirkt als *Berlin High.*"

Obwohl er sich nach wie vor gut im Griff hatte, war Ullstein anzusehen, dass ihn diese Information gehörig überraschte.

„*Berlin Haze*? Nie davon gehört."

Er runzelte skeptisch die Stirn.

„Die Sorte ist noch relativ neu auf dem Markt", bemühte sich Schall zu versichern, „aber das wird garantiert der nächste große Hype. Alle Hardcore-Stoner mit guten Connections schwärmen bereits davon, weil es so krass reinhaut. Das Zeug hat angeblich bis zu 42 Prozent THC!"

Ullstein schüttelte ungläubig den Kopf: „Davon hätte ich doch was mitbekommen müssen. Wo soll das Zeug denn herkommen?"

„Wahrscheinlich aus Königs Wusterhausen", vermutete Schall, „ich hab da was von den Hunters, einem vietnamesischen Familienclan gehört, der *Berlin High* veredelt und mit einer hochpotenten *Haze*-Genetik gekreuzt hat."

Ullstein, der sich in Sachen Cannabis für durchaus bewandert hielt, verstand gerade nur Bahnhof: „Wie soll das denn gehen, wenn das hier wirklich ALLE Samen von Borchardt sind?"

„Wer weiß", erwiderte Schall, „es ist ja nicht auszuschließen, dass ihnen irgendwie eine von Andys Pflanzen in die Hände gefallen ist, die sie dann mit *Haze*-Pollen bestäubt haben."

Ullstein konnte sich das nicht vorstellen: „Das ist doch bestimmt nur deren Schwarzmarkt-Marketing."

Rausch folgte unbeirrt dem vereinbarten Plan, als er in Richtung Schall ergänzte: „Mag sein, aber du hast doch selbst erst neulich von diesem tollen neuen Kraut geschwärmt. Und wie ich dich kenne, hast du davon bestimmt noch was übrig. Das könntest du unserem Skeptiker doch ruhig mal spendieren."

Rausch hatte überzeugend simuliert, was Schall zufrieden registrierte, bevor er Ullstein bestätigte: „Aber natürlich, wenn Ihnen das weiterhilft."

Ullstein schien sich darüber noch nicht ganz im Klaren zu sein, als Stulle ein halbvoll gefülltes Zipp-Beutelchen auf den Kneipentisch legte. Der Kriminalbeamte öffnete es, roch interessiert daran und prüfte die Rauchware dann intensiv mit all seinen Sinnen, bevor er sich zu einem Selbsttest entschloss. Er zog eine Packung Longpapers aus der Tasche und begann mit geübten Fingern einen ansehnlichen Joint zu basteln.

Schall und Rausch schauten der erstaunlich professionellen Handarbeit des Drogenfahnders beeindruckt zu, eine solche Fingerfertigkeit hatte keiner von ihnen erwartet. Offensichtlich war das nicht der erste Joint, den Ullstein hier zusammendrehte. Hatte er das vielleicht in der Grundausbildung gelernt?

„Hm, schmeckt eigentlich ganz gut, aber ich kann beim besten Willen nicht behaupten, dass es mich umhaut", verkündete Ullstein nach den ersten paar Zügen.

„Das ist ja das Ding! Man bleibt noch für eine Weile erstaunlich klar, bis einen das Gras dann plötzlich umso heftiger plättet", behauptete Schall und bemühte sich, seine Worte möglichst vielversprechend klingen zu lassen. „Aber es braucht schon ein paar mehr Züge, bis der Effekt schließlich spürbar wird. Manchmal setzt die volle Wirkung auch erst ein paar Minuten nach der Tüte ein."

Die letzte Behauptung war nicht gelogen, *Truth Amnesia* kickte tatsächlich immer etwas zeitverzögert.

Solange mussten sie Ullstein noch mit Belanglosigkeiten hinhalten.

„Was müssen V-Leute eigentlich machen?"

Rausch gab den skeptisch Neugierigen.

„Nichts, was sie nicht wollen", gab Ullstein zurück, „aber ab und zu sollten sie schon mal was Nützliches liefern. Dafür ist die Behörde auch zu nicht unerheblichen Zahlungen bereit."

Rauschs Mimik verriet aufkommendes Interesse.

„Und was bringt die meiste Kohle?"

Ullstein zog am Joint und überlegte kurz, bevor er antwortete.

„Hinweise auf bevorstehende Straftaten sind natürlich immer willkommen – vor allem im Bereich der Rauschgiftkriminalität, das ist schließlich unsere Abteilung. Allen Hinweisen zu Drogendealern, Drogendepots oder Drogenproduzenten gehen wir in und um Berlin gerne nach, auch wenn wir uns in Zukunft wohl kaum noch um Marihuana kümmern müssen. Wenn diese dann Hinweise zu Festnahmen beziehungsweise zur Sicherstellung von Bargeld oder illegalen Drogen führen, gibt es hinterher auch eine saftige Prämie. Ich habe V-Männer, die leben schon seit Jahren sehr gut davon, dass sie uns ab und zu einen Tipp geben."

Bemüht, den Joint nicht wieder ausgehen zu lassen, zog Ullstein ein paarmal kräftig daran, bis die Spitze wieder rotgelb glühte: „Ganz nettes Gras, aber kein Vergleich zu *Berlin High.* Wenn das der neue heiße Scheiß sein soll, dann bleib ich lieber beim alten."

„Nun, nicht auf alle Menschen wirkt Cannabis gleich. Manche merken gar nichts davon, manche schlafen ein, andere lachen sich halbtot und wieder andere müssen kotzen ...", Schall war in einen grundschullehrerhaften Monolog verfallen, „... sodass man nie mit absoluter Sicherheit vorhersagen kann, wie der jeweilige Organismus auf den Konsum einer psychoaktiven Substanz reagiert. Ich will Ihnen natürlich nichts unterstellen, aber vielleicht sind Ihre Rezeptoren ja schon so sehr an den Konsum von *Berlin High* gewöhnt, dass die neue Kreuzung nur als etwas wahrgenommen wird, was eben NICHT *Berlin High* ist. Nichtsdestotrotz sollten Sie inzwischen zumindest eine gewisse Körperschwere spüren."

Schall blickte Ullstein erwartungsvoll an, der sich dadurch zu einer Antwort genötigt sah: „Das stimmt schon, aber die spüre ich auch nach schlechtem Stanni-Hasch. Und das allein ist ja kein Qualitätsmerkmal."

Schall nickte eifrig: „Da haben Sie natürlich völlig recht, aber *Berlin Haze* ist wirklich etwas ganz Besonderes. In ein paar Minuten sollte sich die Wirkung voll entfaltet haben, andernfalls sind Sie einer der wenigen bedauernswerten Menschen, die auf diesen besonderen Cannabinoid-Cocktail nicht oder nur sehr schwach ansprechen. Das ist zwar unwahrscheinlich, aber durchaus im Bereich des Möglichen."

Ullstein hatte den Joint inzwischen fast aufgeraucht, schien aber bezüglich der Wirkung immer noch zwiegespalten zu sein. Also legte Schall noch einen drauf: „Ich kann jedenfalls bestätigen, dass meine Freunde und ich damit nur gute Erfahrungen gemacht haben."

Ullstein horchte auf: „Ach so? Welche Freunde denn?"

Schall lächelte zurückhaltend: „Sie werden verstehen, dass ich dazu lieber nichts sagen werde, denn auch bei uns wird der Quellenschutz ganz groß geschrieben."

Ullstein winkte ab: „Schon gut, aber wie gesagt: Das Zeug ist ganz okay, aber kein Vergleich zu *Berlin High.*"

„Und wie begründet sich Ihre diesbezügliche Kompetenz?" Schall blieb höflich und klang ehrlich interessiert, während Ullstein nach dieser Frage zunächst in stummes Grübeln verfiel.

Auch für Schall und Rausch verstrichen die folgenden Sekunden quälend langsam. Als der in sich versunkene Beamte nach einer gefühlten Minute immer noch keine Anzeichen einer Reaktion zeigte, hakte Rausch mit besorgter Stimme nach: „Herr Ullstein? Alles in Ordnung?"

Der so Angesprochene schreckte kurz zusammen, bevor er sichtlich verunsichert erwiderte: „Hm, das Gras scheint jetzt doch ganz schön reinzuhauen, aber das mit dem klaren Denken kann ich nicht bestätigen. Wo waren wir gleich? Irgendwie hab ich den Faden verloren."

Schall war nur allzu bereit, ihn wieder auf Kurs zu bringen: „Wir sprachen über *Berlin High* und fragten uns gerade, woher Sie Ihre erstaunliche Kompetenz in Sachen Cannabis haben."

Ullstein lachte kurz und herzlich auf.

„Habt ihr denn nie den Film ‚Lammbock' gesehen? Wer beim Rauschgiftdezernat arbeiten und sich für Undercover-Einsätze qualifizieren will, der muss zunächst eine entsprechende Ausbildung durchlaufen. Dabei lernt man alles über Marihuana und andere Schwarzmarkt-Drogen. Und eben auch, wie man einen ordentlichen Joint dreht."

„Komisch", wunderte sich Schall, „ich habe erst unlängst irgendwo gelesen, dass sich Beamte gar nicht illegal berauschen DÜRFEN."

„Ach ja, die Medien", sagte Ullstein gedankenverloren.

Dann trank er hastig ein paar Schluck Wasser und startete seinen rhetorischen Gegenangriff. Erstaunlich eloquent sprach er von einer „beispiellosen Schmutzkampagne", welche „diese Medien-Meinungsmacher" gegen die „wohl großartigste Gruppe von Menschen" losgetreten habe, die sich seit vielen Jahren mit Leib und Seele „für die Verteidigung von Recht und Ordnung" einsetzten. Schall erkannte den für *Truth Amnesia* typischen Laberflash und ließ Ullstein gerne weiter und weiter reden. Sie hatten schließlich alle Zeit der Welt.

Nachdem der frisch berauschte Beamte seine Medienschelte beendet hatte, war es Rausch, der erneut Salz in die Wunde streute: „Also dürfen Kriminalbeamte inzwischen auch kiffen?"

Ullstein schwieg und grinste breit.

„Wir hatten ja die Hoffnung, dass Sie uns ..."

Trotz des seltsam friedlichen Glanzes in seinen Augen schnitt Ullstein Schalls Worte mit einer herrischen Handbewegung ab.

„Was MICH immer noch brennend interessiert", erklärte der Kriminalbeamte, „ist, warum Borchardt die Seeds überhaupt versteigern wollte."

„Wir haben da eine Vermutung, die wir Ihnen gerne erläutern", behauptete Rausch und nickte Schall zu, der wie ein Rennpferd in der Startbox auf seinen Einsatz wartete. Ullstein blickte seine neugewonnenen Informanten interessiert an und nickte auffordernd.

Schall ließ sich nicht lange bitten: „Wir glauben, dass Andreas Borchardt aus Deutschland verschwinden und sich in Kanada eine neue Existenz aufbauen wollte. Doch dazu kam es ja nicht mehr, weshalb wir nun seinen Mörder suchen. Ob wir den finden, hängt vermutlich davon ab, dass wir das Passwort für seinen verschlüsselten USB-Stick knacken."

Ullstein sah plötzlich wie ein Dreijähriger aus, der sich an seinem Geburtstag nicht entscheiden konnte, ob er wegen des ganzen Trubels um seine Person glücklich oder überfordert war.

„Das verstehe ich nicht – was denn für einen USB-Stick?"

Schall blickte Ullstein prüfend an, bevor er ihm antwortete: „Keine Ahnung, das wollen wir ja herausfinden. Unsere Klientin Susanne Borchardt hat sich leider nur noch daran erinnert, dass ihr Andreas kurz vor seinem Tod erzählte, dass dieser Stick unheimlich wichtig und das Passwort der Name eines seiner

Grow-Freunde sei. Aber diesen Namen, es war wohl irgendein Spitzname, hat sie leider vergessen. Andreas sprach wohl nie über seine gärtnerischen Tätigkeiten, also konnte uns seine Schwester auch nicht sagen, wer dieser mysteriöse Freund sein könnte. Und hier kommen Sie ins Spiel: Haben Sie vielleicht irgendwelche Erkenntnisse über Borchardts Umfeld gewinnen können, die uns hier weiterhelfen könnten? Sind Ihnen Borchardts Freunde und Bekannte namentlich bekannt? Möglicherweise auch die Spitznamen? Wir wären natürlich bereit, den Stick gemeinsam mit Ihnen auszuwerten."

Während Schall sprach, hatte Ullstein zusehends Probleme, seine Mimik im Zaum zu halten. Es war nicht klar auszumachen, ob er nun nicken oder den Kopf schütteln wollte.

Als ihn Schall und Rausch sekundenlang und mit eingefrorenen, fragenden Gesichtern anstarrten, musste er einfach etwas sagen: „Ja, wir kennen die Spitznamen der Mitglieder der Borchardt-Bande. Habt Ihr den Stick und einen Laptop dabei?"

Anstelle einer Antwort griff Rausch in den Rucksack, zog seinen kleinen schwarzen Rechner heraus und klappte ihn auf. Dann holte er einen USB-Stick aus der Innentasche, schwenkte ihn kurz bedeutungsvoll durch die Luft und schob ihn in den entsprechenden Port seines mobilen Computers.

Sekunden später starrten Schall und Rausch Ullstein wieder ganz erwartungsvoll an, sodass sich dieser erneut zu einer Aussage gedrängt sah: „Versucht es mal mit ‚Fat Mike' – zwei Worte."

Rausch tippte, während ihm Schall gebannt über die Schulter blickte. Fast gleichzeitig schüttelten die beide ihre Köpfe und schauten Ullstein wieder nur fragend an.

„Dann probiert mal ‚Didi' – zwei D, zwei I."

Nun war es an Ullstein seine Gegenüber hoffnungsvoll anzustarren, doch nach kurzem Tastenklappern hatten Schall und Rausch wieder nur ein synchrones Kopfschütteln für den zunehmend beunruhigten Kriminaloberkommissar und setzten ihre erwartungsfrohsten Mienen auf.

„Hm, dann wird es wohl ‚Stulle' sein."

Ullstein klang seltsam zerknirscht, hatte aber gleichzeitig einen unverkennbaren Hoffnungsschimmer in den Augen, als Rausch diese letzte Passwort-Option eingab. Doch erneut erntete er nur wieder die gleiche horizontale Kopfbewegung.

Schall blieb derweil die Freundlichkeit in Person: „Und sonst fällt Ihnen keiner mehr ein?"

Nun war es an Ullstein den Kopf zu schütteln.

Scheinbar resigniert zog Rausch den USB-Stick aus dem Rechner und hielt ihn Ullstein hin: „Naja, vielleicht können Ihre IT-Experten das Passwort doch noch irgendwie knacken. Oder Ihnen fällt noch ein möglicher Name ein. Wie's aussieht, wissen Sie ja eh viel besser über die Bande Bescheid als wir."

Der Drogenfahnder schnappte sich den Stick, wollte etwas sagen, hielt inne, überlegte es sich nochmal und steckte das Speichermedium doch lieber wortlos in seine Hosentasche.

„Wir haben uns übrigens gefragt ...", trieb es Schall nun auf die Spitze, „... ob die Grenzen zwischen V-Leuten und dem LKA nicht manchmal ganz schön verschwimmen."

Ein höhnisches Grinsen huschte über Ullsteins Gesicht, das aber direkt wieder einfror, als Rausch ihm sein Handy unter die Nase hielt. Er starrte irritiert auf das von Quang geschossene Foto.

„Das sind doch Sie, oder?"

Schall bemühte sich um einen möglichst harmlosen, unverbindlichen Ton.

„Ja", stimmte Ullstein verunsichert zu, „ich frage mich nur, wo das geschossen wurde."

„Auf dem U-Bahnhof Hermannstraße."

„Hm“, brummte Ullstein, „wer hat uns denn da observiert?“

„Ein kleiner Dealer namens Quang, der behauptet, Sie und Dinkelmann hätten ihn körperlich bedroht und praktisch dazu gezwungen, gleich kiloweise Cannabis zu verkaufen.“

Mehr als ein „Äh ... äh ... äh“ kriegte der Kriminalbeamte zwischenzeitlich nicht mehr über die Lippen, murmelte dann aber etwas von „Undercover“ und einer „geheimen Operation“.

Rausch fand, dass es an der Zeit war, die Masken fallen zu lassen: „Offen gesagt hegen wir den Verdacht, dass Sie, möglicherweise im Rahmen einer übergeordneten verdeckten Ermittlung, ein aktives Mitglied der sogenannten Borchardt-Bande waren.“

Für einen Augenblick entglitten dem unter *Truth Amnesia*-Einfluss stehenden Beamten seine sonst so unbeweglichen Gesichtszüge. Nur ganz langsam schien er sich wieder zu sammeln: „Okay, was ich euch jetzt erzähle, werde ich nicht wiederholen. Das bleibt unter uns, klar?“

Schall und Rausch nickten artig.

„Okay“, begann Ullstein vorsichtig, „in gewisser Weise war ich tatsächlich Mitglied der Gruppe um Borchardt, ich hab denen quasi den Rücken freigehalten und manchmal mit ein paar Connections ausgeholfen.“

„Okay, fassen wir zusammen“, ergriff Schall wieder das Wort, „wie wir nun wissen, bestand das *Berlin High*-Team aus Andy, Fat Mike, Didi und Ihnen.“

Ullstein nickte unmerklich.

„Wobei zwei der Teammitglieder inzwischen tot sind und wir uns immer noch fragen, wer eigentlich dieser Didi ist – und wo wir ihn finden können.“

„Hey Jungs, bleibt mal ganz entspannt! Und immer schön eins nach dem anderen!“

Ullstein schien wieder ein gewisses Selbstvertrauen entwickelt zu haben, was seine Zunge etwas lockerte:

„Didi war ein brutaler Hardcore-Gangster, der viel zu schnell austickte. Der hatte sich einfach nicht mehr im Griff. Außerdem ging es ihm immer nur um die Kohle. Als er dann Fat Mike verdächtigte, die *Berlin High*-Seeds von Borchardt geklaut zu haben, wollte er sie ihm direkt wieder abnehmen und damit stiften gehen. Allerdings ging die Befragung nach hinten los, weil sich Didi einfach nicht beherrschen konnte. Dabei gab Fat Mike den Löffel ab, noch bevor Didi an die Seeds von Borchardt gelangen konnte. Apropos – wo habt ihr die Samen eigentlich gefunden?"

„Die haben wir bei der Auflösung von Andys Wohnung entdeckt", behauptete Schall, „hinter einem der Schränke war ein in die Wand eingearbeitetes Geheimfach, darin lag ein Haufen Bargeld und der Beutel mit den Seeds. Das Geld haben wir seiner Schwester gegeben, und die Samen gehören nun Ihnen. Ganz so, wie wir es vereinbart hatten. Damit sind wir jetzt hoffentlich raus aus der Sache."

Ullstein nickte zufrieden, das schien ihm erst mal zu reichen.

Rausch hatte aber noch etwas anderes auf dem Herzen: „Gilt unser Deal eigentlich auch für Ihren Kollegen Dinkelmann? Nicht, dass der plötzlich auch noch irgendetwas von uns will."

Ullstein winkte ab: „Macht euch mal um den keine Sorgen."

„Sicher?", fragte Schall betont ängstlich nach. „Immerhin hat der Typ bereits gemordet."

„Keine Angst, Kollege Dinkelmann wird euch nicht mehr in die Quere kommen. Um den habe ich mich gekümmert. Der war eh eine tickende Zeitbombe und damit ein unkalkulierbares Sicherheitsrisiko."

„Also haben Sie ..."

Ebenso fragend wie demonstrativ fuhr sich Schall mit dem Daumen über die Kehle und blickte Ullstein fragend an. Dessen Miene verfinsterte sich unwillkürlich.

„Na, was denkst du wohl?“

Schall konnte einfach nicht widerstehen: „Ich denke, dass Sie nicht nur Ihren Kollegen beseitigt haben – wie wir inzwischen wissen, hatten die Hunters überhaupt nichts gegen Borchardt, und aus Dinkelmanns Dienstwaffe wurde kein einziger Schuss abgegeben. Also bleiben nur noch Sie als Todesschütze übrig.“

Schall hatte ganz ruhig und freundlich gesprochen, was Ullstein davor bewahrte, spontan auszurasten. Er saß ein paar Sekunden verdutzt da, bevor er widerwillig antwortete: „Nun, er hatte mir keine Wahl gelassen. Er wollte sich aus dem Staub machen und einfach alles mitnehmen.“

Ullstein suchte nach Verständnis in den Augen von Schall und Rausch, fand es dort aber nicht. Nach einer kurzen Pause fügte er nachdenklich hinzu: „Irgendwie habe ich das Gefühl, dass ich euch gerade viel zu viel erzähle. Vergessen wir mal besser nicht, wer hier wen informieren soll.“

„Aber wir sind doch gerade sehr offen und kooperativ“, widersprach Rausch zaghaft, ahnte aber schon, dass hier nicht viel mehr zu holen war.

Tatsächlich verließ Ullstein kurz darauf die Runde: „Okay, Jungs, danke für die Seeds und den Hinweis auf die neue Sorte. Meldet euch einfach, wenn ihr etwas Interessantes hört, dann kann ich euch direkt sagen, wie viel für die Info drin ist. Denn ihr wisst ja: Eine Hand wäscht die andere.“

Er lächelte ebenso vielversprechend wie selbstzufrieden in die Runde und trottete anschließend gemächlich davon. Die beiden Detektive hatten zum Abschied ihre Daumen emporgereckt und ihr breitestes Grinsen aufgesetzt.

Kapitel 40

Zwei Tage später saß Schall in Rauschs Bastelkammer und konnte es kaum erwarten: „Lass uns endlich nachsehen, ob die Digitalkohle von der Auktion da ist!"

Doch der so Angesprochene hatte mal wieder die Ruhe weg.

„Wie hieß die Auktionsseite nochmal?"

Rausch blinzelte Schall verschmitzt an, der das überhaupt nicht amüsant fand: „Das weißt du doch ganz genau – ansonsten kannst du auch einfach im Browserverlauf nachschauen."

Rausch war währenddessen längst dabei, sich mit Borchardts Zugangsdaten einzuloggen. Als der User-Account auf dem Bildschirm erschien, fiel den beiden sofort der nun grün leuchtende „Bezahlt"-Button auf. Mit klopfendem Herzen öffnete Rausch daraufhin das Cyberwallet und siehe da: die Kaufsumme in Höhe von 35,28 Bitcoin waren der digitalen Geldbörse gutgeschrieben worden. Der Kurs der Kryptowährung war in den letzten Tagen sogar noch etwas gestiegen.

„Und was machen wir mit der ganzen Digitalkohle?"

Schall blickte Rausch fragend an.

„Lass uns erst mal abwarten, wie viele Euro auf unserem Konto landen. Der Umtausch von Bitcoin in Euro ist nämlich nicht gerade billig, dabei können locker zehn bis fünfzehn Prozent draufgehen."

Rausch war wie immer ganz rational, was Schall diesmal nicht weiter störte: „Naja, aber wir sind ja nicht gierig. Und mit 1,4 Millionen kann man auch eine ganze Menge machen. Auf jeden Fall sollte Susi mindestens die Hälfte erhalten. Auch wenn sie nichts davon wusste, wäre sie als einzige Verwandte ja die legitime Erbin."

Rausch schnalzte trocken mit der Zunge: „Schon komisch, wie freigiebig du plötzlich bei deiner Freundin sein kannst. In jedem anderen Fall hättest du dich sicherlich nicht so dafür eingesetzt.“

Schall ahnte schon, was Rausch daran störte: „Und natürlich sollten wir auch einen guten Teil für Alina zurücklegen, damit wir ihr in den kommenden Jahren faire Arbeitsbedingungen bieten können.“

Rausch nickte zufrieden und Schall erkannte, dass es ihm vor allem darum gegangen war.

„Und den Rest sollten wir für schlechte Zeiten möglichst gewinnbringend anlegen.“

Rausch blickte Schall fragend an: „Wie soll das denn gehen?“

„Na mit Aktien, Gold und flexibel kündbarem Festgeld – am besten zu gleichen Teilen.“

Noch bevor Schall darauf hinweisen konnte, dass auch Whiskey, Kunst und limitierte Sneaker vielversprechende Anlagemöglichkeiten boten, klingelte sein Handy.

Kapitel 41

Zwei Tage zuvor war Ullstein gut gelaunt mit dem von Schall und Rausch erhaltenen Beutel Hanfsamen nach Hause gefahren. Alles schien sich in seinem Sinne zu entwickeln, die Villa in Brasilien war nun in greifbare Nähe gerückt. Übermorgen würde er die Seeds an die Hunters verkaufen und mit dem Geld in die langersehnte lateinamerikanische Sonne düsen. Keine Überstunden und keine Heimlichkeiten mehr. Kein Doppelleben, kein Dezernats-Stress, kein Gangster-Scheiß. Nur noch „la dolce vita“.

Ullsteins größte und einzige Sorge galt der Keimfähigkeit der erhaltenen Seeds. Und ihrer Anzahl. Noch am selben Abend zählte er akribisch die Samen und kam nach nervtötender Addition auf das Endergebnis 689. Damit war er zufrieden, und er beschloss, 80 davon selbst zu behalten. Neun Samen gab er gut gelaunt in ein Glas Leitungswasser.

So würde er bald wissen, wie keimfähig sie waren.

Zwei Tage später wusste er es.

Er war verarscht worden.

Kackfrech und nach allen Regeln der Kunst.

Nicht eine einzige Samenschale hatte sich geöffnet und eine Keimspitze ausgebildet. Das konnte kein Zufall sein und nur bedeuten, dass ihn diese Privatschnüffler aufs Kreuz gelegt hatten. Oder waren sie vielleicht selbst von einem unbekannten Dritten getäuscht worden? So richtig konnte sich Ullstein keinen Reim darauf machen, schließlich hatte er den beiden unmissverständlich klar gemacht, was sie zu erwarten hatten, wenn sie sich seinem Willen widersetzten. Glaubten die vielleicht, dass er es nicht ernst meinte?

Na, die würden was erleben!

Obwohl Ullstein ganz genau wusste, dass man in einem derartigen Erregungszustand keine wichtigen Telefonate führen sollte, konnte er keinen Moment länger warten und wählte Schalls Handy-Nummer. Dem würde er was erzählen!

Kapitel 42

„Hallo?"

Susanne ging ans Telefon und stellte erfreut fest, dass ihre „Besteline" Katja dran war.

„Hi Süße, ich wollte mich mal wieder melden und dich zu meiner Einweihungsparty am kommenden Samstag einladen. Deinen Freund kannst du natürlich gerne mitbringen und ein bisschen Ablenkung würde dir ja wahrscheinlich auch ganz gut tun. Wie geht es dir denn inzwischen?"

Susanne seufzte leise.

„Geht so, auch wenn ich immer noch an Andys Tod zu knabbern habe."

„Haben Schall und sein Partner da inzwischen irgendetwas herausgefunden?"

„Ja, sie haben den Fall gerade gelöst und für Gerechtigkeit gesorgt. Aber das macht meinen Bruder ja auch nicht wieder lebendig."

„Natürlich nicht, aber das Leben geht weiter und du kannst nicht ewig trauern. Außerdem will ich alle Einzelheiten hören, also komm bitte zu meiner Einweihung, damit wir mal wieder vernünftig quatschen können. Du hast ja bisher auch noch gar nicht gesehen, wie schön ich hier alles eingerichtet habe."

„Okay, ich werd's mir überlegen."

„Eigentlich will ich jetzt eine klare Zusage von dir hören."

„Du lässt echt nicht locker, oder? Also gut, wir werden vorbeikommen. Ich kann dir aber nicht versprechen, dass wir lange bleiben werden."

„Das ist mir egal, Hauptsache, wir können uns mal wieder ausquatschen und du schaust dir endlich mal meine neue Bude an. Außerdem kann sich dann auch gleich die versammelte Hausgemeinschaft bei deinem Freund bedanken, dass er die Töle von der ollen Freiberger wiedergefunden hat. Die Alte war ja ohne ihren Kläffer gar nicht mehr auszuhalten, und irgendwie haben alle mir die Schuld dafür gegeben. Okay, irgendwie war ich ja auch nicht ganz unschuldig an seiner Flucht – aber immerhin habe ich auch für die Lösung gesorgt, indem ich deinen Liebsten und seinen schrägen Freund vermittelt habe. Und die haben ja Tyson schließlich aufspüren können, sodass die alte Freiberger nun endlich wieder mit besserer Laune rumläuft."

Susanne verkniff sich einen spontanen Kommentar, da sie nur allzu gut wusste, wie Schall und Rausch die alte Freiberger getäuscht und nach allen Regeln der Kunst ausgenommen hatten. Aber wo kein Kläger, da kein Richter – und wenn letztendlich alle damit zufrieden waren, würde sie auch kein Fass aufmachen. Es traf ja keine Bedürftige.

Kapitel 43

Gedanklich noch in der Welt der limitierten Möglichkeiten eines Kleinanlegers ging Schall an sein immer lauter lärmendes Mobiltelefon: „Hallo, Schall am Apparat, mit wem spreche ich?"

„Sag mal, willst du mich verarschen?"

„Herr Ullstein, was kann ich für Sie tun?

Schall schaltete das Handy auf Freisprechen, woraufhin nun auch Rausch interessiert die Ohren spitzte.

„Zunächst kannst du mir mal erklären, was ihr mir da für Samen angedreht habt. Für den Anbau sind die jedenfalls nicht zu gebrauchen, denn dafür müssten sie keimen. Und das tun sie nicht. Nicht ein einziger von neun Samen ging auf! Das kann ja wohl kaum ein Zufall sein! Die entscheidende Frage ist nun, ob ihr davon wusstet. Aber ihr werdet doch nicht so blöd sein, euch ernsthaft mit mir anlegen zu wollen, oder?"

Schall blieb höflich, aber unverkennbar reserviert: „Natürlich ist es uns immer lieber, Konflikte gänzlich zu vermeiden, aber manchmal muss man sich auch entscheiden. Und wir fühlen uns nun mal in erster Linie unseren eigenen Klienten verpflichtet. Ebenso unseren Prinzipien."

„What the fuck", schrie Ullstein ins Telefon, „was soll das denn heißen?"

„Nun ja, Susanne Borchardt hat uns beauftragt, den Mörder ihres Bruders zu finden. Und dabei spielten die Seeds nur eine untergeordnete Rolle, schließlich wissen wir inzwischen, dass Sie es waren. Das haben Sie neulich selbst zugegeben. Oder erinnern Sie sich nicht mehr an unser Treffen vor zwei Tagen?"

Für einen Augenblick verschlug es Ullstein die Worte.

Was ging hier vor?

Er hatte nur noch ganz verschwommene Erinnerungen an jenen Abend in der Kiez-Kneipe. Dafür wusste er ganz genau, dass er angerufen hatte, um den beiden ordentlich Druck wegen der falschen Seeds zu machen. Und jetzt drehten die den Spieß einfach um.

Scheiß drauf! Er würde jetzt nicht klein beigeben, sondern nur umso entschiedener dagegenhalten. Beschloss Ullstein, bevor er entschieden dagegenhielt: „Jetzt hört mir mal ganz genau zu! Bisher habe ich euch meine Kollegen vom Hals gehalten, aber das kann sich auch ganz schnell ändern. Dann geht's für euch erst mal für ein paar Monate in Untersuchungshaft – und da können wirklich schlimme Dinge passieren. Also sagt mir lieber, was das mit den Samen sollte! Das waren doch nicht die Seeds von Borchardt, oder?"

„Da haben Sie völlig recht", gab Schall unumwunden zu, „die echten Seeds sind längst versteigert und bereits auf dem Weg nach Kanada. Tatsächlich waren wir nie im Besitz der *Berlin High*-Seeds, aber das konnten Sie natürlich nicht wissen."

„Was?"

Ullstein brauchte ein paar Sekunden um diese Information zu verarbeiten.

„Ihr seid sowas von tot! Ich mach euch fertig! Was glaubt ihr eigentlich ...?"

Ohne ihm die Gelegenheit zu geben, sich noch weiter in Rage zu schreien, unterbrach ihn Schall und fand dafür genau die richtigen, unterkühlt ausgesprochenen Worte: „Das würde ich mir aber nochmal GANZ genau überlegen!"

„Was soll das denn heißen? Wollt ihr mir etwa drohen?"

„Nein, das ist nur eine unverbindliche Warnung. Sie sind gar nicht so unantastbar, wie Sie glauben."

Ullstein spürte, wie ihm der Kamm immer weiter anschwoll, während sich gleichzeitig ein ungutes Gefühl in seiner Bauchregion ausbreitete. Dieser Schnüffler klang so verdammt selbstsicher. Nun musste er einfach aufs Ganze gehen.

„Und ihr seid nicht so unsterblich, wie ihr zu glauben scheint. Ich sag's mal so: Wir sehen uns bald wieder. Sehr bald."

„Wir freuen uns darauf, aber bitte tun Sie uns zuvor noch einen Gefallen: Checken Sie doch erst mal Ihre Emails, wir haben Ihnen da was geschickt, was Sie sich mal anschauen sollten. Es wäre doch schade, wenn Sie uns töten würden, obwohl Ihnen das rein gar nichts mehr bringt. Dann wären das einfach nur zwei weitere Morde, für die Sie früher oder später verurteilt werden. Da ist dann lebenslänglich wirklich lebenslänglich. Ohne vorzeitige Entlassung. Aber klar: letztendlich entscheiden Sie das ganz allein."

Ohne ein weiteres Wort beendete Schall das Gespräch, was Ullsteins Blutdruck noch weiter in die Höhe trieb. Mit vor Erregung zitternden Fingern öffnete er auf seinem Smartphone sein Email-Postfach und checkte die ungelesenen Nachrichten. Er wollte die Email mit dem Betreff „Check this out!" schon als SPAM entsorgen, als er die Absender „Schall & Rausch" bemerkte und innehielt. Er öffnete die Email und fand darin den Link zu einem bekannten Videoportal, über dem erneut die nur wenig erhellenden Worte „Check this out!" standen. Ullstein klickte auf den Link und stellte Sekunden später fest, dass er zu einer vor Kurzem veröffentlichten Videoaufnahme führte. Die Aufmerksamkeit heischende Überschrift lautete „Berliner Drogenfahnder gesteht Morde“, und obwohl das Video gerade erst ein paar Stunden online war, war es schon 233 mal aufgerufen worden.

Ullstein konnte natürlich nicht ahnen, welche Reichweite ein einziger von Rausch verfasster Beitrag in den sozialen Medien hatte – und wie gut seine Follower untereinander vernetzt waren. Aber er wusste, dass es jetzt wirklich nicht mehr darauf ankam, Schall und Rausch aus dem Weg zu räumen. So ein Doppelmord wäre ihm zwar leichter gefallen als die ebenso unangenehme wie unvermeidliche Beseitigung von Dieter „Didi“ Dinkelmann – aber sein langjähriges Doppelleben war damit endgültig vorbei. Schließlich zeigte dieses schlecht ausgeleuchtete Video knapp 20 Minuten lang nur eins: Kriminaloberkommissar Steffen „Stulle“ Ullstein in höchst unprofessioneller, selbstbelastender Plauderlaune.

Verloren glotzte Ullstein in eine Publicity-Hölle, die noch schlimmer war als die einiger Opfer des LKAs, die er völlig zu Unrecht eingebuchtet hatte. Er wusste nur allzu gut, was die Medien dem Ruf eines Menschen antun konnten. Und er war nun das nächste gefundene Fressen für diese Aasgeier. Gestern noch verteufelten sie allesamt die „Einstiegsdroge“ Marihuana und nun priesen sie deren Legalisierung. Ullstein war lange genug im Geschäft, um zu wissen, dass es unter Medienleuten keine Loyalität gab und der Dolchstoß in den Rücken eher Regel als Ausnahme war. Und nun hatte er keinen mehr, der IHM den Rücken freihielt.

Immerhin hatte er in den letzten Jahren schon so einiges angespart. Das würde zwar nicht für das ganz große brasilianische Traumhaus reichen, irgendeine halbwegs anständige Hütte sollte damit aber zu finden sein. Außerdem hatte er ja eh keine Wahl mehr.

Ullstein erhielt sich zwar noch so manche Illusion, kannte aber seine verbliebenen Freunde und politischen Verbündeten ganz genau: Das waren allesamt

Schönwetterfreunde – und Ullsteins persönliche Erwartungen liefen eher auf ein gewaltiges Unwetter hinaus.

Eine gute halbe Stunde später war sein Koffer notdürftig gepackt. Ullstein hatte nur das Bargeld, die Goldmünzen und ein paar Klamotten eingepackt, alles andere würde er sich unterwegs besorgen. Nun galt es schnellstmöglich zum Flughafen zu gelangen, sein Taxi wartete bereits vor der Tür.

Als er einstieg, stutzte er kurz. Irgendwie kam ihm der Taxi-Fahrer bekannt vor. Er konnte das erst gar nicht so richtig zuordnen, aber als dann die Fahrt am BER vorbei und immer weiter in Richtung Königs Wusterhausen ging, der Fahrer gar nicht mehr auf seine Nachfragen reagierte und er feststellten musste, dass sich die Türen von innen gar nicht öffnen ließen, wurde ihm klar, dass der verpasste Flieger das geringste seiner Probleme war.